SV

André Pilz

MORDEN UND LÜGEN

Thriller

Herausgegeben von
Thomas Wörtche

Suhrkamp

Klimaneutral
Druckprodukt
ClimatePartner.com/14438-2110-1001

Erste Auflage 2022
suhrkamp taschenbuch 5285
Originalausgabe

Umschlagfoto: Roy Bishop/Arcangel
Umschlaggestaltung: zero-media.net
Druck und Bindung: C.H. Beck, Nördlingen
Printed in Germany
ISBN 978-3-518-47285-9

www.suhrkamp.de

MORDEN UND LÜGEN

A la flor más linda
de mi querer,
Camila
&
Marietta & Gerhard
Michaela & Kai
&
Tesfay Kidane †
&
Mekateko Mashaba †

Oya na
Fine lady
Fine lady
Scatter the floor
Fine lady
Give it to them
Fine lady
Kpakurumo
Fine lady

Ric Hassani, Beautiful to me

Sag, wie viel hast du getrunken
Gar nicht so viel

Pauls Jets, Blizzard

1

GELI

»Schöne alte Mauern hat das Haus, nicht?«, sagte sie. »Man fühlt sich irgendwie geborgen darin.«

Ich stellte den Umzugskarton auf den Boden und sah mich um. Delma hatte es geschafft, ein wenig Ordnung in das Chaos zu bringen, und das in der einen Stunde, in der ich weg gewesen war, um uns in der Gemeinde unseres neuen Wohnorts anzumelden.

Sie stand gebeugt am Fenster, stützte sich mit den Ellbogen auf dem Sims ab und sah hinaus. »Ich habe den Schwimmer im Spülkasten repariert«, sagte sie. »Weißt du, warum da ein Leck war?«

»Weil die Wohnung uralt ist?«

»Da ist eine tote Maus drinnen gelegen.«

»What the fuck«, sagte ich. »Ich hätte das machen sollen. Tut mir leid.«

»Mir tut die kleine Maus leid. Sie hat so arm ausgesehen.«

Ihre Haare waren länger denn je, es fehlte nicht mehr viel, dann würden sie ihr bis zum Hintern reichen. Wir waren nun dreieinhalb Jahre verheiratet, aber nie hätte ich mir träumen lassen, dass wir jemals in eine solche Bruchbude in einer trostlosen Einöde ziehen würden, weitab jeden Stadtlebens.

»Wenn ich mir die Bude ansehe, tu ich mir selber leid«, sagte ich leise, biss mir auf die Unterlippe und stapfte aus dem Zimmer. Über eine hohe Schwelle und durch einen winzigen, dunklen Flur ging es links in das kleine Badezimmer mit Waschbecken, Toilette und Dusche, das gleichzeitig auch Küche war, mit Mikrowelle, Kühlschrank und einer verschmutzten Herdplatte auf einem Minitisch.

Das also war nun unser Zuhause. Eine winzige Dachbodenwohnung in einem Haus aus dem sechzehnten Jahrhundert, das, wie schon bei der ersten Besichtigung nicht zu übersehen gewesen war, dringender Reparaturarbeiten bedurfte.

»Wir haben alles, was wir brauchen«, sagte sie, als sie ihren roten Lieblingsmantel an den Kleiderhaken neben der Eingangstür hängte. »Du kannst wochenlang noch so ein langes Gesicht ziehen, es wird nichts ändern.«

Ich öffnete den Kühlschrank, bückte mich und sah hinein, er war gut gefüllt, ich musste heute nicht mehr zum Supermarkt im Nachbarort. Delma quittierte meinen zufriedenen Blick mit einem Lächeln. »Das richtige Bier?«

»Lieblingsbier.«

»Siehst du«, meinte sie. »Und da draußen liegt ein Paradies für dich, wenn du Laufen gehen willst. So viel Wald und Wiese. Vielleicht ist das der Arsch der Welt, aber ein bisschen sexy ist er ja doch auch. Sogar ein Fluss fließt da hinter den Büschen und Bäumen.«

»Fluss ist eine Übertreibung. Sieht mir mehr wie ein Bach aus.«

»Wasser auf jeden Fall. Du liebst doch dieses romantische Naturzeugs, Bäumchen, Bienchen, Flüsschen. Wir können uns ans Ufer legen und faulenzen. Du wirst hier sicher nicht an Traurigkeit zugrunde gehen.«

Sie stand in der Tür, den Kopf erhoben, keine Spur von Frust, Erschütterung. Delma war nicht kleinzukriegen, und das nicht nur, weil sie siebzehn Jahre jünger war. In Mittelamerika zu Bürgerkriegszeiten geboren, das hatte sie abgehärtet. Alles schien gut zu sein, wenn es ein Dach über dem Kopf, eine funktionierende Dusche und genügend Milch gab, während ich, privilegiert und satt, so oft wegen Kleinigkeiten jammerte, in Selbstmitleid zerfloss und in Weltuntergangsstimmung verging.

Sie kam zu mir, wir umarmten uns, während draußen zwei Motorräder in Düsenjetlautstärke auf der Bundesstraße um die Wette fuhren und auf dem Bauernhof über dem Fluss ein Hahn krähte.

Ich war nicht in Kuschelstimmung. Das alles war meine Schuld. Von A bis Z. Keine Entschuldigung. Keine Ausrede. Ich hatte es vermasselt, niemand sonst. Ich bekam in letzter Zeit nichts mehr auf die Reihe. Kein verkaufbares Skript, nicht einmal ein Treatment, mit dem ich wieder mal etwas Geld beim Film verdienen hätte können, kein Theaterstück, keine Lesungen. Nichts.

Es war ein seltenes Glück gewesen, vom Schreiben leben zu können, das wusste ich, es gab dafür keine Urlaubsreise, keinen Schnickschnack, kein Erspartes. Meine Romane hatten es auf Theaterbühnen geschafft, und Filmproduzenten hatten sich die Rechte gesichert. Ich schrieb weder Rohrkrepierer noch Bestseller. Die Leidenschaft für das Schreiben war nie erloschen, ich hatte nur ganz selten, in kurzen, verzweifelten Momenten voller Frust und Zorn, bereut, diesen Weg eingeschlagen zu haben. Ich genoss die Reisen zu Lesungen in anderen Städten und Ländern, genoss die Fanpost, die Mails, die mir zeigten, dass ich treue Fans hatte, denen meine Geschichten und Figuren etwas bedeuteten. Aber ich konnte nur so lange davon leben, solange ich konzentriert arbeitete, etwas schrieb, das ich verkaufen konnte. Und im Moment wollte man mein Zeug nicht mal geschenkt.

Dass Delma trotzdem an meiner Seite stand, war ein ebenso seltenes Glück, denn der Job war verdammt egoistisch. Er gab mir viel, o ja, aber er war riskant, und das Risiko übertrug sich auch auf die Person, mit der man lebte. Zukunftsplanung? Umzug in eine andere Stadt, eine bessere Wohnung? Kinder? Das konnte man alles vergessen. Ich balancierte ohne Sicherheitsnetz, und sollte ich fallen, war alles aus und vorbei und ich würde mich mit Schulden wiederfinden und wahrscheinlich für den Rest meines Lebens Jobs annehmen müssen, die ich hasste.

»Mach dir doch nicht ständig Sorgen«, flüsterte Delma und riss mich aus den trüben Gedanken. »Alles wird gut.«

»Und wenn nicht? Was, wenn wir auch die Miete nicht mehr bezahlen können? Wohin ziehen wir dann?«

»Papa hat immer ein Zimmer für uns.«

Ich küsste sie auf die Stirn. »Ich liebe den Dschungel. Ich liebe deinen Papa. Aber ich hasse Moskitos und ewigen Sommer. Ich bin im Schnee aufgewachsen.«

»Wenn du einen Ozelot siehst, vergisst du die langweilige Gegend hier.« Sie machte ein fauchendes Geräusch, biss mich so heftig in die Schulter, dass ich aufschrie. »Wenn du an unserer Pazifikküste stehst und ein mächtiger Wal aus dem Meer aufsteigt, wirst du nie mehr zurückwollen.«

»Ich werde langsam ein alter Arsch«, meinte ich nach ein paar Küssen.

»Du bist alt«, sagte Delma und kniff mich in den Hintern. »Aber immer noch sexy. Solange du kein schlecht gelaunter Jammerlappen wirst.«

»Ich bin müde.«

»Der Umzug war anstrengend und stressig, jetzt ist er vorbei.« Sie stand vor mir auf den Zehenspitzen, kampfbereit wie ein wütender Teenager, hob den Zeigefinger, fuchtelte damit vor meiner Nase. »Ruh dich ein bisschen aus, aber dann krieg deinen Hintern hoch, hörst du? Ich will meinen Mann zurück« – und ganz leise – »den Kerl von Mann, in den ich mich verliebt habe.«

Ihre Haare waren pechschwarz, ihre Augen dunkel, sie hatte in kürzester Zeit Deutsch gelernt, während ich bis heute nur ein paar Brocken Spanisch beherrschte.

Als wir hörten, dass jemand mit klappernden Stöckelschuhen die Holztreppe hochkam, hielten wir beide inne. »Wir machen einfach nicht auf«, flüsterte sie und legte ihren Zeigefinger auf meine Lippen. Aber schon klopfte jemand an die Außentür, zaghaft nur, kaum hörbar.

»Könnt aber wichtig sein«, sagte ich. »Vielleicht der Hausmeister. Mit den Münzen für die Waschmaschine im Keller.«

»Wenn der Hausmeister Stöckelschuhe trägt, ist er eine interessantere Person, als ich gedacht habe.« Delma verschwand in unserem künftigen Mehrzweck-Wohn-Arbeits-und-Schlaf-Zimmer. »Vielleicht ist es auch deine Verlegerin, die nachschaut, ob du endlich ein neues Skript fertig hast.«

Ich öffnete erst die wurmstichige Holztür, dann die solide, graue Metalltür, die aussah, als würde sie einen Schließfachraum einer großen Bank verbergen. Das Licht im Gang war düster, eine Frau, etwa sechzig Jahre alt, stand vor mir, schlank, mit den Stöckelschuhen etwas größer als ich, grauschwarze, lange Haare und tiefe Schatten unter den Augen. »Hallo, Jan«, sagte sie. »Ich bin Angelikas Mama.« Sie streckte mir ihre Hand entgegen. »Elisabeth Reitmann.«

Ich schluckte, nahm ihre Hand und quälte mich zu einem Lächeln. »Aaah.«

»Meine Tochter Angelika hat mit dir im Studentenheim Rathenau gewohnt.«

»Jaja, natürlich.« Ich nickte wie blöd, und mein Herz schlug sofort ganz wild, ganz bös. »Na klar. Die Geli.«

Angelika Reitmann
Zimmer 101

Mit einer Geste ließ ich sie wissen, dass sie hereinkommen solle. Und bevor ich ihr sagen konnte, dass sie nicht ihre Schuhe ausziehen müsse, schlüpfte sie auch schon aus ihren Highheels. Sie stand vor mir und musterte mich eindringlich. Ich versuchte, meine Gedanken zu ordnen, ich versuchte, mich wieder einzukriegen, aber in mir tobte das Chaos und meine Stimme klang fremd. Ich bat sie, Platz zu nehmen, dabei war doch kein einziger freier Stuhl in dem Zimmer.

Angelika Reitmann
** 10. Mai 1979 † 26. Juni 2000*

Die Inschrift auf dem Grabstein ihrer Tochter, kaum vierzig Kilometer von meinem Elternhaus entfernt, was auch der Grund war, dass wir miteinander fast ausschließlich in unserem für fast alle anderen im Heim unverständlichen Dialekt gesprochen hatten.

Delma nahm eine Schachtel von meinem Schreibtischsessel, die Frau setzte sich, nachdem sie auch Delma mit Handschlag höflich begrüßt hatte, und sah mich an. »Bist du das?« Sie hielt eine Bastelei aus Papier in die Höhe. »Ich glaube, das bist du.«

Was mir Elisabeth präsentierte, war ein Himmel-und-Hölle-Spiel, das, wenn geschlossen, eine Bleistiftzeichnung einer Person zeigte, die ohne Zweifel große Ähnlichkeit mit Angelika hatte. Ich setzte die Papierbastelei auf meine Finger, wie wir es als Kinder oft getan hatten. Ich öffnete sie waagrecht. Im aufwendig ausgeschmückten Himmel befand sich das cartoonhafte Porträt eines Kerls mit wilder Frisur, in dessen Mundwinkeln eine Zigarette hing und neben dem eine Flasche mit der knallig-roten Aufschrift WODKA schwebte. Auf der anderen Seite des Paradieses ein lächelnder, unspektakulärer Typ mit Seitenscheitel und Heiligenschein. Ich öffnete senkrecht, spürte, wie ihr Blick auf mir ruhte. Im Höllenfeuer schmorte ein Typ mit Bomberjacke und einer Mütze mit Adleremblem sowie ein Lockenkopf mit Brille und Bartstoppeln.

Himmel und Hölle

Ich schluckte, während ich mich zu einem Lächeln quälte. Der Wodka-Trinker war ohne Zweifel Florian aus Zimmer 214, BWL-Student und Partybiest aus Fürth, zwei Semester so offensichtlich scharf auf Geli, dass jeder im Heim schon darüber Witze machte, vor allem weil er nicht den geringsten Erfolg bei seinen Flirtversuchen zu haben schien. Der Mann mit Heiligenschein war Angelikas Freund, Manuel, der zu jener Zeit in Zürich studierte. Den Lockenkopf in der Hölle konnte ich nicht identifizieren, dafür war mir der Bomberjackentyp mit der Fußballmütze bestens bekannt.

»Warum bist du auf Gelis Himmel-und-Hölle-Spiel?«

»Ich weiß nicht«, sagte ich kleinlaut und mühte mich zu einem Lächeln. »Ich habe wirklich keine Ahnung. Bin das denn wirklich ich?«

»Na, aber hallo! Sieht mir schon sehr danach aus.« Sie seufzte. »Du hast vor der Polizei immer behauptet, dass zwischen dir und meiner Tochter nichts gewesen sei.« Sie sah mich an, nickte. »Das ist doch so, oder?«

Ich spürte, wie falsch mein Lächeln war. »Ja, das habe ich gesagt.«

»Warum bist du dann für meine Tochter jemand gewesen, der in ihren Augen in die Hölle gehört?«

Delma und ich wechselten Blicke, sie spürte wohl, dass mir das Gespräch in ihrer Anwesenheit unangenehm war, also stand sie auf und ging ins Badezimmer, schloss die Tür hinter sich.

»Weißt du vielleicht doch mehr?«, fragte die Reitmann leise, um sich gestikulierend zu entschuldigen. »Ich will dich nicht beschuldigen, um Gottes willen. Nein. Vielleicht war sie ja in dich verliebt, ohne dass du es gewusst hast.« Sie stockte kurz, als wartete sie auf einen Einwand meinerseits. »Ich versuche nur zu verstehen. Ich versuche nur, mir e...«

»Woher haben Sie das?«, unterbrach ich sie und hielt das Papierkonstrukt in die Höhe.

»Spielt das eine Rolle?«

»Es ist also echt?«

Sie zuckte mit der Schulter. »Was denkst du? Natürlich ist das echt. Ich werde ja wohl die Schrift meiner Tochter kennen. Und glaubst du, ich klopfe hier an deine Tür, we...«

»Aber wo ist das jetzt plötzlich aufge...«

Sie unterbrach mich mit lauter Stimme: »Ich habe ihr altes Zimmer endlich ausgeräumt und das Ding eingeklemmt zwischen Schreibtisch und Wand gefunden. Ich habe sofort Eduard Veith angerufen. Du erinnerst dich doch an den Veith? Den Chefermittler in den ersten Wochen?«

»M-hm.« Ich nickte mit einem spöttischen Lächeln, wieder ein Lächeln aus purer Verlegenheit, dazu hob ich etwas zu theatralisch die Hände. »Sorry! Ich weiß nicht, warum ich auf dem Papier bin. Ich schwör. Ich habe keine Ahnung.«

»Es geht nicht nur um das Himmel-und-Hölle-Spiel.

Weißt du, wie oft ich mir in den letzten Jahren gedacht habe: Alles, was in der Nacht Fragen aufwirft, führt über Umwege irgendwie zu dir. Immer zu dir.« Sie leckte sich die Lippen, fuhr sich durchs Haar. »Du hast den Ermittlern nicht alles erzählt, Jan. Nein, das hast du nicht.«

Ich lächelte blöd. »Doch, doch. Ich habe denen alles erz…«

»Komm, Jan.« Ihr Ton war harsch, fast schon aggressiv jetzt, sie erschrak wohl selbst, denn sie sprach dann leiser, sanfter: »Hör auf. Ich bitte dich.«

Ich wiederholte nur: »Ich habe denen alles erzählt, was ich weiß.«

Dann starrte sie gebannt auf etwas an der Wand, und ich wusste, um was es sich handelte, ohne ihrem Blick zu folgen. Da hing ein Eintracht-Frankfurt-Schal, auf dem derselbe Adler war wie auf der Mütze, die das kahlköpfige Männchen in dem Himmel-und-Hölle-Spiel trug.

Ich räusperte mich. »Wer ist der Vierte? Wer ist der Mann mit den Bartstoppeln und der Brille mit viereckigen Gläsern? Der ist ja mit mir in der Hölle. Vielleicht sollte man rausfinden, wer er ist.«

Sie starrte mich an, ich erwiderte ihren Blick nicht, sie misstraute mir, sie hielt mich für einen Lügner. Das letzte Mal, dass eine Boulevardzeitung über sie geschrieben hatte, war vom Tod ihres Mannes, Gelis Vater, die Rede gewesen. Sie wurde zitiert, dass sie Angelikas Mörder, wenn der Staat es nicht schaffe, eben selber finden würde. Koste es, was es wolle. Sie hatte auch ziemlich deutlich zum Ausdruck gebracht, dass sie den Mörder im Studentenheim vermutete.

»Du lügst«, sagte sie und stand auf. »Das weiß ich jetzt. Um das zu wissen, habe ich dir in die Augen sehen müssen. Du lügst. Und ich verspreche dir, ich werde dich nicht in Ruhe lassen, bis du mir die Wahrheit erzählt hast.«

»Und was sollte mein Motiv sein? Warum zum Teufel sollte ich etwas verheimlichen? Glauben Sie im Ernst, ich wollte nicht, dass man das Schwein endlich erwischt?«

Sie zögerte kurz, sah sich mit skeptischem Blick in dem Zimmer um, ehe sie mich wieder fixierte. »Du lügst. Ich weiß nicht warum. Aber du lügst.« Sie klapperte mit ihrem Autoschlüssel in der Hand. »Wir sehen uns sehr bald wieder, Jan-Peter Halder. Und bist du nicht willig, so brauch' ich Gewalt.«

Sie ging zur Tür, schlüpfte in ihre Schuhe und verabschiedete sich von Delma, die gerade in dem Moment aus dem Bad trat.

Niemand auf der Welt hatte ein größeres Recht zu fragen, wer Angelika getötet hatte, als ihre Mutter. Immer und immer wieder. Denn es gab ja eine Antwort. Es konnte keinen Graubereich geben, kein Dazwischen. Es gab ein Ja, ein Nein. Kein Vielleicht. Ein Vielleicht war unmöglich. Der, der Angelikas Tod zu verantworten hatte, war kein Dämon, kein Geist, kein Alien, kein Schatten, keine Naturgewalt.

Nein. Der, der Angelika aus dem Leben gerissen hatte, war ein Mann. Und er hatte einen Namen. Ein Gesicht. Eine Geschichte. Wenn er nicht in der Zwischenzeit gestorben war, führte er irgendwo auf der Welt ein Leben. Trotzdem empfand ich ihren Besuch als Affront. Sie hätte vorher mit mir Kontakt aufnehmen können, anstatt einfach so in unserer Wohnung aufzukreuzen.

Delma und ich spazierten auf der frisch gemähten Wiese etwas flussabwärts, suchten nach einem versteckten Uferplätzchen, und solche gab es hier zuhauf. Überhaupt schien hier weit und breit keine Menschenseele unterwegs zu sein.

Wir legten eine Decke auf den Sand, ich trank Dosenbier, sie aß zwei vegetarische Sandwiches mit viel zu viel Mayonnaise. Sie kaute laut und schlang die beiden Dinger so hastig runter, dass ich lachen musste. Sie fragte, was los sei, ich schüttelte nur den Kopf. Ich liebte diese Frau mehr als mein Leben. Und warum erzählst du ihr dann nicht alles?, fragte ich mich. Jetzt und hier. Bei Bier und Sandwich und dem Geräusch des fließenden Gewässers, dem Duft des frisch geschnittenen Grases. Der Frau, ohne die du dir das Leben nicht mehr vorstellen könntest. Der Frau, der du als einzigem Menschen bedingungslos vertraust.

Vielleicht hätte ich es getan. Vielleicht hätte ich es ein paar Minuten später wirklich getan. Aber sie stand auf und zog sich aus, splitternackt, lediglich ihre Badeschuhe ließ sie an, und ging so zum Wasser, machte einen Handstand dort, und ich öffnete die nächste Dose, sah ihr zu und dachte mir: Nicht heute und nicht hier. Die alte Welt würde noch früh genug zusammenbrechen, nach Elisabeth Reitmanns Auftritt war es nicht länger die Frage ob, sondern nur noch die Frage wann.

Ich konnte seither keine Ruhe mehr finden. Immer wieder überkam mich ein Anflug von Panik, der mein Herz schneller schlagen ließ, mir in den Magen fuhr, mich nervös nach Delma blicken ließ, ob sie irgendwas bemerkte, ob sie mir ansah, dass mich alte Gespenster heimsuchten und eines dieser Gespenster ich selber war.

Sie stand nun auf einem mächtigen Steinbrocken, der in der Mitte des Flusslaufes lag, und posierte als Ballerina.

Sie spielte mit mir.

Geli und Delma hatten eines gemeinsam: Sie waren *smart as fuck*. Genau diese Worte gebrauchte Delmas beste Freundin in einer kalten Winternacht am Bahnhof, wohin ich sie nach einem mehrtägigen Besuch begleitet hatte. Sie sei in guten Händen, davon hätte sie sich überzeugen können, und das mache sie glücklich. Und bevor sie in den Zug stieg, der sie nach München bringen sollte, meinte sie eben: »Delma's got a big heart. But she's smart as fuck.« Was sie mir damit sagen wollte, habe ich nie so recht verstanden. Vielleicht weil ich nicht *smart as fuck* war. War's eine Warnung?

Delma kam zurück ans Ufer, zog sich laut singend Shorts und Top an. Auch Geli hatte lange, pechschwarze Haare gehabt und dunkle Augen, aber sonst hatten sie äußerlich keinerlei Ähnlichkeit. Ich habe Geli auch kein einziges Mal singen hören, Delma hingegen sang den ganzen Tag. Geli sprach Bregenzerwälder-Dialekt, Delma Schriftdeutsch. Gelis Zimmer war picobello aufgeräumt und sauber, und als ich einmal mit Doc Martens auf ihren Teppich stieg, flippte sie aus. Delma hingegen räumte ungern auf und fühlte sich im Saustall und im Chaos wohl.

Geli hat sich nie von jemandem etwas sagen lassen. Und sicher nicht von einem Mann. Es war eine verdammt toxische Machowelt damals, und Männern lautstark zu widersprechen im Studentenheim oder auf der Uni, war damals nicht die Selbstverständlichkeit, die es hätte sein sollen. Und so mauserte sich Geli in kürzester Zeit zu einer kleinen Berühmtheit am Institut, *angry young bitch*, schimpfte sie ein Professor aus England, als sie in einem Hörsaal lautstark mit anderen Studentinnen gegen seine Vorlesung protestierte, sie führte Hörsaaldiskussionen und Sitzungen der Studierendenvertretung der Fakultät an, ja, sie war die erste Studentin in der Geschichte der Universität, die ein Stipendium für ein renommiertes Seminar in den USA erhielt, das sie aber nie besuchen konnte, weil es erst drei Monate nach ihrem Tod stattgefunden hätte.

Man rief Geli Emanze, Feministin, als wären's Beleidigungen. Als wären's keine Komplimente, den herrschenden Herrenmännlein an der Universität in die Eier zu treten. Hinter ihrem Rücken tobte auch vulgärer Hass, wie oft hörte ich in biertrinkender, rauchender Männerrunde, die Reitmann sei ja bloß eine ungefickte Grantscherben, eine frigide Möse, eine freche, besserwisserische, linke Göre.

Und so lag Delma neben mir auf der Decke, spielte auf ihrem Handy, fluchte lautstark und ordinär auf Spanisch, wenn sie einen Fehler machte. Wie nebenbei und ohne aufzublicken fragte sie: »Wie ist sie gestorben?«

»Wie ist wer gestorben?«

»Warum hast du mir nie erzählt, dass ihr euch nahegestanden seid? Es hat immer so geklungen, als wäre das eine Fremde gewesen, die man ermordet hätte, mit der du zufällig im selben Haus gewohnt hast.«

Ich seufzte. »Ich hab mit ihr die Gemeinschaftsküche geteilt, natürlich ist man sich da öfters übern Weg gelaufen.«

»Wie ist sie gestorben?«

»Stich ins Herz. Wahrscheinlich mit einem Messer.«

Leise sagte sie: »Ich spüre, dass da mehr war. Es tut mir weh, dass du mir nicht hundertprozentig vertraust, aber ich kann dich nicht zwingen, mir alles zu erzählen.« Sie sah mich an. »Hast du was mit ihr gehabt? Nein, oder? Das kann nicht sein.«

»Da war nichts.« Ich erwiderte ihren Blick fest. »Da ist nichts gelaufen.«

»One-Night-Stand?«

»Nein. Ich schwör.« Ich schluckte. »Wir haben ein bisschen geflirtet vielleicht.«

»Vielleicht?«

»Wir haben geflirtet.«

Ich nahm ein paar Schlucke Bier und sah dann auf das Display meines Handys und öffnete eine Mail von Elisabeth Reitmann: Ich wollte nicht aufdringlich sein. Es tut mir leid, ich hätte mein Kommen ankündigen sollen und gewiss nicht vor Deiner Frau so reden dürfen. Dafür möchte ich mich entschuldigen. Ich hätte trotzdem immer noch gerne, dass Du Dich mit Eduard Veith triffst, ihm noch einmal Punkt für Punkt erzählst, was Du weißt. Ich übernehme sämtliche Reisekosten inklusive 4 Übernachtungen im neuen Luxushotel neben dem Museum. 12. Stock mit Aussicht über die ganze Stadt. Für Deine Frau und Dich.

Delma schnippte mit den Fingern, um meine Aufmerksamkeit zu bekommen. »Du hast nichts mit der Frau gehabt, o. k., ich glaube dir. Aber hat ihre Mutter recht? Hast du der Polizei nicht alles erzählt?«

»Warum sollte ich? Alles, an was ich mich erinnert habe, habe ich denen erzählt. Aber ich war dermaßen betrunken in der Nacht, dass es natürlich ein paar Lücken gibt.«

Delma nahm meine Hand, küsste sie und drehte sich auf den Rücken. »Du warst Hölle für ein Mädchen, das ermordet worden ist. Das muss ich erst mal verarbeiten.«

»Hölle auf einem blöden Papierspiel«, protestierte ich. »Das kann doch keiner ernst nehmen.«

Wieder tippte sie mit beiden Daumen auf dem Display ihres Handys. Ich drehte mich nun auch auf den Rücken, mehrere Rotmilane kreisten am dunkelblauen Himmel, schlugen nicht mit den Flügeln, bewegten nur ruckartig ihre Köpfe, hielten Ausschau nach Beute.

»Der Mord ist draußen passiert. Am Flussufer hinter dem Heim. Zu der Zeit war ich längst auf meinem Zimmer. Ich habe ein wasserdichtes Alibi. Ich kann es gar nicht gewesen sein.«

Sie legte ihr linkes Bein auf mein rechtes. »Ich würde nicht hier mit dir liegen, wenn ich glauben würde, du wärst zu einem Mord fähig. Aber egal, was du mir erzählst, ich werde das Gefühl nicht los, dass du mir irgendwas verheimlichst.«

Ich zögerte lange, ehe ich sagte, was ich sagte. »Vielleicht war's ja der Flo von 214.« Ich richtete meinen Oberkörper auf, um mein Bier trinken zu können. »Der ist an dem Abend mal mit der Geli auf ihrem Zimmer verschwunden.«

»Und das heißt?«

»Es kann alles Mögliche heißen.«

»Sie haben Sex gehabt?«, fragte sie.

»Ich sag doch, es kann alles Mögliche heißen.«

»Sie hat doch einen Freund gehabt?«

»Yep. Aber der war ja so gut wie nie da.«

»Aha.« Sie zuckte mit der Schulter. »Und selbst wenn sie mit Flo gefickt hat? Hat er keinen hochbekommen, und sie hat ihn ausgelacht? Hat sie ihn abgewiesen, und sein armes Machoherzchen war gekränkt?« Sie sah mich zweifelnd an. »Irgendein Indiz dafür, dass da was aus dem Ruder gelaufen sein könnte?«

»Er ist mit ihr auf dem Zimmer verschwunden, mehr weiß keiner, selbst er behauptet bis heute, sich nicht mehr daran zu erinnern.«

»Bei der Obduktion wird man wohl festgestellt haben, ob das Opfer Sex gehabt hat in den Stunden davor.«

»Ist nie was an die Öffentlichkeit gedrungen.«

»Gut. Geht auch niemanden was an.«

Die Kreise der Greifvögel wurden enger, sie flogen tiefer jetzt, sie flogen direkt über uns, als wären wir die Beute.

»Es hat keine Zeugen gegeben. Keine Tatwaffe und kein Motiv.« Ich trank das Bier ex und legte mich wieder hin.

»Neben dem Studentenheim steht so eine kleine, abgefuckte Tankstelle, die vierundzwanzig Stunden lang geöffnet hat. Wir sind oft in den Shop, Bier oder Wodka kaufen, wenn die Supermärkte alle schon zu waren. Die Geli hat dort eine Flasche Tequila geholt, das ist minutengenau dokumentiert. Um 01.56 Uhr ist *Try Again* von Aaliyah im Radio gelaufen, und Geli hat im Shop den Refrain leise mitgesungen. Als die Nachrichten um zwei Uhr angefangen haben, war sie schon wieder weg, behauptet der Angestellte dort. Die Becky und der Ole haben sie noch gesehen. Die haben im Gebüsch geknutscht, sie sei vorbei, einfach an ihnen vorbei, hätte nicht auf Oles Zuruf reagiert.« Meine Stimme zitterte nun leicht. »Auch ich habe sie gesehen. Vom Fenster im zweiten Stock aus. Mit der blöden Flasche Tequila in der Hand. Der letzten Flasche Tequila aus der Tankstelle. Hinter dem hohen Maschendrahtzaun. Nur für ein paar Sekunden. Nur für den Moment, als sie im Licht der Laterne zu sehen war.«

»Das ist gruselig.«

»Niemand hat einen Unbekannten gesehen. Niemand hat irgendwas Verdächtiges beobachtet.«

»Und es hat keinerlei DNA-Spuren gegeben?«

»Man hat DNA-Spuren an Gelis Kleidung gefunden, aber keine brauchbaren. Nichts in der Datenbank.«

Sie sah mich überrascht an. »Die Kriminalpolizei hat nie einen Massentest gemacht?«

Ich schüttelte den Kopf. »Geli war mit den Klamotten auf der Uni in mehreren Hörsälen, auf der Mensa, im Unicafé und in der Gemeinschaftsküche im Heim, auf dem Klo in ihrem Zimmer, auf das im Laufe des Abends noch andere Partygäste gegangen sind. Was hätte das schon ausgesagt?«

»Sie ist doch an einem Zaun ermordet worden. Hat man da gar nichts gefunden?«

»Der Arbeiter, der die Tote gefunden hat, hat kurz vorher mit einem Hochdruckreiniger jeden Quadratmeter um den Tatort abgesprüht, weil da so viele Blätter vom Gewittersturm rumgelegen sind. Kannst dir ja vorstellen, was da übrig geblieben ist.«

»Sie ist auf der Baustelle gefunden worden?«

»Nein. Aber direkt hinter dem Zaun.«

Sie richtete sich auf und sah auf einmal so müde aus, meine Kleine. Und sie hätte noch viel müder ausgesehen, hätte sie alles gewusst. All meine Lügen in meinem Gesicht lesen können. Also drehte ich mich zu ihr und sagte: »In meinem Dialekt gibt es kein *Ich liebe dich*. Aber nur wenn ich Dialekt rede, kommt es von ganz tief drinnen, verstehst du? Jetzt weiß ich nicht, was ich dir sagen soll, um zu beschreiben, was ich für dich fühle.«

»Dann solltest du deine Bücher künftig vielleicht im Dialekt schreiben.« Schon den ganzen Tag war da eine Gereiztheit in ihrem Ton.

»Alles o. k., Delma?«

»Warum fragst du?«

»Du bist sonst nicht so.«

»Jetzt bin ich so.«

»...«

»Ich stelle bloß Fragen. Das darf ich doch, oder?«

Als ich elf war, meinte der Pfarrer in einer Religionsstunde, dass dem ganzen Universum zeitlich ein Ende gesetzt sei. Nichts würde, nichts könnte übrig bleiben. Egal, wie sehr wir uns auch bemühen würden, einen atomaren Weltkrieg oder eine Zerstörung der Erde zu verhindern, egal, ob Menschen es je schaffen würden, auf andere Planeten auszuwandern, vielleicht sogar die ganze Milchstraße zu bevölkern, am Ende würde alles ausgelöscht, das wären die unumstößlichen Erkenntnisse der Kosmologie. Natürlich würde das seine Milliarden von Jahren dauern, aber es würde geschehen. Das Universum, so meinte unser Pfarrer, würde kollabieren, zerrissen werden oder so abkühlen, dass absolut kein Leben mehr möglich wäre.

Keine Erzählung von einem Gott oder einem Teufel hat mir je mehr Furcht eingeflößt. Und keine Erzählung hat mich mein Leben lang so verfolgt und beschäftigt.

Nichts von uns würde übrig bleiben. Alles war egal. Manchmal deprimierte mich der Gedanke, manchmal berauschte er mich. Er hatte etwas unendlich Befreiendes. Etwas Wildes. Nichts und niemand würde übrig bleiben.

Gelis Tod traf mich jedoch mit solcher Wucht, dass ich nicht länger glauben konnte, dass alles vergehen würde. Ein junger Mensch war gewaltsam aus dem Leben gerissen worden, und das würde niemals ausgelöscht werden, es schien unvergänglich, jenseits von Vergeben und Vergessen und Endlichkeit.

Am frühen Morgen des 26. Juni 2000 sah der zweiundvierzigjährige Bauarbeiter Mehmed H. Angelikas leblosen Körper hinter dem Zaun der Baustelle, nur wenige Meter vom Gehweg am Ufer entfernt. Die umzäunte Baustelle war über Nacht nicht zugänglich, das Zufahrtstor versperrt und gut gesichert. Trotzdem durchsuchte die Polizei das Areal mit einem Großaufgebot nach Spuren und der Tatwaffe. Aber weder dort noch am Ufer fand man irgendetwas Brauchbares.

Fast sämtliche Zeitungen und TV-Sender legten in ihren

Berichten den Fokus auf die Drogendealer bei der Tankstelle, obwohl wir fast alle aus dem Heim der Meinung waren, dass die fast nie so spät nach Mitternacht dort draußen zu finden waren. Wenn schon, dann trauten wir die Tat eher rechten Hooligans zu, die sich immer mal wieder an der Tankstelle mit Bier eindeckten und am Wochenende illegale Autorennen veranstalteten, aber von denen war in der Nacht keine Spur gewesen. Ja, fast alle Heimbewohner waren von Anfang an überzeugt, dass der Mörder weder aus dem Heim kam noch der böse Drogendealer aus Nordafrika war, der weit nach Mitternacht mit einem großen Messer durch die Gegend schlich; dieses Bild, das die Boulevardmedien in den ersten Wochen landesweit verbreiteten, hatte viel mehr mit plumpem Rassismus als mit ernsthaftem Journalismus zu tun. Die meisten glaubten, die Geli wäre zur falschen Zeit am falschen Ort gewesen und der Mörder war irgendwo in den angrenzenden Hochhäusern zu finden.

Aber auch hierfür gab es keinerlei Anhaltspunkte. Alles blieb mysteriös und die wildesten Gerüchte und Verschwörungstheorien fluteten in den kommenden Jahren die Online-Foren.

Es war, als hätte Gelis Mutter einen Schalter in meinem Kopf umgelegt, der sich nicht mehr zurückbewegen ließ. Wie der Refrain eines verhassten Ohrwurms, der im Kopf spielt, immer und immer wieder, war ich in einer Endlosschleife von Gedanken gefangen.

Ich konnte in den folgenden Nächten kaum mehr schlafen, lag lange wach, wälzte mich im Bett. Ich musste ständig an den Streit mit Geli denken, noch bevor die Party überhaupt richtig angefangen hatte, in der Gemeinschaftsküche des ersten Stocks vor allen Leuten. Ein Streit, der so heftig wie vermeintlich nichtig war, dass alle nach und nach verstummten und uns schließlich mit offenen Mündern anblickten. Sogar Felix, der Kater, den Maria aus 118 verbotenerweise im Heim hielt, sprang aus Angelikas Armen und nahm verängstigt Reißaus. Manchmal versuchte ich mich exakt daran zu erinnern, was wir sagten. Jeden verdammten Satz unseres Zankes wiederholte ich.

Dann wieder sah ich Geli vor mir gegenüber am Lagerfeuer, Stunden später, rücklings auf dem Baumstamm liegend. Die Blicke, die sie mir hie und da zuwarf, hatten sich tief in mich eingebrannt. In einer Nacht, die mehr Schwarze Löcher hatte als jede andere Nacht in meinem Leben, überstrahlte dieser Blick alles. Ich ahnte, wie tief verletzt sie war. Ich ahnte, dass sie mir in tausend Jahren nicht verzeihen würde. Und ich trank und trank, bis die Welt anfing, sich zu drehen.

An einem schwülen, gewittrigen Freitagnachmittag beschloss ich, zum Doktor zu gehen, weil mein Hals seit Tagen heftig und auf eine Art schmerzte, die sich nicht mehr nach einer normalen Erkältung anfühlte. In einem der Behandlungszimmer der Arztpraxis saß ich auf dem Stuhl vor einem Tisch und starrte hinaus auf einen prächtigen Lindenbaum vor der Fensterfrontseite, überlegte mir, ob ich meine alten Kumpels aus dem Heim kontaktieren sollte, um herauszufinden, ob die Reitmann auch schon bei ihnen vorstellig geworden war, und wenn ja, was sie so über den Mord und vor allem mich gemutmaßt hatte.

Hinter meinem Rücken ging die Tür auf, ich drehte mich zur Seite, erwartete eine Frau Doktor Braun, aber es war

Elisabeth Reitmann, die sich wie selbstverständlich einen Stuhl aus der Ecke holte und neben meinen stellte.

»Hallo, Jan.« Sie trug dezentes Make-up, eine kleine Handtasche und feine Kleider. »Entschuldige. Kann ich nochmals mit dir reden? Nur ganz kurz.« Ich blieb reglos sitzen, ich musste nicht fragen, woher sie gewusst hatte, wo ich war, mir war sofort klar, dass sie mir gefolgt war. »Ich weiß, du hast nichts mit dem Mord an meiner Tochter zu tun. Aber du könntest vielleicht helfen, die Sache aufzuklären, wenn du mit Eduard Veith sprichst.« Ich bewegte meinen Kopf etwas zur Seite, schwieg aber weiter, sie setzte sich, sprach zu mir wie zu einem Kind. »Vielleicht könntest du ihm ja helfen, herauszufinden, wer der vierte Mann auf dem Himmel-und-Hölle-Spiel ist, hm?«

Ich schüttelte langsam den Kopf. »Ich bin in Gedanken mehrmals alle Leute durchgegangen, die in der Rathenau gewohnt haben oder öfters dort zu Besuch waren.« Ich zog die Mundwinkel nach unten. »Kein Treffer. Keiner hat solche Locken gehabt. Keiner eine solche Brille.«

»Ich bitte dich, Jan.« Sie beugte sich weit vor, ihre Ellbogen auf ihre Schenkel gestützt, ich wich etwas zur Seite, zu nahe war sie mir. »Ich spüre, dass dieses Himmel-und-Hölle-Spiel eine Bedeutung hat. Es spricht zu mir. Ich verstehe nicht, was es mir sagen will, aber es will mir etwas sagen.«

»Es tut mir leid.« Jetzt sah ich sie an, ich erwartete, dass sie weinte, aber sie weinte nicht, im Gegenteil, da war eine Stärke in ihrem Blick, eine Entschlossenheit, die ebenso beeindruckend wie furchteinflößend war. »Ich kann Ihnen nicht helfen. Ich habe mich damit abgefunden, dass ...« Ich stockte, presste meine Lippen aufeinander. »Ich weiß, dass ich nichts weiß und nichts verstehe und Gelis Tod schon tausendmal nicht.«

»Nein, Jan, nein, so kommst du mir nicht davon.« Sie stand wieder auf, schnäuzte sich leise die Nase. »Ich habe dir geglaubt, Jan. Sechzehn Jahre lang. Aber jetzt. Jetzt glaube ich dir nicht mehr. Du verheimlichst Dinge. Du kannst mir helfen. Und du wirst mir helfen, Jan.«

Ich schüttelte den Kopf, aber zaghaft, nicht überzeugend genug. »Ich …«

»Jan.« Sie kämpfte um jedes Wort, trotzdem spürte ich ihre Kraft, ihren Willen. »Ich kann nicht leben, ich kann nicht sterben. Ich muss wissen, wer es war. Wer meiner Tochter das angetan hat. Und warum. Ich muss. Ich muss, Jan, ich muss.« Ich sah wieder hinaus aus dem Fenster. »Du warst also nicht verliebt in sie?«

»Nein.«

»Da ist nichts gelaufen zwischen euch?«

»Nein.«

»Jan?«

»*Nein!*« Ich schnaufte wie ein altes Schlachtross nach einem Aufstieg, es war auf einmal so heiß und stickig hier drinnen, meine Kehle ausgetrocknet. »Ich hab die Geli gemocht. Wirklich. Aber ich war vergeben. Und die Geli hat ja auch einen Freund gehabt, den Manuel. Den hat sie doch geliebt, oder? Mit dem war sie doch glücklich.«

»Nein«, sagte sie. »War sie nicht. Nicht mehr. Aber das ist eine andere Geschichte. Und der Manuel war's ganz sicher nicht, bevor du irgendwas reininterpretierst. Der ist in Salzburg auf einem Konzert gewesen in der Nacht.«

Danach Stille. Sekunden für Sekunden vergingen, aber keiner sagte etwas. Nach einiger Zeit legte sie etwas auf den Tisch vor mir. Es waren großformatige Fotos, ich musste nicht hinschauen, um zu wissen, was darauf abgebildet war. »Warum bist du auf dem Himmel-und-Hölle-Spiel, Jan?«

»Das weiß ich nicht.«

»Warum hast du uns all die Jahre angelogen?«

»Aber das habe ich doch nicht.«

»War meine Tochter in dich verliebt? Hat sie dir das jemals zu verstehen gegeben?«

Ich schüttelte den Kopf. Müde. Erschöpft. Mit den blöden Schmerzen im Hals. Wo blieb Frau Doktor Braun?

»Angelika hat ein Tagebuch geführt. In kleine Hefte geschrieben. Den letzten Eintrag hat sie am 10. März 2000 verfasst.« Sie liest vom Handydisplay: *»Bin IHM in der Küche begegnet. Und ER hat mich die ganze Zeit angeschaut. Ich habe keine Reaktion gezeigt, einen auf cool gemacht, aber ich müsste lügen, wenn ich behaupten würde, es hätte mir nicht gefallen.«* Sie sah mich herausfordernd an. »IHM und ER in dicken Großbuchstaben.«

»Aha.«

»Du bist *ER*«, sagte sie leise. »Du. Jan. Niemand sonst.«

»…«

»Mensch, was soll das Theater. Was hast du zu verlieren? Du warst es nicht, das glaube ich dir, aber du musst reden. Du musst endlich reden. Nach all den Jahren dein Maul aufmachen. Irgendjemand von euch muss das jetzt tun. Oder ich zwinge euch.«

»Fuck!« Ich fegte die Fotos vom Tisch. »Ich will den Scheiß nicht sehen.« Meine Lippen zitterten. »Ich kann die Scheißwelt doch auch nicht retten. Ich kann nicht helfen, den Fall zu lösen. Ich kann's doch nicht! Ich würd's so verdammt gerne, aber es ist unmöglich!«

Sie hob die Fotos hastig wieder auf, und ich konnte erkennen, dass es entgegen meiner Vermutung nicht die Tatortfotos des unverpixelten Leichnams waren, die ein Boulevardblatt veröffentlicht hatte und die bis heute im Netz umherschwirrten, sondern alte Aufnahmen, Fotos einer fröhlichen Angelika. Ich entschuldigte mich mehrmals, stand auf und wollte hinausmarschieren. Da hielt sie mich am Arm fest: »Ich erwarte mir nicht von dir, dass du verstehst oder auch nur ahnst, was ich in den letzten sechzehn Jahren durchgemacht habe. Niemand kann das. Ich möchte aber, dass dir klar ist, dass ich es ernst meine. Dass du mir nicht entkommen kannst. Es gibt Fragen, die du mir beantworten musst und mir beantworten wirst.«

»Ich verstehe nicht«, sagte ich heiser. »Ich verstehe gar nichts mehr. Ich bin krank. Ich will nur noch heim ins Bett.«

»Der Fall wird gelöst werden. Es wird passieren. Und du kannst nicht länger schweigen, es spielt keine Rolle, wie sehr du dich dagegen sträubst. Ich war sechzehn Jahre nur eine lästige Frau für die Kripo, für die Politiker und Journalisten, eine verzweifelte Mutter, die um ihre tote Tochter trauert, mit der man Mitleid hat, aber der keiner wirklich helfen will. Niemand hat mir zugehört, aber jetzt sind die Karten neu verteilt. Ich bin kein Bajazzo mehr, Jan. Ich habe Trümpfe in der Hand.«

»Ich verstehe wirklich nicht, Frau Reitmann«, sagte ich leise, und sie ließ mich los.

»Ich war auch dieses Mal wieder bei der Polizei. Mit dem Tagebuch. Mit dem Himmel-und-Hölle-Spiel. Ich habe die angefleht, ein Cold-Case-Team aus der Hauptstadt zu schicken.« Sie lachte böse. »Aber nein. Nein, die unternehmen nichts. Das wären keine grundlegend neuen Erkenntnisse, sagen sie.«

Ich verspürte eine große Erleichterung, als ich hörte, dass es wohl kein Cold-Case-Team geben würde. Scham erfasste mich bei dem Gedanken, dass mir es lieber war, dass niemand den Fall noch einmal aufarbeitete, als dass mein Lügengebäude zertrümmert wurde. Aber dann sagte sie: »Mein Onkel ist vor einem Monat gestorben. Sein Leben lang hat er sich nie um mich gekümmert. Ich habe gar nicht existiert für den. Vielleicht hat er am Ende Mitleid mit mir gehabt. Er hat mir nämlich mehr Geld vererbt, als ich in meinem Leben noch ausgeben kann. Ausgerechnet er, der nicht einmal auf Gelis Beerdigung gekommen ist. Und ich werde jetzt jeden Cent dafür verwenden, die Wahrheit herauszufinden.« Sie tippte auf ihrem Handy. Dann hielt sie es mir vor die Nase. »Das ist die Summe auf dem Konto. Kannst du lesen?«

Ich konnte nicht. Ihre Hand zitterte. Es interessierte mich nicht, wie viel Nullen da standen. Ich ging zur Tür, öffnete sie und hörte sie noch: »Wenn du nicht mit Eduard redest und ich rausfinde, dass da was gelaufen ist zwischen ihr und dir, dass du irgendwas mit dem Mord zu tun hast, und wenn's nur indirekt ist und wenn du nur irgendjemanden deckst, dann mache ich dich fertig, Jan.« Sie wurde laut. »Die Todesangst, die meine Tochter in den letzten Sekunden ihres Lebens erlitten hat ... Ich werde dafür sorgen, dass du sie tausendfach erlebst, falls du für ihren Tod verantwortlich bist.«

Ich drehte mich nach ihr um. »Ich habe alles gesagt damals, Frau Reitmann. Es gibt nichts mehr zu sagen.«

Sie lächelte. »Du glaubst, du würdest in nächster Zeit einen neuen Verlag finden? Als zwielichtige Gestalt in einem Mordfall? Ich kann das verbreiten, glaube bloß nicht, ich hätte da irgendwelche Skrupel. Und deine Frau, die stammt doch aus Mittelamerika und muss bald ihre Aufenthaltsgenehmigung verlängern lassen. Wenn ich intensiv suchen lasse, werde ich was finden? Ich könnte da mal nachschauen lassen. Ich habe das Geld jetzt. Ich habe die Macht.«

»Schön für Sie«, sagte ich und stürmte aus der Praxis.

Lief die Stiege runter, stürzte durch den Hinterausgang hinaus ins Freie, musste auf dem Parkplatz so sehr nach Luft schnappen, dass die Halsschmerzen sich noch verstärkten. Aber ich wollte nicht zurück.

Erst habe ich mich ja selbst belogen, mir eingeredet, es wäre nur eine flüchtige Spinnerei. Etwas, das in ein paar Tagen verflogen sein würde wie so oft. Als das nicht geschah, war ich immer noch überzeugt, es unter Kontrolle zu haben. Dabei saß ich ja schon jeden Tag am Ufer, schwänzte die Vorlesungen und Seminare, verpasste Prüfungen, starrte in den grünen Fluss und las Liebesgedichte und Romane. Ich hörte stundenlang auf Zimmer 204 lautstark Musik und stellte mir immer und immer wieder vor, wie es wäre, sie zu küssen. Ich lief meine Joggingrunde in Rekordzeit, war vollgepumpt mit Energie, ich bekam weniger Dresche im Boxclub, und nicht nur das, ich teilte endlich auch ordentlich im Ring aus, war nicht länger Fallobst. Und wenn ich Stella von hinten nahm, fragte ich mich, wie Gelis Po wohl geformt war, wie viel dunkler ihre Haut war, wie anders ihr Stöhnen klang und ob sie es wie Stella liebte, schmutzige Sachen zu sagen. Und das erregte mich so, dass ich sofort kam und danach mehr als einmal beinahe Gelis Namen in Stellas Ohr hauchte.

Ja, ich wusste, es hatte mich erwischt, ich war verliebt in die Geli. Aber ich hatte Stella, und sie hatte Manuel, ihren Zürcher Freund. Wir waren beide vergeben. Wir waren beide nicht frei.

Unser erstes Treffen war ein furchtbares Desaster für mich gewesen. Ich hatte ihren Namen auf der Telefonliste gesucht, die im Flur jeder Etage neben dem Stocktelefon hing, das zwischen dem ersten Zimmer auf der Nord und der kleinen, fensterlosen Putzkammer an der Wand installiert war. Alles, was ich wusste: Sie wohnte auf Zimmer 101, denn auf der kleinen Pinnwand neben der Tür war ein Foto von ihr und ihrer Zimmerkollegin. Ich brüllte durch den Gang im zweiten Stock, in dem wie üblich viele Zimmertüren offen standen. »Ey, Jungs, wir müssen heuer wieder mal eine Miss-Rathenau-Wahl veranstalten. Ich kaufe Rum für eine feine Tigermilch und verteile ein paar Zettel mit den verschiedenen Kategorien. Oh yeah, heute Nacht küren wir the one and only Miss Rathenau!«

Eine tiefe Stimme aus einem Zimmer der Südseite: »Was für Kategorien?«

»Die üblichen. Wer sieht am besten aus, wen würde man am liebsten bumsen, mit wem könnte man sich eine Beziehung vorstellen, geilste Titten, geilster Ar... Malle? Andi? Hört ihr mich? Also, bei mir spielt die Neue von 101, die Schwarzhaarige, ganz oben mit ... hab sie gestern kurz in der Küche gesehen, und ich sag euch, so ein süßes Ärschlein in einer blauen Jogginghose gibt es auf der ganz...«

In dem Moment kam Geli in ihrer blauen Jogginghose mit einer Telefonwertkarte in der Hand aus Zimmer 206, denn Andi war nicht nur Heimsprecher, sondern auch Telefonwertkartenverkäufer, und weil viele noch gar kein Handy hatten, und wenn doch, das Telefonieren damit sehr teuer war, benutzten die meisten die beiden Telefonzellen bei der Bushaltestelle zwanzig Meter vom Heim entfernt.

»Eine Misswahl?« Sie schlenderte lässig auf mich zu, blieb vor mir stehen, musterte mich von oben bis unten, ihr Blick voller Spott. »Ernsthaft jetzt? Wen man gerne *bumsen* würde? Wer die geilsten *Titten* hat? Na, dann werde ich mal unten eine zünftige Misterwahl veranstalten.« Und als sie die Glastür zum Stiegenhaus öffnete, musterte sie mich abermals und rümpfte schließlich die Nase. »Hm-hm. So lala. Nicht heiß, nicht kalt, und leider kein bisschen Knackarsch.« Sie schnalzte mit der Zunge. »Fünf bis sechs von zehn.« Als sie schon zur Tür raus war, streckte sie noch einmal ihren Kopf herein: »Eher vierkommafünf, weil du schon ein bisschen alt bist. Siebzehntes Semester, hm? Ewiger Student, gesponsert von Mami und Papi?«

Als Geli verschwunden war, schlurfte Andi aus 206, oranger, hautenger Ganzkörperjogginganzug, fetter Grinser im Gesicht. Kicherte wie ein kleines Kind. Kriegte sich kaum mehr ein. »Bei der hast du so was von ausgeschissen.«

Ihm folgte Malle mit hochrotem Kopf. Der konnte kaum mehr atmen vor Lachen. »Du bist vielleicht ein Depp, du. Brüllst da durch den Gang.«

»Ja«, sagte Andi und hob mahnend den Zeigefinger. »So was muss still und heimlich ablaufen.« Er klopfte mir auf die Schulter. »Muss nur schnell duschen. Dann gehen wir Rum kaufen, Misswahl vorbereiten.«

Es war Stella, meine damalige Freundin, die mir von Angelikas Tod erzählte. Sie rief mich von der Uni aus an, das Klingeln des Stocktelefons riss mich gegen halb neun aus dem Schlaf. Ihre Stimme klang verweint, sie bekam nur mit Mühe etwas heraus, ich wusste sofort, etwas Schlimmes musste passiert sein, ich dachte im ersten Moment, es ginge um ihre Eltern oder ihren Bruder. Sie konnte erst gar nicht reden, diese Sekunden, bis es endlich heraus war, vergingen quälend langsam.

»Die Geli ...« Sie klang todernst. »Du hast's noch nicht gehört?«

»Was gehört?«

»Die haben die Geli ermordet.« Ihre Stimme war ganz tief nun, zitterte, und die Worte waren kaum zu verstehen. »Die Geli aus dem Heim.«

»Was heißt ermordet?«

»Die ist tot, die Geli. Die ist tot, Jan.« Ich hörte sie schwer atmen. »Die Geli aus Zimmer 101. Die ist tot.«

»Ey, das ist jetzt aber ein makabrer Scherz.«

»Das ist kein Scherz.«

»Was heißt ermordet?«

»Ich mach über so was doch keine Witze.«

»Wer ...? Fuck ...«

Und dann schluchzte Stella und konnte nicht mehr sprechen. Ich wollte wissen, was genau passiert war, ich dachte an einen Unfall, an nichts anderes, obwohl Stella *ermordet* gesagt hatte, war ich überzeugt, es könne sich nur um ein Unglück handeln. Ich dachte, sie wäre in den Fluss gestürzt, von den Fluten mitgerissen worden, ertrunken, oder aber einer der kranken Bäume am Flussufer wäre umgestürzt.

Ich dachte, Stella hätte das mit dem *ermordet* nur durcheinandergebracht.

Die nächsten Minuten befand ich mich in einer Art Trancezustand. Ich stand im Flur des zweiten Stockes, den Hörer noch in der Hand, wusste nicht, wohin damit. Irgendwann kam Werner durch die Glastür, die den Flur des zweiten Stockes vom Stiegenhaus trennte, und ich werde bis zu meinem Tod niemals seinen Gesichtsausdruck vergessen, die aufgerissenen Augen, wo er doch sonst nur mit zusammengekniffenen Äuglein durch die Welt stapfte, und den offenen Mund, als hätte er Schmerzen oder Schwierigkeiten zu atmen, und dazu die Farbe seines Gesichts. Er war so blass, so weiß, dass nicht einmal das Gegenlicht des Fensters dagegen etwas ausrichten konnte. Er sagte nichts, er schlich wie ein Zombie an mir vorbei in mein Zimmer. Als ich ihm folgte, fand ich ihn auf dem Bett sitzend vor. Ich blieb stehen, lehnte an der Wand, und es dauerte lange, bis ich schließlich herausbrachte: »Was ist passiert?«

»Scheiße.« Er starrte mich an. »Scheiße, Jan, scheiße.«

»Stimmt das also wirklich? Dass die Geli tot ist?«

»Scheiße, scheiße, scheiße.«

»Werner?«

»O mein Gott.« Er rieb sich die Augen, fuhr sich mit der flachen Hand übers Gesicht, dann sah er mich wieder an. »Die haben die abgestochen, Jan.«

»Wer *die*? Was ist denn passiert, verdammt nochmal?« Ich ging zu ihm, legte eine Hand auf seine Schulter, aber er antwortete nicht, also flehte ich ihn an: »Jetzt red endlich!«

»Dreckschweine«, sagte er, und dann stieß er einen Schrei aus und warf seinen Oberkörper zurück aufs Bett und streckte die Arme zur Decke. Werner war groß und kräftig, hatte einen schwarzen Wuschelkopf und war einer von denen, über den viele lästerten, dass er sein Studium erst in fünfzehn Jahren, falls überhaupt jemals abschließen würde, aber ich mochte Werner. Er hatte ein gutes Herz. Er war ein leidenschaftlicher Linker, entstammte einer alten Eisenbahnerarbeiterfamilie, stand immer auf der Seite der Ausgegrenzten und Schwachen, sein Zapata-T-Shirt war nicht nur coole Mode für einen studentischen Pseudorebellen.

Ich mochte Werner, aber in dem Moment trieb er mich zur Weißglut. »Was ist los?!«, fuhr ich ihn an. »Herrgott nochmal! Warum redest du denn nicht?!«

»Scheiße, Jan. Scheiße!«

Nun riss ich ihn sogar an den Haaren. »Red!«

»Jemand hat die Geli erstochen«, sagte er leise. »Mit Messer oder Flasche oder so, das wissen sie noch nicht genau … Aber sie ist tot, das ist sicher … Die ist tot, die Geli.«

»Ab…«

»Die Geli ist tot, Jan. Die Geli hat wer umgebracht.«

»Aber …«

»Die Polizei kommt gleich ins Heim. Die suchen alles ab, das Ufer ist ge…«

»Ich glaub das nicht. Ich glaub das einfach nicht! Hey, Werner … das …«

»Da stehen zig Polizeibusse vor der Baustelle. Die werden jeden Stein umdrehen, sagen sie. Die kommen gleich ins Heim, Jan. Die werden jeden von uns grillen im zweiten und dritten Stock. Jeden, der gestern auf der Party war.«

Ich hatte ein paar von Werners Haaren ausgerissen; als ich mich aufrichtete, klopfte ich sie ab und legte entschuldigend eine Hand auf seine Schulter. »Aber warum? Warum die Geli?« Ich schnaufte schwer. »Hat man sie ver…?« Ich schluckte, Hals und Zunge waren völlig ausgetrocknet, und ich spürte, wie sich das übliche höllische Schädelweh nach einer Saufnacht schon ankündigte.

»Ich weiß nicht. Einer von den Journalisten hat behauptet, sie wäre komplett angezogen gewesen, aber was heißt das schon?«

»Denkst du, sie hat leiden müssen? Todesangst gehabt?«

»Ich hoffe nicht, verdammt.«

»Das war doch keiner aus dem Heim, oder?«

Werner starrte mich bloß an. Er sah aus, wie jemand halt aussieht nach einer wilden Partynacht mit unendlich viel Wodka, Bier und Cannabis. Seine Haut ungesund, mit kleinen Pickeln, seine Haare ein wenig fettig und ungewaschen.

Und dann fragte ich nochmals: »Das war doch keiner von uns, oder?«

»Na«, sagte er. »Na, na, na, das war nie und nimmer einer von uns. Hey, Jan! Hey, hör zu! Hörst du mir zu?« Seine dunklen Augen so groß, seine Hand griff nach meinem Arm, schüttelte ihn. »Das ist nicht möglich! Das war keiner von uns.« Jetzt brüllte er mich an: *»Oder?!* ... Was sagst du?! Keiner von uns, ja? ... Sag was! ...« Und dann sprang er auf und starrte mich an. »Warst doch nicht du, oder? Ihr habt euch doch gestritten gestern? Aber nicht du, oder?«

Und da war dieser eine quälend lange Augenblick, in dem ich nicht antwortete, in dem ich mich fragte: Könnte ich es gewesen sein? Könnte ich es getan haben in einem Moment des Wahnsinns im Alkrausch, aber mich schlicht und einfach nicht mehr erinnern?

»Sag das nicht.« Mir brach die Stimme. »Sag doch so was nicht.«

»Schwör! Schwör, dass du das nicht warst.«

»Hey, Werner ...«

Er schloss die Augen. »Mein Gott, Jan. Ich bin völlig durch den Wind. Tut mir leid. Ich weiß nicht mehr, was ich rede.«

»Die Geli ist tot«, flüsterte ich.

»Ja. Die Geli ist tot.«

Das Heim, das während des ganzen Semesters pulsiert hatte vor Lebensfreude, das Heim, in dessen Zimmern, Gemeinschaftsküchen und Fluren immer jemand quatschte, lachte oder sang, Musik spielte oder mit Geschirr klapperte, war mit einem Mal verstummt. Als Werner in das nächste Zimmer wanderte, um mit den Jungs zu reden, schloss ich die Tür und wusch mein Messer. Gründlich, mit Spülmittel. Es jetzt, da eine Armee von Bullen am Ufer war, verschwinden zu lassen, wagte ich nicht.

Nach langen, quälenden Fiebertagen im Bett kam die Nacht, in der ich endlich wieder längeren Schlaf fand, und am nächsten Morgen wachte ich zwar schweißgebadet auf, fühlte mich aber besser. Und so stand ich auf, duschte, putzte die Zähne und fing danach an, alte Kartons nach Fotos von Angelika zu durchwühlen. Die wenigen Fotos, auf denen sie abgebildet war, fand ich in einer Schuhschachtel mit der Aufschrift *Partys Studentenheim Rathenau*. Damals besaß ich noch keine Digitalkamera, und weil das Entwickeln von Fotos für einen armen Studenten wie mich teuer war, hatte ich kaum Aufnahmen aus jener Zeit.

Auf einem der Fotos posierte Geli in der Hocke in einem roten Anorak und blauen Jeans mit Werner, Malle, Stella und Andi vor einem Schneemann, ihre schwarzen, langen Locken wild durcheinander von einer Schneeballschlacht, ihre Stiefel bis über den Rand voller Schnee. Der Schneemann war ein Riese in leichter Schräglage mit einem Zylinder und einer Karottennase, aber ohne Arme. Ich sah mir ein Gesicht nach dem anderen an, ehe ich zuletzt noch einmal Geli musterte. Sie lachte mit offenem Mund, sie sah zur Seite, vielleicht rief sie auch jemandem etwas zu. In ihrem rechten Handschuh hielt sie einen Schneeball. Hinter ihr stand Genf, unser Kampftrinker im Heim, mittelgroß, schmächtig, auffallend schiefe Schneidezähne, lange, glatte Haare wie ein Rocker, und, egal ob Winter oder Sommer, immer mit derselben Jeansjacke mit Motörhead-Aufnäher unterwegs.

Auf einem anderen Foto hielt Geli ein geöffnetes Hochglanzmagazin in Händen, auf dem ein nackter Mann abgebildet war, ein von oben bis unten durchtrainiertes Fotomodel, dessen Schwanz mehr als imposant war. Geli, und daran erinnerte ich mich genau, war verärgert gewesen wegen dieses Fotos, so sehr, dass sie sogar meinen Apparat verlangte und den Film herausholen wollte, aber sie war beschwipst und ich konnte sie abwehren. Da griff sie nach meinem ägyptischen Glückskäfer, der seit Jahren an einer Kette um den Hals hing. Sie kam mir dabei für kurze Augenblicke so nahe, dass Stella eifersüchtig wurde. Sie sagte zwar erst nichts, nein, sie schwieg an jenem Abend wie auch am nächsten Tag. Aber am zweiten oder dritten platzte es aus hier heraus, als wir im Bett auf Zimmer 204 lagen. »Was fällt der Neuen eigentlich ein? Was spielt die an deiner Kette rum? Und wie die dich anschaut! Wer glaubt die, dass sie ist?«

»Die weiß halt nicht, dass du und ich zusammen sind. Wir küssen uns ja auch nur selten öffentlich. Du stehst doch nicht auf Knutschereien in der Küche, oder?«

»Das ist doch peinlich, so was. Die fummelt vor allen Leuten an deiner Kette rum, grinst blöd und bezirzt dich mit ihren französischen Augen.«

»Französische Augen?«

»Na, die sieht doch aus wie eine Südländerin.«

»Sie kommt aus dem Bregenzerwald in Vorarlberg.«

»Ob vom Meer oder aus dem Wald. Alles dasselbe.«

Ich lachte. »Was heißt das?«

»Es heißt, was es heißt, bist du dumm?«

»Hey, hey.« Ich umarmte sie, küsste ihre Wange. »Ich bin dir treu, im Gegensatz zu dir, die du dich aus dem Staub machen willst.«

Sie lächelte traurig. »Oh, oh, oh, was willst du mir damit jetzt sagen?«

»Na, du willst ja dein Auslandsjahr machen. Das ist doch der einzige Grund, warum wir keine Zukunft haben.«

»Ach, das ist mir zu blöd, echt. Ich gehe doch nicht wegen dir weg. Ich gehe weg, weil das im Studienplan so vorgesehen ist, ich habe gar keine Wahl.« Sie winkte ab, nahm ihr Handy und stand auf. »Ich muss mir so was nicht antun, dafür bin ich mir zu schade.«

»Sie hat ein bisschen was getrunken.« Ich hielt sie am Arm fest. »Es war ihr Geburtstag.«

»Wenn die das noch einmal tut, lernt sie mich kennen, dann kriegt sie ein verspätetes Geburtstagsgeschenk von mir. Aber ein schmerzhaftes, diese schwarze Gurke.«

»Schwarze?«

»Schau mal ihre Haare an. Schwärzer als schwarz sind die. So ein Schwarz gibt es nirgends auf der Welt.«

Mich amüsierte Stellas Wut, es machte mich ein bisschen glücklich, dass sie Eifersucht zeigte, weil sie diejenige war, die über zu viele Gefühle lachte, und so entschuldigte ich mich artig und versprach, dass ich Abstand zu der Wälderin halten würde. Heiliges Ehrenwort.

Und dann fiel mir das Foto von mir und Geli am Baggersee in die Hände. Das Foto, das keinem Außenstehenden einen Zweifel ließ. Dass da was gelaufen sein musste zwischen ihr und mir. Sie und ich, Wange an Wange, lächelnd, Wassertropfen auf unserer Haut, mit diesem Feuer in den Augen. Wie ich immer noch den Moment abrufen kann, als wir uns berührt haben. Was ich gefühlt habe. Wie ich gestaunt habe, dass so etwas überhaupt möglich ist. All die Lebensjahre schon hinter mir und oft verliebt und gern verliebt, aber nie so. Niemals ein solcher Einschlag, eine solche Erschütterung, ein solcher Rausch.

»Da weiß ich ja gar nicht mehr, wo ich hingehöre«, hatte sie leise gesagt, die Geli, als sich unsere Wangen berührten. »Hör auf, mich so durcheinanderzubringen.«

Ich hatte nichts gesagt. Nur innerlich gelächelt. Und Maria von Zimmer 118, die das Foto geschossen hatte, meinte auf dem Rückweg zum Heim, als Geli außer Hörweite war: »Na, hast du nicht wenigstens ein kleines bisschen ein schlechtes Gewissen, hm?«

Da waren noch zwei weitere Fotos von uns beiden Verliebten, die ich in viele kleine Stücke zerriss und in den Restmüll schmiss, nachdem ich sie mit dem Handy fotografiert hatte. Gelis Mutter durfte sie niemals in die Hände kriegen. Und ich traute der Frau einiges zu. Auch dass sie zwielichtige Typen für einen Einbruch anheuerte, die nach belastendem Material in unserer Bude suchten.

Als ich mich aufs Klo schleppte, um zu pinkeln, und mir danach die Hände wusch, starrte ich lange mein Gesicht im Spiegel an. Und traf eine Entscheidung. Ich würde in die Offensive gehen. Ich würde Eduard Veith treffen. Es war besser, selbst etwas zu unternehmen, als darauf zu warten, dass Elisabeth Reitmann mich angriff oder noch mehr Dinge herausfand, die für mich belastend waren.

Ich schrieb ihr also eine Mail und buchte online ein Zugticket für den nächsten Vormittag.

2

HADDAH

Meine Zugfahrt aus der tiefsten Provinz in die Universitätsstadt an einem stürmischen Frühlingstag vor über zwanzig Jahren, Quereinstieg in das Sommersemester, das ich nur auf Druck meiner Eltern begonnen hatte. Ich war aufgekratzt und nervös, ich war ja so ein elender Hosenscheißer und wusste nicht, was mich in der Stadt erwarten würde. Ich hatte nur zwei riesige Sporttaschen bei mir, das Allernötigste zusammengepackt.

Als ich in dem Busterminal am Hauptbahnhof vom Zug in den Bus wechselte, bat ich den Fahrer, mir zu sagen, wann ich aussteigen müsste. Der sah mich Hinterwälder nur entgeistert an, nuschelte, ich möge doch einfach auf die automatischen Lautsprecherdurchsagen achten. Die ersten Tage schloss ich mich auf meinem Zimmer im Studentenheim ein. Ich wohnte im zweiten Stock und hatte Angst vor den Jungs im Gang. Ich hatte auch Angst vor den Mädchen im ersten Stock und auch Angst, auf die Uni zu gehen. Ich schlich mich in die Küche im ersten Stock, wenn ich Hunger hatte, aber nur, wenn sie nicht stark frequentiert war, ich holte mir etwas aus meinem Kühlschrankfach, verschloss es hastig und ging dann sofort wieder schnellen Schrittes zurück auf mein Zimmer, sperrte die Tür hinter mir zu und plumpste erleichtert auf den Stuhl vor dem Schreibtisch. Wenn jemand draußen lachte oder grölte, fuhr ich zusammen oder huschte gar zur Tür, um mit einem Ohr daran zu lauschen, was da im Flur vor sich ging und ob die sich etwa über mich lustig machten oder planten, mir irgendeinen Streich zu spielen.

Das Eis brach rasch. Die Leute machten es einem leicht. Alles war locker, easy, ich wurde sofort und ohne Vorbehalte in die Gemeinschaft aufgenommen. Das Heim lag etwas außerhalb des Stadtkerns, und wenn man den letzten Bus um Mitternacht im Zentrum verpasste, musste man den Fluss entlang etwa eine Dreiviertelstunde zu Fuß gehen oder ein teures Taxi zahlen. Deshalb zogen es viele vor, im Heim Party zu machen statt auszugehen. Außerdem wohnten in dem Haus wegen der Doppelzimmer viele Menschen auf engstem Raum, junge Menschen, die – wie ich – meist das allererste Mal aus dem behüteten Elternhaus in Freiheit entlassen worden waren.

Und die Mädchen waren so aufregend, dass ich gar nicht wusste, wie umgehen mit all meinen Gefühlen. O ja, das war etwas, das mein Herz jeden Tag schneller und härter schlagen ließ, sobald ich mein Zimmer verließ: Im ersten Stock, dem Mädchenstock, tummelten sich Dutzende junge Frauen, von denen mir eine besser als die andere gefiel, und sie behandelten mich nicht wie einen Weirdo, einen etwas schrägen Außenseiter mit billigen Klamotten, wie das oft im Gymnasium der Fall gewesen war, sondern freundlich, offen, ja, fast begeistert. Ein Hauch von Hippiespirit zog durch das Heim, keiner schien jemandem Böses zu wollen, jeder war zu teilen bereit, jeder schien jeden willkommen zu heißen, egal, woher du kamst, wer deine Eltern waren, was für Klamotten du trugst oder welche Spleens du zur Schau stelltest.

Das also war meine neue Welt, und ja, ich mochte sie, ich verfiel ihr mit Haut und Haar. Meine Teenagerzeit in dem abgeschiedenen Ort auf dem Land war beerdigt. Ich lebte in einem fünfstöckigen Haus voller junger Menschen, ein Haus, das bebte vor Energie, vor Leben, vor Aufregung. Nach ein paar Tagen und den ersten Vorlesungen wusste ich: Hier würde ich verdammt glücklich sein. Hier würde ich verdammt viel erleben.

Drei junge Frauen und ein gutaussehender, muskulöser Mann Ende zwanzig mit etwas zu bleicher Gesichtshaut setzten sich zu mir an das Tischchen in dem ICE. Es waren nur drei Sitze frei, aber die drei Frauen teilten sich zwei, indem sie zusammenrückten. Sie waren gut gelaunt, lachten, sprachen laut und schnell. Eine der Frauen war schwarz, trug ein Kopftuch, die anderen beiden waren blond und braungebrannt.

Ich war immer noch leicht erkältet, verschnupft und etwas heiser, deshalb legte ich meinen Fußballschal um den Hals, weil die Klimaanlange unangenehme kalte Luft verteilte.

Die junge schwarze Frau erinnerte mich an eine alte Schulfreundin. Die Ähnlichkeit war verblüffend, und schloss ich die Augen, glaubte ich, Hana reden zu hören. Aber ich wollte nicht glotzen. Ich wollte nicht fragen. Nichte? Cousine? Wahrscheinlich reiner Zufall.

An jenem Montagmorgen im Juni 2000 galt ich nach dem Fund der Leiche als Person von besonderem Interesse. Nicht, dass mir das jemand hätte sagen müssen, es war mir sofort klar. Ich war bis kurz vor der geschätzten Tatzeit auf der Party gewesen und hatte mich am frühen Abend mit Geli gestritten, und das lautstark und aggressiv in der Küche vor vielen Leuten.

»Wir bitten Sie heute um Punkt fünfzehn Uhr in der Polizeidirektion zu erscheinen«, sagte die Kripobeamtin, Biljana Wernicke, eine Frau Mitte dreißig, durchtrainiert und von meiner Größe, die mit einem gutgekleideten Kollegen namens Dushan Bogner auf Zimmer 204 auftauchte. Bogner, ein schlanker Schnösel mit auffälliger Designerbrille, einer protzigen Armbanduhr und kurzen, schwarzen Locken, klärte mich erst umständlich lange über das Prozedere auf und erläuterte mir, was es bedeutete, wenn ich die Fragen beantwortete.

Ich hörte gar nicht hin. Ich war nicht richtig bei mir. Als die beiden schon zur Tür raus waren, streckte Wernicke ihren Kopf noch einmal herein: »Der Streit mit Angelika Reitmann sei heftig gewesen. Gestern Abend. In der Küche.«

»Ja«, sagte ich, und dann versagten mir die Worte. Ich glotzte nur blöd.

»Ungewöhnlich, wenn man sich über eine solche Kleinigkeit wie ein offenes Fenster dermaßen streitet.« Wernicke tauschte Blicke mit Bogner aus. »Sie haben ihr angeblich gesagt, sie solle sich zurück zu den Rindviechern in den Bregenzerwald verpissen. Daraufhin hat Angelika Reitmann Sie als Wichser bezeichnet.« Sie hob die Augenbrauen. »Harte Worte. Wie kann ein Streit wegen einer solchen Nichtigkeit dermaßen eskalieren? Man sagt, ihr seid euch beinahe an die Gurgel, jemand hätte sogar dazwischengehen müssen.«

»Wir haben alle zu viel getrunken.« Ich zuckte mit der Schulter. »Ich hab verdammt viel Scheiße geredet gestern.«

»Aha.« Wernicke nickte. »Haben Sie auch viel Scheiße gemacht gestern?«

»Ich verstehe nicht ...«

»Später, am Ufer, haben Sie da noch einmal mit Angelika Reitmann gesprochen?«

»Nein, kein Wort mehr.«

»Sie sei Ihnen gegenübergesessen, am Lagerfeuer.«

»M-hm.«

»Nichts mehr gesprochen? Obwohl Sie in Ihrer Nähe sitzt?«

»Nichts mehr.«

Die beiden, die noch eben in der Tür gestanden hatten, befanden sich nun wieder in meinem Zimmer, obwohl mir nicht entging, dass Bogner kurz den Kopf schüttelte, wohl ein Versuch, Wernicke davon abzuhalten, hier weiterzubohren. Mitten im Raum lagen drei große Sporttaschen auf dem Boden, alle Heimbewohner hatten wegen eines Asbestbefundes bis zum 30. Juni auszuziehen, und ich hatte wie die meisten meinen Umzug bereits vorbereitet. »Keine weitere Konfrontation? Ist das sicher?«

Ich schluckte, und mein Kopf muss feuerrot geworden sein. »Yep.«

Die Frau nickte, biss sich auf die Lippen, der Mann sah sich im Zimmer um, er fing an, umherzugehen und sich umzusehen, ja, Dinge mit seinen Handschuhen anzufassen, was mich störte, aber ich traute mich nicht, mich zu beschweren.

»Und Sie haben sich wirklich nur darüber gestritten, ob ein Fenster offen bleibt oder geschlossen wird? Der Streit war doch schon am frühen Abend, so betrunken können Sie da doch noch gar nicht gewesen sein.«

Ich strich mir über den rasierten Schädel, kratzte mich am Nacken. Sie wiederholte die Frage, und ich antwortete: »Wir haben schon am späten Nachmittag angefangen zu trinken in der Küche. Vorglühen. Aber dann ist das blöde Gewitter aufgezogen und wir haben drinnen warten müssen, bis es vorbei war. Wir wollten unbedingt raus ans Ufer, um zu grillen und …« Ich spürte eine Hitzewallung. »Es hat voll den Durchzug gegeben. Der Wind ist richtig heftig gewesen, es hat geblitzt und gedonnert, und dann hat's auch schon angefangen zu schiffen wie Sau, und der Fernseher auf dem Podest an der Wand hat ein paar Spritzer abbekommen. Außerdem hat's die Bloody Mary ...« Ich korrigierte mich. »Die Maria hat das nicht gern, wenn die Fenster zur Terrasse offen sind, weil ihr Kater da ausbüxen kann. Ich habe die Geli also gebeten, die Fenster wieder zu schließen ...« Ich wurde laut, lauter, als ich wollte. »Scheiße, ich habe der Geli nichts getan. Wir haben uns kurz und heftig sinnlos gestritten, das war alles.«

Kurze Stille, dann Wernicke: »Wann genau haben Sie die Party am Flussufer verlassen? Damit wir das vorab schon mal ein bisschen einordnen können.«

»Ich weiß nicht mehr genau. Irgendwann zwischen halb zwei und zwei muss das gewesen sein.«

»Haben Sie die Party verlassen, ehe Angelika Reitmann mit ihrer Zimmerkollegin Alk-Nachschub bei der Tankstelle holen gegangen ist?«

»Tankstelle? Wa...? Wann soll das gewesen sein?«

»Gegen zwei Uhr.«

»Aber ich sag doch, ich bin vor zwei zurück ins Studentenheim.«

»Angelika Reitmann war also noch auf der Party, als Sie gegangen sind?«

»Ja. Die Geli ist noch am Lagerfeuer gesessen, als ich zurück ins Heim bin.«

»Sicher?«

»Ja.« Ich schloss die Augen. »Ja!«

»Sie sind durch den Hintereingang zurück ins Haus?«

»Natürlich. Die Schiebetür beim Haupteingang ist ab Punkt zweiundzwanzig Uhr geschlossen. Man kommt nur durch die Hintertür zurück ins Heim. Sonst geht eine höllisch lärmende Sirene los, wenn man sich an der Haupttür zu schaffen macht.«

»Mal angenommen, Sie wären nochmals raus zur Party. Dann hätten Sie den hinteren Ausgang genommen, und wären an der Baustelle vorbei zum Flussufer, ja?«

»Ich bin nicht mehr zurück zur Party.«

»Wenn«, sagte Bogner. »Meine Kollegin sagt ja: wenn.«

Ich zuckte mit der Schulter. »Über den hohen Zaun beim Parkplatz kommt doch niemand. Klar muss man den Umweg machen.«

»Also an der Baustelle vorbei?«

»Ja.«

»Hm. Das heißt, wer immer aus dem Haus nochmals zu der Party am Flussufer ist, zu den beiden Lagerfeuern, ist von der Eingangskamera der alten Kaserne erfasst worden?«

Ich hatte gar nicht gewusst, dass das Militärareal immer noch videoüberwacht wurde. Es standen auf dem Innenhof nur noch ein paar Militärfahrzeuge rum, die niemand je zu benutzen schien. Ich zog die Mundwinkel nach unten. »Wenn die Kamera funktioniert, nehme ich an, dass dem so ist.«

»Unsere Leute sind schon dabei, das Videomaterial der Kaserne zu sichern. Werden wir dich darauf nach zwei Uhr sehen, wie du nochmals zum Lagerfeuer bist?«

»Nein.«

»Nicht mehr zurück?«

»Nein!«

»Letztes Wort? Das ist fix?«

»Verdammt. Ich schwör. Ich bin nicht zurück.«

Und dann hielt der Kriminalbeamte mein Messer in der Hand, das ich doch bei mir tragen wollte, falls mein Zimmer durchsucht werden würde, in der Hoffnung, dass es dann nicht in Bullenhände fällt. Aber ich war kurz vor dem Auftauchen der Polizisten auf der Toilette gewesen; wenn ich die Hose runterließ, fiel das Teil immer aus der Hosentasche, deshalb hatte ich es auf den Schreibtisch gelegt. »Ihr Messer?« Er hielt es mir entgegen, ganz vorsichtig, am metallenen Ende zwischen Daumen und Zeigefinger, ein massives Herbertz-Messer mit feststellbarer Klinge. »Ja?« Ich nickte, er sprach laut und deutlich, als wäre ich schwerhörig oder der deutschen Sprache nicht mächtig. »Dürfen wir das mitnehmen?«

»Ich weiß nicht.« Mir wurde heiß und kalt gleichzeitig. »Müssen Sie?«

»Wir würden's gerne mitnehmen, o. k.?«

»Von mir aus. Ich bekomm's ja wohl zurück, oder?«

»Natürlich.«

In dem Moment wurde mir klar, wie ich auf die beiden gewirkt haben muss. Nein, mit meiner Größe von eins vierundsiebzig schüchterte ich niemanden ein, nicht auf der Straße und schon gar nicht bei der Polizei. Aber ich hatte damals meinen Kopf rasiert, trug schwarze Doc Martens und eine grüne Bomberjacke, die auf dem Bett lag und auf der Bogners Augen jetzt ruhten. Ein Outfit, das für Studenten eher außergewöhnlich war. Außerdem musste ihnen die Ausschmückung meines Zimmers ins Auge gestochen sein: In dem Studienjahr 1999/2000 hatte ich mir nämlich dank meines Nebenjobs im Schloss zum allerersten Mal ein Einzelzimmer leisten können und meine Wände mit Fußballpostern, Bildern von halbnackten Frauen, Heavy-Metal-Gitarristen, Punkbands und martialischen Fußballschals tapeziert.

Da fiel mir etwas ein. »Fragen Sie doch Stella!«

»Stella?«

»Stella war bei mir.«

»Stella?« Bogner hob fragend die Arme. »Ist das ein Hund?«

»Ein Hu…? Nein. Stella ist meine Freundin, und sie hat mit mir die Party verlassen. Sie hat mit mir die Nacht verbracht.«

»Die ganze Nacht?«

»Bis so um halb fünf, schätze ich. Es ist schon hell geworden, als sie gegangen ist.«

»Den vollständigen Namen bitte und ihre Adresse, Telefonnummer.«

»Sie wohnt auf Zimmer 117.« Ich hielt beide Daumen nach unten. »Im ersten Stock.«

Ich glaubte, Enttäuschung in Biljana Wernickes Blick zu sehen.

»Sie sind mit jemandem aus dem Heim zusammen?«

»Ja.« Ich korrigierte mich sofort. »Das heißt nein.«

»Ja oder nein?«

»Wir sind zusammen.«

»Also Freundin.«

»Es ist kompliziert.«

»Also, entweder ist man mit jemandem zusammen oder man ist es nicht.«

»Die Beziehung ist nur auf Zeit.«

»Auf Zeit?«

»Es ist kompliziert.«

»Was soll das heißen?«

»Das ist doch nicht wichtig jetzt.«

»Das bestimmen ganz alleine wir«, meinte Wernicke.

Bogner räusperte sich. »Erklären Sie es uns auf der Polizeidirektion. Fünfzehn Uhr. Keine akademische Viertelstunde. Punkt drei. Vierter Stock. Zimmer 479.«

»Wir müssen uns heute trennen«, sagte ich. »Stella und ich.«

»Aha, aha.« Wernicke nickte aufgeregt, die Enttäuschung, dass ich ein Alibi zu haben schien, war verflogen. »Und warum?«

»Stella fährt heute nach Hause und verbringt den Sommer bei ihren Eltern in Nürnberg. Im Herbst studiert sie für ein Jahr an einer Uni in Birmingham, macht ihr Auslandssemester. Wir wollen beide keine Beziehung auf Distanz. Heute verabschieden wir uns, und das war's.«

»Und das war's«, wiederholte Wernicke, wieder nickend, Mundwinkel nach unten gezogen, als zolle sie mir höhnisch Respekt. Harter Hund, du.

»Sie kann aber nur nach Birmingham, wenn sie den Aufnahmetest heute Vormittag besteht. Wenn nicht, wird sie noch mindestens ein Jahr hierbleiben müssen und wir nehmen zusammen eine kleine Wohnung in der Stadt.«

»Das klingt ja wirklich kompliziert«, sagte Bogner.

»Du warst ihr Freund auf Zeit also, soso«, meinte Wernicke. »Auch Angelikas Freund auf Zeit?«

»Quatsch.«

»Ist da auch was gelaufen zwischen dir und der Angelika?«

»Nein.«

»Nie was gewesen?«

»Nie.«

»Sicher?«

»Ja.«

»Nicht mal ein kleines Techtelmechtel?«

»Da war nichts.«

»Hm.«

»Sie hat einen Freund.«

»Hm.«

»Manuel heißt er. Er studiert in Zürich.«

»Im ersten Stock hat uns eine Studentin erzählt, dass es möglich sei, dass die Angelika und du eine geheime Affäre gehabt haben könntet.«

»In dem Heim kursieren jeden Tag tausend neue Gerüchte.«

»Warst du eifersüchtig auf den Manuel? Ha…«

»Die Fragen stellen wir später, Biljana«, unterbrach Bogner sie, aber sie ließ sich nicht unterbrechen.

»Sie sind also mit Ihrer Freundin auf Zeit, dem Fräulein Stella von Zimmer 117, vor zwei zurück ins Studentenheim?« Dass sie mich mal duzte, mal siezte, irritierte mich. »Was haben Sie da gemacht?«

»Geschlafen.«

»Sofort?«

»Nein.«

»Sondern?«

»Wir haben gequatscht und«, ich stockte, »alles Mögliche halt.«

»Alles Mögliche heißt?«

»Alles Mögliche heißt alles Mögliche.«

»Komm, lass die Clownsprüche.«

»Ich hab noch drei oder vier Gläser Wodka-Orange gekippt.«

»Und?«

»Und was?«

»Sex?«

»…«

»Aha, aha. Und nach dem Sex haben Sie das Zimmer nicht mehr verlassen bis am Morgen?«

»Nein«, sagte ich. »Das heißt.« Ich stockte wieder. »Einmal …«

»Ja?«

»... bin ich raus, weil das Stocktelefon geklingelt hat und nicht mehr aufhören wollte.«

»Da haben Sie das Zimmer verlassen?«

»Ich bin ans Telefon gegangen, ja.«

»Kommt es öfters vor, dass jemand mitten in der Nacht anruft?«

»Manchmal, ja. Meistens Besoffene. Aber dieses Mal war der Anruf tatsächlich für mich.«

»Wer hat dich angerufen?«

»Sarina, glaube ich.«

»Du glaubst?«

»Ich war stockbesoffen, verdammt.« Ich seufzte, als sie einen Notizblock hervorzog und energisch zu schreiben begann. »Sarina von Zimmer 103. Lange, blonde Haare. Über eins neunzig. Nicht zu übersehen. Nicht zu überhören. Sie hat wohl vom ersten Stock aus angerufen. Ob ich noch runterkommen würde, in die Küche, Tequila trinken.«

»Hm, hm. Sie sind aber nicht zu ihr in die Küche im ersten Stock?«

»Nein.«

»Wie lange haben Sie mit der Sarina von 103 telefoniert?«

»Kurz nur. Dann bin ich sofort wieder ins Bett.«

»Und Stella von Zimmer 117 kann all Ihre Angaben bestätigen?«

»Natürlich.«

Bogner steckte mein Messer in einen Papierbeutel. »Das krieg ich aber wirklich wieder?«, fragte ich.

»Selbstverständlich«, sagte er. »Und die Stella ist jetzt in der Uni? Wegen des Aufnahmetests für das Auslandsjahr Birmingham?«

»Korrekt.«

»Geben Sie mir ihre Nummer.«

»Die weiß ich nicht.«

»Sie kennen die Handynummer Ihrer Freundin nicht?«

»Nicht auswendig. Sie wohnt nur einen Stock tiefer, ich ruf die doch so gut wie niemals an.«

»Haben Sie die Nummer nicht auf Ihrem Handy gespeichert?«

»Ich habe kein Handy.«

»Kein Handy? Und wenn Sie telefonieren müssen?«

»Vor dem Heim bei der Bushaltestelle sind zwei Telefonzellen.«

»Mit den Telefonen auf den Stockwerken kann man also nur Anrufe empfangen, aber nicht raustelefonieren?«

»Yep.« Ich ging zum Schreibtisch, öffnete eine Schublade. »Ich müsste Stellas Nummer irgendwo auf einem Notizblock haben.«

»Her damit. Und bitte ein bisschen schnell, wir haben hier noch mehr Zimmer abzuklappern.«

Die jungen Frauen mir gegenüber im Zug tranken Smoothies mit merkwürdigen Farben, sie sprachen viel und aufgeregt, ihre Fröhlichkeit war beneidenswert. Der Mann hingegen telefonierte die meiste Zeit, ernst, ohne eine Miene zu verziehen, meistens sprach er einen Mix aus Deutsch und Serbokroatisch. Die Schwarze musterte mich hie und da und bot mir schließlich einen Drink an. Er war grünlich mit roten und schwarzen Farbklecksen. »*A magic drink*«, sagte sie. »Sie sehen aus, als könnten Sie einen gebrauchen.«

»Auweia. Und was ist das für ein Zaubertrank?«

»*Fine Lady.*« Sie machte ein Plopp-Geräusch mit ihren Lippen. »Der allerbeste.«

Ich nahm das Glas, das beinahe so hoch und schmal war

wie ein Reagenzglas, wollte nicht trinken, aber wie wäre ich denn dagestanden? Das Getränk schmeckte eigenartig, viel zu bitter und aggressiv, aber da war auch ein kleines Versprechen, ein Hauch von *magic*.

»Ex«, sagte die Freundin der Schwarzen, die mich misstrauisch beäugte, als ich absetzte. »Das trinkt man ex oder gar nicht.«

Ich tat, wie sie befahl.

»Ich bin Haddah«, sagte die Frau und streckte mir die Hand entgegen.

»Jan«, sagte ich und nahm ihre Hand.

Der Kerl neben mir musterte mich finster. »Jan«, wiederholte ich, ihm zugewandt.

»Das ist Branko«, meinte Haddah. »Der ist nur schlecht gelaunt, weil seine Freundin ihn beim Fremdgehen erwischt hat.«

»Da war nichts«, protestierte Branko und sah von seinem Handy auf. »Gar nichts war da.«

Und dann fing Haddah an zu singen: »*Oh Lord, don't let me cheat on my girlfriend. But Lord if you can't stop me from cheating just don't let me get caught.*« Und die beiden anderen jungen Frauen stimmten mit ein: »*No, no, no, don't let me get caught.*«

Kurz danach übermannte mich eine große Müdigkeit und ich schlief ein, obwohl meine weiblichen Mitreisenden weiterhin lautstark Spaß hatten. Als ich aufwachte, drosselte der Zug bereits das Tempo, es tauchten immer mehr und immer größere Häuser auf, und rasch hatten wir die Vorstadt mit den hässlichen Wohnblöcken aus den Neunzehnsiebzigern erreicht. Die Berge ragten so majestätisch-prächtig hinter der Stadt auf, dass ich mich an deren Anblick gar nicht sattsehen konnte. Wie hatte ich diesen Anblick vermisst.

Ich marschierte zu Fuß mit dem schweren Gepäck zur Wohnung einer alten Freundin, die ebenfalls im Studentenheim Rathenau gewohnt hatte. Petra war für unbestimmte Zeit in Vietnam, und ich konnte den Schlüssel bei einem Arbeitskollegen an der Uni abholen, wo sie seit vielen Jahren im Prüfungsamt arbeitete.

Ich wollte mir nichts von Elisabeth Reitmann zahlen lassen. Kein Hotel und keine Fahrtspesen. Ich wollte ihr nicht das Gefühl geben, ich würde ihr irgendetwas schulden.

Eduard Veith hielt mich drei Tage lang hin. Ich dachte schon gar nicht mehr daran, dass wir uns überhaupt treffen würden, als mich dann doch am Samstagmorgen sein Anruf weckte. Er sei am frühen Nachmittag in der Stadt, zwar mit seinen beiden Enkeln und seiner Frau, die er nur als ›sein Weib‹ titulierte, aber ein kurzes Treffen in einem Innenstadtcafé ginge sich aus.

Und dann saß er vor mir, eines der beiden Enkelkinder, ein kaum drei Jahre alter schwarzer Lockenkopf in einem knallbunten Sommerkleid, stand auf seinem Schoß und musterte mich neugierig mit riesigen braunen Augen und dicken Pausbäckchen. Die Altstadt quoll über vor Touristen, die Sonne war grell, ich versteckte mich hinter einer Sonnenbrille und zog die Baseballkappe mit dem Eintracht-Frankfurt-Emblem tief. Der Mann war größer, als ich ihn in Erinnerung hatte, bestimmt über eins neunzig, aber er war auch breit, ein Berg von einem Kerl, auch wenn ich ihn nicht als dick bezeichnet hätte. Nach meinen Berechnungen musste er dieses Jahr seinen Siebzigsten gefeiert haben.

»Du bist Schriftsteller geworden«, sagte er, als er die Kleine auf dem Boden abstellte, nachdem sie mit ihrem rechten Fuß energisch auf das runde Tischchen gestampft hatte. »Ich hab in dem Buchgeschäft mal in einen von deinen Romanen reingelesen, Harrgottzack!« Er lachte laut. »Nicht so mein Ding, aber ich lese auch sonst nichts außer dem Lokal- und Sportteil jeden Morgen.« Ich nickte, wollte etwas sagen, aber er fuhr fort: »Sag mir jetzt eins, Jan. Hast du was mit der Geli gehabt? Was Amouröses?«

»Nein.«

»Jo, Harrgott. Warum frage ich denn überhaupt? Ich würde dir ja gerne glauben, aber nein. Das tu ich nicht mehr, Jan.«

»Hm, hm.« Ich hob die Augenbrauen. »Und warum?«

»Ich glaub, die alte Reitmann hat recht.« Er zwinkerte mit den Augen. »Dass du uns nicht alles erzählt hast. Du weißt mehr, du Saukerl, du.«

Für einen Augenblick überlegte ich mir, ob ich aufstehen und gehen sollte, aber dann wäre die Reitmann wahrscheinlich ausgeflippt, also blieb ich.

Er kramte in seiner Hosentasche, legte ein Kuvert auf den Tisch und schob es zu mir. Die Kleine fing an, um den Tisch zu rennen, die Arme ausgebreitet. »Zabusch! Zabusch!«, rief sie. Er holte eine Zigarette aus einem Marlboro-Päckchen und spielte damit. »Zabusch! Zabusch!«

Ich öffnete das Kuvert. Ein neongelbes Eintrittsband kam zum Vorschein. Ich betrachtete es. Mit einem schwarzen Stift war darauf ein dickes *J* geschrieben, dazu war ein ♡ gezeichnet. Und: *Hanikafest, 15. Juni 2000.*

»Ein weiterer Fund. Und der Grund, warum ich dich erst

heute treffe: Ich habe mit Gelis Zimmerkollegin, Becky, gesprochen. Und deshalb weiß ich, dass du mit der Geli auf die Party im Hanikaheim bist. Warum also hat sie das aufbewahrt? Warum das Herz?« Er ließ mich nicht antworten. »Ich weiß auch, dass die Party ein totaler Reinfall war. Ihr seid nur kurz rein, dann wieder gegangen. Aber du warst der Einzige im Heim mit dem Anfangsbuchstaben J im Namen.«

»Ich bin in der Nacht ganz alleine zu Fuß nach Hause. Ich hab die anderen aus den Augen verloren. Und später auch nicht wiedergesehen.«

»Du hast also keine Ahnung, warum Angelika so ein Herzchen zu deinem Namen malen soll?«

»Es ist nicht mein Name.«

»Es ist ein J. Und ein Herz.«

»Es ist nicht mein Name«, wiederholte ich.

»Wer soll es sonst sein, hm?« Sein Blick verriet mir sein Misstrauen. »Ich hab die Nacht in den sechzehn Jahren so oft in meinem Kopf durchgespielt, ich kenn sie besser als meine Hochzeitsnacht.« Er steckte die Zigarette in den Mund, tastete die Brusttasche ab. »Irgendwann hab ich kapituliert. Hab mir gedacht: So ist nun mal die Welt. Es gibt manchmal keine Antwort auf eine Frage, keine Lösung für ein Rätsel. Nichts macht Sinn.« Er lachte. »Dinge, die man nicht ändern kann, muss man akzeptieren, sonst geht man kaputt. So ein junges, hübsches Weib wird auf einer Party erstochen, der Täter ist immer noch frei, aber wir haben alles getan, was man tun kann, es hat nicht sollen sein.« Er fand, was er suchte, und zündete die Zigarette mit einem Feuerzeug an. »Aber in letzter Zeit ist mir immer öfters der Verdacht gekommen: Vielleicht haben wir ja doch einen entscheidenden Fehler bei den Ermittlungen gemacht. Einen simplen Denkfehler, weil eine einzige, wichtige Grundannahme falsch war.«

»Zabusch! Zabusch!«

»Vielleicht nur ein Hirnfurz, Jan. Vielleicht nur ein Hirnfurz von einem alten Lalle wie mir. Vielleicht aber auch der entscheidende, fehlende Baustein.«

»Zaaaabusch! Zaaaaaabusch!«

Nun musterte er mich. Genau wie damals. Ein durchdringender Blick. Er war so alt jetzt, aber die Augen wirkten immer noch jung und listig. »Meine zweite Frage also: Du hast doch vom Fenster aus gesehen, wie die Geli von der Tankstelle zurückgekommen ist, ja?«

Ich nickte. Nickte wie in Trance, ich ahnte, was kommen würde, kommen müsste. Die Kleine blieb vor mir stehen und sah mich an. Ihr Gesicht war rund, ihre Bäckchen dick und rot. »Za-Za-Za-Za-buuuuuuusch!«

»Ich glaube ja, du hast die Geli gar nicht vom Fenster aus gesehen.« Er gähnte, als hätte er bloß eine Bemerkung über das Wetter gemacht, betrachtete mich dabei aber weiter aufmerksam, auch wenn die zusammengekniffenen Äuglein das wohl verschleiern sollten. »Ich glaube, du hast sie mit jemandem verwechselt.« Mein Herz fing so hart an zu hämmern, dass ich fürchtete, er könnte mir ansehen, dass ich mir beinahe in die Hosen machte. »Und wenn du sie nicht gesehen hast, sondern jemand anderen, dann wäre das …« Er lachte. »Wie sagt meine älteste Enkelin immer? Dann wäre das ein mega Gamechanger. Denn es könnte bedeuten, dass die Angelika Reitmann nicht den Fluss entlang von der Tankstelle zu dem Tatort gegangen ist, sondern die Hauptstraße.«

»O. k.?«, sagte ich leise und leckte mir die Lippen. »Uuuuund?«

»Gamechanger, Jan.«

»Sorry, ich stehe auf dem Schlauch.«

»Sapperlot, wenn sie die Hauptstraße entlang ist, könnte das völlig neue Möglichkeiten eröffnen. Wir hätten auf einmal eine ganze Liste an möglichen Tätern.«

»Das wäre aber auch ein beträchtlicher Umweg, nicht wahr?«

»Aber besser ausgeleuchtet. Sicherer. Als Frau alleine um die Uhrzeit würde ich immer den Weg bevorzugen. Da am Ufer war's damals schon ein bisschen gespenstisch.«

Ich nickte, er hatte ja recht, aber es gab da noch einen großen Widerspruch. »Und wie hätte sie von der Hauptstraße zum Tatort kommen können? Der Fußweg am Fluss war ja durch einen hohen Zaun vom Heim und der Baustelle nebenan getrennt. Über den kann sie unmöglich geklettert sein.«

Eduard schnippte mit dem Finger. »Harrgott, ja! Mir ist schon klar, dass da noch einige Ungereimtheiten bestehen. Aber wenn du mir sagst, ja, es wär möglich, dass es nicht die Geli gewesen ist, die du gesehen hast, dann wäre das schon mal ein erster Schritt in eine neue Richtung. Die Distanz vom Fenster zum Gehweg war ja doch ordentlich und nüchtern warst du ja absolut nicht mehr.«

»Ich habe eine weibliche Person mit langen Haaren gesehen. Und einer Flasche in der Hand. Der Gehweg war dunkel, ja, aber an der Stelle hat die große Laterne auf dem Parkplatz gebrannt.« Ich zuckte mit der Schulter. »Wer sonst soll es gewesen sein?«

Sein Zeigefinger in der Luft. »Ich glaube, du hast sie verwechselt. Und ich glaube, wir müssen die Geschichte neu denken. Es könnte bedeuten, dass der Täter jenseits des Zauns war. Vielleicht sogar aus dem Studentenheim gekommen ist, um darin auch wieder zu verschwinden.«

Ich spürte, wie Hitze in meinen Kopf schoss, ich hoffte, ich würde nicht rot anlaufen. »Es hat noch zwei andere Zeugen gegeben, die die Geli gesehen haben«, sagte ich. »Ich bin doch nicht der einzige gewesen. Ich war nicht mal der wichtigste Zeuge, was Gelis Rückweg von der Tankstelle angeht.«

»Jo. Und mit den beiden habe ich auch schon geredet. Habe doch gesagt, ich war bei der Becky.«

»Und?«

»Ich möchte erst hören, was du dazu sagst.«

Ich biss auf meine Unterlippe. »Ich weiß nicht. Das ist so ewig her alles.«

»Sie hätte niemals über den Zaun klettern können, da hast du recht. Und wäre sie den Umweg über die Hauptstraße, vorbei an Heim und Baustelle gegangen, wäre sie von einer der Überwachungskameras der alten Kaserne erfasst worden. Aber was, wenn wir irgendwas übersehen dabei? Wenn jemand dem Täter über den Zaun geholfen hat? Oder wenn da ein Loch im Zaun war, das der Täter wieder geflickt hat? Was, wenn der Kerl es doch irgendwie geschafft hat, über den Zaun zu klettern? Haben wir so viele Jahre lang was falsch gedacht?«

Ich glotzte ihn an, schockiert, ratlos, weil ich ja wusste, dass er recht hatte. Er war ja auf der richtigen Spur. Ich musste ihn ablenken. Der alte Fuchs könnte mich sonst hier und jetzt in eine Falle locken. Ich betrachtete meine Hände, holte tief Luft. »Sie hätten doch in die Hauptstadt wechseln sollen damals, nicht wahr? Am 30. Juni 2000. Aber Sie sind noch drei Monate geblieben. War das ein Problem für die Ermittlungen? Dass Sie dann aus der Soko ausgeschieden sind?«

Eduard lachte wieder, ein gekünsteltes, erzwungenes Lachen, ein Lachen aus Verlegenheit, das er, wie ich später noch lernen sollte, ständig von sich gab, was mich anfangs irritierte, weil ich mir so einen alten Kripohund irgendwie souveräner und abgebrühter vorgestellt hatte. »Weißt du, was uns das Leben schwergemacht hat? Weißt du, was uns zur Weißglut getrieben hat, hm?« Er bückte sich zur Seite und drückte die Kippe auf dem Boden aus. »Erstens ist das Heim ja wenige Tage später planmäßig gesperrt worden wegen des scheiß Asbests, das hat bedeutet, dass viele Studenten, die wir hätten vernehmen sollen, ganz schwer zu erreichen waren. Die waren in der ganzen Stadt verstreut, viele waren überhaupt nicht zu finden, die haben Seminare, Prüfungen gehabt, Klausuren, weiß der Teufel, das ist alles chaotisch gewesen ohne Ende. Und zweitens waren fast alle Studenten in der Mordnacht besoffen, bekifft oder beides. Die Zeugenaussagen haben sich widersprochen, dass man hätte meinen können, man sei in einem Irrenhaus. Und dann hat's damals noch viel zu wenig Überwachungskameras gegeben. Die in der Tankstelle hat nur den scheiß Vorplatz live übertragen, aber rein gar nichts aufgenommen. Auch die Studentenheime in der Stadt haben mittlerweile fast alle Kameras in den Eingangsbereichen, aber wir reden jetzt vom Juni im Jahr 2000. Steinzeit. Verstehst? Es hat zwar die Kamera vor der alten Kaserne gegeben am Ufer stadteinwärts, aber da ist nach zwei Uhr weder Angelika vorbei noch jemand, der als Täter in Frage gekommen wäre. Heute kann man Handydaten viel besser auswerten, damals haben viele noch gar kein Handy gehabt, und die Daten, die wir bekommen haben, waren extrem ungenau, weil's noch viel weniger Handymasten gegeben hat.«

Die Kleine umarmte ihren Großvater nun und flüsterte ihm etwas zu, die beiden schienen sich gut zu verstehen.

Die Kellnerin hatte unsere Getränke gebracht, ohne dass ich es registriert hätte. Vor mir stand eine Tasse heißes Wasser, auf der Untertasse lag ein in Papier verpackter Teebeutel, den ich mit zitternden Händen aufriss und schließlich ungeschickt samt Fingerspitzen ins heiße Wasser tunkte. Da war ein Mix aus Spott und Arroganz und Mitleid in seinem Blick. Er zog seine Mundwinkel nach unten. »Du hast damals immer abgestritten, dass zwischen der Angelika und dir was gelaufen sei.« Er sah mich aus den Augenwinkeln an. »Heute glaube ich, dass du uns einen Bären aufgebunden hast, aber so einen großen, fetten. Ich verstehe nur nicht, warum. Hast du Angst gehabt, der Verdacht könnte auf dich fallen? Hast du Angst gehabt, man könnte blöd über die Tote reden, weil sie ja einen Freund gehabt hat? Oder hat das was zu tun gehabt mit deiner Freundin?«

»Ich habe nie behauptet, wir hätten nicht geflirtet«, wehrte ich mich. »Wir haben uns gemocht. Da flirtet man auch mal, wenn man sich fast jeden Tag sieht, im Gang, in der Gemeinschaftsküche oder draußen. Selbst wenn man in einer Beziehung ist.«

»Soso.« Eduard lächelte und legte den Kopf in seinen Nacken, sodass seine große, krumme Nase in die Höhe ragte. »Ich sag dir jetzt was: Du hast nicht die Geli, du hast den Rocker gesehen von deinem Fenster aus kurz vor der Tat. Den Genf aus 217.« Mittlerweile rannte die Kleine wieder um den Tisch. »Der war ja dünn wie ein Weib und hat schulterlange Haare gehabt. Wie die Reitmann. Und der war bis zum bitteren Ende am Flussufer, hat immer wieder Getränkenachschub aus seinem Auto geholt.« Er wartete kurz auf eine Reaktion, als keine kam, fuhr er fort: »Du erinnerst dich doch an den Genf, den Rocker, oder? Den vergisst man doch nicht.«

Ich ließ den Lockenkopf stolpern, indem ich nur ein wenig meinen Fuß bewegte, als sie an mir vorbeisauste. Sie krachte gegen den Tisch, Eduards Kaffeetasse ging zu Bruch und auch mein Tee blieb nicht in der Tasse. Meine Hose war nass, ich schob den Stuhl zurück, Eduard fluchte, die Kleine, auf allen vieren auf dem Boden, fing an zu brüllen, war völlig außer sich, da half kein Zureden, keine Umarmung, und so blieb uns nichts anderes übrig, als zu bezahlen.

Wir spazierten Richtung Kinderspielplatz, auf dem seine Frau mit dem zweiten Enkelkind wartete. Die Kleine sah mich die ganze Zeit mit bösen Augen an, als hätte sie sehr wohl mitbekommen, warum sie gestürzt war. Tut mir leid, Kleine. Aber er hatte angefangen, mich zu verhören, der alte Bulle. Es war gefährlich geworden.

Eduard gab aber noch nicht klein bei. »Dieser komische Anruf im zweiten Stock in der Nacht. Kurz, bevor der Mord geschehen sein muss. Den habe ich auch nie aus meinem Kopf bekommen, verstehst? Du hast immer behauptet, die Sarina hätte dich angerufen. Die große Blondine mit der Brille. Aber die hat das immer vehement abgestritten.«

»Hm.« Ich holte tief Luft, sah hoch zum alten Regierungsgebäude, musste ihn ablenken, einfach nur weiter ablenken, der gab ja sonst nie auf. »Der Bogner und die Wernicke haben mich damals am Morgen danach befragt im Studentenheim.« Ich sprach die beiden Namen mit Verachtung aus. »Die haben ein paar Sachen abgezogen, die nicht legal waren.«

Er nickte, wollte etwas sagen, aber Schwarzlöckchen entriss sich seiner Hand und sprintete zum Eingang des Parks. Als sie nach kurzem Zögern auch durch das Tor rannte und unserem Blickfeld entschwand, setzte sich Eduard in Bewegung, ja, er lief, der Koloss, schwerfällig und leicht humpelnd, aber er lief und ich neben ihm her.

Er schnaufte schwer. »Die Wernicke war vielleicht ein Weib!« Er brach seinen Lauf keuchend und hustend nach etwa vierzig Metern ab. »Dushan Bogner, Biljana Wernicke, Edwin Karnhof, die drei hat man intern nur Trio Infernale genannt, weißt? Die haben einiges abgezogen, aber das waren auch ganz andere Zeiten.« Er beugte sich vornüber, bekam sich kaum mehr ein. »Harrgott. Die Biljana Wernicke war vielleicht eine Furie, eine verdammte Zicke damals. Ehrgeizig wie niemand sonst. Hat's aber auch nicht leicht gehabt unter all den Männern. Die wollte dann halt besonders zeigen, dass sie's packt, dass sie besser ist. Ein richtiger Sauhund war der Bogner. Immer korrekt. Immer höflich. Fleißiger als eine Biene mit seinen teuren, feinen Klamotten. Das ist ein Obergscheitloch, zwei Uniabschlüsse, beide mit Auszeichnung, der hat die Oberen schon schwer beeindruckt mit seinen Aufklärungsraten. Aber ich habe immer gewusst, das ist einer, der würde dir, ohne mit der Wimper zu zucken, die Haut vom Körper schälen. Den möchtest du nicht zum Feind haben, Jan. Den nicht. Der hat eine sadistische Ader. Aber wehe, du zitierst mich. Das ist alles off the record, ist das klar?«

»M-hm.«

»Ist das klar, Jan?«

»Klar!«

»Der Karnhof lebt jetzt irgendwo in Frankreich abgeschieden in einem Wald, macht sich den Strom mit einem Windrad selbst, ernährt sich wahrscheinlich von Beeren und Eigenurin. Der ist längst aus dem Dienst ausgeschieden. Die Wernicke genauso. Fleucht irgendwo in Chile rum und arbeitet für eine deutsche Firma im Sicherheitsdienst.«

»Und warum hat die bei der Kripo aufgehört? Wenn sie doch so ehrgeizig war?«

Er stöhnte. »Da fragst du den Falschen. Hat wahrscheinlich einen Eingeborenen kennengelernt dort drüben. Das war bald nach dem Mordfall Reitmann. Kaum ein Jahr später, glaube ich. Da hat sie die Koffer gepackt, ist in einen Flieger und weg. Über Nacht.«

Schwarzlöckchens Kopf tauchte hinter einer Hecke auf. Sie stand auf einer Rutsche auf dem popeligen Mini-Kinderspielplatz und streckte mir die Zunge heraus. Eduard schien beruhigt, holte tief Luft und strich sich über den Bauch.

»Ich war besoffen in der Nacht«, sagte ich. »Ich war nie in meinem Leben so betrunken. Wenn ich etwas durcheinandergebracht habe, dann deshalb. Nur deshalb.«

»Du könntest also Genf mit Geli verwechselt haben?«

»Warum nicht?«, sagte ich resignierend.

Er gähnte zufrieden. Und dann tauchte seine Frau auf, eine kleine, untersetzte Person mit kurzen blond gefärbten Haaren. »Sind beide auf dem Spielplatz. Pass auf sie auf. Ich hole mir Zigaretten im Kiosk.«

»Nehmen wir also an, der langhaarige Rocker Genf wäre da draußen am Ufer rumspaziert, nicht die Geli. Nehmen wir weiter an, sie wäre von der Tankstelle die Hauptstraße entlang zum Tatort ... Und vergessen wir mal den blöden Zaun. Denken wir lieber drüber nach, wem sie alles hätte begegnen können, auf dem neuen Weg ...«

»Na, dann ist ja gut, dass ich ein Alibi habe.«

»O-ha. Genau. Dein angebliches Alibi.« Er lachte. »Das müsste man sich in dem Fall auch noch einmal genauer anschauen.«

Es hatte keinen Sinn. Er ließ nicht locker, und ich wollte nur noch weg. Also tat ich so, als hätte ich eine Nachricht auf meinem Handy erhalten und würde sie aufmerksam lesen. Ich machte ein besorgtes Gesicht. »Sorry. Ich muss gehen. Ist dringend.« Ich sah ihn an. »Ist wirklich dringend.«

»Harrgott. Ich hätte schon gern noch ein bisschen länger gequatscht.«

»Tut mir wirklich leid.«

»Du meinst es ernst?«

»Ich muss weg.«

»Ich hätte noch ein paar Fragen.«

»Ist wirklich verdammt wichtig, sorry.«

»Na, dann. Pfüat di, Jan. Ich hoffe, du weißt, was du tust.«

Ich ging durch den Park in nördlicher Richtung zum Fluss. Dort saß ich eine Zeitlang im Schatten eines mächtigen Ahornbaumes und sah zu, wie das Wasser dahinzog, bestaunte die Schönheit der Bergkette. Ich setzte meine Kopfhörer auf und hörte Rubén Blades in Endlosschleife.

Delma liebte Salsa. Und immer, wenn wir getrennt waren, hörte ich Salsa, als könnte mich die Musik mit ihr verbinden. Ich wusste, dass es fies war, sie allein zu lassen in dem Kaff mit Mäusen in Spülkästen. Ich musste alles rasch erledigen und wieder zurück zu ihr.

Ich wachte in der Nacht auf, und als mir bewusst wurde, wo ich war und dass Delma nicht neben mir lag, fror ich und zog das dünne Leintuch, das ich im Schlaf weggestrampelt hatte, bis zum Hals hoch. Die Straßenlaternen waren hell und konnten selbst von den dicken, schweren Vorhängen nicht vollständig abgeschirmt werden. Ich lag im Gästezimmer, liebevoll und aufwendig eingerichtet wie der Rest der

Wohnung. Ich beschloss aber, künftig im Wohnzimmer auf der Couch zu schlafen, dort waren die Lichter der Lampen weniger störend, außerdem stand da ein riesiger Breitbildfernseher samt einer imposanten Sammlung an Filmen und TV-Serien.

Ich stand auf und las in dem größten deutschen Crime-Mystery-Forum alles, was es über den Mordfall Angelika Reitmann in Printmedien und an Videos und TV-Reportagen zu finden gab. Sämtliche lokale, nationale und internationale Artikel waren als Screenshots oder Scans von unzähligen Userinnen und Usern eingestellt worden, genauso Links zu allen verfügbaren Videos.

Angelika Reitmann, geboren am 12. Februar 1979 in Bregenz/Österreich, deutsche Staatsbürgerin und Studentin der Geisteswissenschaftlichen Fakultät, war am 26. Juni 2000 in der Zeit zwischen 02.05 und 02.45 Uhr ermordet worden. Die bis heute nicht gefundene Tatwaffe war ein spitzer Gegenstand, vermutlich ein Messer mit einer Klinge von ca. dreißig Zentimeter, mit dem ein einziges Mal auf den Körper des Opfers eingestochen worden war.

Die Leiche wurde direkt an einem meterhohen Maschendrahtzaun gefunden, der die Baustelle eines mehrstöckigen Neubaus vom Fuß- und Radweg am Flussufer trennte. Die Ermittlungen ließen nie einen anderen Schluss zu, als dass Fundort und Tatort identisch gewesen sein müssen. Die Kriminaltechnik hat anhand der Fließspuren festgestellt, dass Angelika nach der Attacke regungslos liegen geblieben war. Sie wurde nicht bewegt, hat nicht versucht, wegzukriechen oder die Stichwunde zu berühren, an ihren Händen wurde kein Blut gefunden.

Ihr Handy mit Wertkarten-SIM wurde von den Ermittlern auf dem Schreibtisch in ihrem Zimmer gefunden, sie hatte es um 14.46 Uhr des Vortags das letzte Mal benutzt, ihr Guthaben war bei diesem letzten Anruf an ihre Mutter verbraucht worden. Ihre Geldtasche schien unangetastet geblieben. Ein unbedeutender Betrag an Scheinen und Münzen befand sich wie ihre Bankomatkarte noch darin. Die Tequilaflasche, die sie nachweislich in der Tankstelle gekauft hatte, blieb verschwunden. Auch die Tatwaffe wurde niemals gefunden.

Die großen Fragen, die die Ermittler, Medien und fast alle Menschen in der Stadt monatelang beschäftigten: Wo war Angelika auf ihren Mörder gestoßen? Schon bei der Tankstelle, auf dem Weg zurück oder erst, als sie an den Partygästen vorbei bis zum Baustellenzaun gegangen war? Wohin hat der Mörder die Tatwaffe geworfen? In den Fluss? Oder hat er sie mitgenommen? Falls ja, wie hat er ein so großes Messer verstecken können? Früher oder später hätte er selbst um diese Uhrzeit jemandem begegnen müssen. Und: Hätte seine Kleidung nicht auffallend blutverschmiert sein müssen?

Die neunundfünfzigjährige Altenpflegerin Sylvia H. sah vom Fenster eines Häuserblocks schräg gegenüber des Studentenheims um ca. halb zwei Uhr zwei Männer, einer eher groß, der andere eher klein, zu Fuß stadtauswärts vorbei an der Bushaltestelle Richtung Rathenau gehen, wie sie auch gerne und ausführlich in zahlreichen TV-Interviews erzählte. Kurz darauf einen jungen Mann in entgegengesetzter Richtung stadteinwärts radeln. Der Fahrradfahrer wird später eindeutig als Florian G. aus Zimmer 214 identifiziert, der die Party gegen 2.00 Uhr verlassen hat, um noch zu einer Wohnungseinweihungsfeier eines Freundes in der Nähe des Einkaufsparks zu fahren.

Wer aber waren diese beiden Männer auf dem Gehsteig?

Weder sind sie zur Tankstelle noch zum Ufer oder zur Hintertür des Studentenheims, überall dort hätten sie gesehen werden müssen. Möglicherweise also waren sie ganz einfach nur zu Fuß aus der Innenstadt kommend auf dem Nachhauseweg Richtung Brücke. Möglicherweise eben auch wichtige Zeugen, die den Täter gesehen haben könnten. Ihre Identität konnte bis heute nicht festgestellt werden.

In dem Crime-Mystery-Forum wurden sie zu mysteriösen Gestalten, Gegenstand vieler abenteuerlicher, ja, auch abstruser Theorien. Zwei Mafiakiller, die aus Rache die Großnichte eines erfolgreichen Schweizer Bauunternehmers töten. Zwei Geheimdienstagenten im Auftrag Russlands, der USA oder Israels, die gerade eine schmutzige, strenggeheime Tat vollbracht hatten und die zufällige Augenzeugin Angelika Reitmann beseitigen mussten.

Ich erinnerte mich an das Herzklopfen, als ich das Riesengebäude der Polizeidirektion betrat. Ich schleppte mich verkatert und immer noch unter Schock die Treppe hoch in den vierten Stock, vorbei an Polizisten in Uniform und Zivil, da fing mich Biljana Wernicke in einer Nische vor einem Kaffeeautomaten ab. »Du bist erst in zehn Minuten dran«, meinte sie.

»O. k.«

Sie musterte mich provokant, ich wollte ein bisschen Abstand halten und den Flur runter, da sagte sie: »Hey, hey, bleib ruhig ein bisschen hier bei mir.«

Ich blieb widerwillig stehen. »O. k.«

Sie musterte mich weiter, bis sie sagte: »Was du so über Frauen sagst.« Sie zog eine Grimasse und imitierte eine tiefe Männerstimme: »*Die dumme Schlampe gehört vergewaltigt, so richtig durchgefickt.*«

»Das hab ich nie«, sagte ich, verschwitzt und mit zitternder Oberlippe. »Wer hat das behauptet? So etwas würde ich niemals sagen.«

»Du scheinst Frauen nicht zu mögen.«

»Bitte was?«

»Wer sagt, dass eine Frau *vergewaltigt* gehört, richtig *durchgefickt*?«

»Ich nicht, verdammt.«

»Da haben wir anderes gehört.« Sie nahm einen kleinen Schluck Kaffee, musterte mich. »Dreckshure, Fotze, Schlampe. Exakt die Wörter sollst du benutzt haben.«

»Nein! Wer behauptet das?«

»Du streitest es ab?«

»Ich habe so etwas nie zu jemandem gesagt. Nie!«

»Hast du so was geschrieben vielleicht?«

»Geschrieben?«

»Schreibst du gerne so über Frauen?«

»Was? Nein!«

»O doch.«

»*NEIN!*«

»Und wenn ich es dir beweise, was dann?«

Wir starrten uns an. Ich war so erschöpft, dass ich meinen Blick gar nicht abwenden konnte. Und dann dämmerte es mir. Fuck. Fuck, fuck, fuck.

Ich spürte, wie mein Kopf heiß wurde, weil ich kapierte, was geschehen war. Biljana Wernicke hatte mich bei ihrem Besuch auf Zimmer 204 abgelenkt, damit sich ihr Kollege Dushan Bogner eine meiner CD-ROMS mit der Aufschrift *Tagebuch* auf dem Schreibtisch schnappen konnte. Die CD-ROM umfasste, wie ich später herausfinden sollte, sämtliche Word-Eintragungen von Oktober 1998 bis September 1999.

»Wie ist dein Verhältnis zu Frauen, Jan?«

»Mein Verhältnis zu ...?«

»In deinen bisherigen Liebesbeziehungen, hat es da Gewalt gegeben?«

Ich lächelte, obwohl ich einen pochenden Schmerz im Kopf verspürte. »O mein Gott, nein. Ich hab nie eine Frau geschlagen, wenn Sie das meinen.«

»Nie?«

»Nie! Ich schwör.«

»Wenn wir deine Ex-Freundinnen besuchen und sie fragen, werden sie das auch bestätigen?«

»Natürlich. Ich würde nie eine Frau anrühren.«

»Du hast auch keine Vergewaltigungsfantasien?«

»Was soll die Frage?«, sagte ich. Meine Stimme brach, als ich fragte: »Ist Geli vergewaltigt worden?«

Sie sah mich bloß mit finsterer Miene an. »Du würdest also niemals behaupten, dass eine Frau verdient hätte, vergewaltigt zu werden?«

Ich schüttelte den Kopf, strich mir über den kahlrasierten Schädel. Ich wiederholte meine Frage: »Ist die Geli vergewaltigt worden?«

Sie zuckte mit der Schulter, ging zur Fensterfassade, stützte sich dort mit dem Oberarm über der Stirn ab und schaute hinaus, cool an ihrem Kaffeebecher nippend.

Und so stand ich da in dem Flur und schwitzte und fror gleichzeitig und wagte es nicht, auch nur ein paar Meter zu gehen. »Ein Heimbewohner hat ausgesagt, du hättest so Sachen in dein Tagebuch geschrieben wie ...« Sie ahmte abermals eine tiefe Machostimme nach: »*Ich schmeiß die verfickte Hure vor eine Straßenbahn!*«

»Was?«

»Was? Was? Was?«, äffte sie mich nach. »Du schreibst kein Tagebuch?«

»Ich schwör bei Gott, ich habe niemals so was über die Geli geschrieben.«

»Nicht über Angelika.«

»Ich habe nie geschrieben, dass eine Frau vergewaltigt gehört.«

»Vielleicht nicht so direkt.« Sie drehte sich zu mir um. »Aber dein Tagebuch ist voller Hass. Voller Menschenverachtung. Einmal schreibst du zärtlich, dann brutal über Frauen. Also, für mich bist du ein ziemlich durchgeknalltes, krankes Schwein.«

»Worte sind Worte. Ich würde nie einer Frau wehtun.« Meine Stimme klang nun ganz fremd, barg einen Hauch von Verzweiflung in sich. »Wenn ich das geschrieben habe, habe ich's nicht so gemeint, das waren scheißdumme Wutanfälle, nur alleine für mich, für niemanden sonst.«

»Hm. Wir werden sehen. Und jetzt geh rein. Bist schon ein paar Minuten zu spät.«

»Ab...«

»Husch, husch, Psycho. Husch, husch.«

Nie hatte ich mein Tagebuch für irgendwen außer mich selbst geschrieben. Nie hatte ich bis zum Mord an Geli die Möglichkeit in Betracht gezogen, jemand Fremder könnte es lesen. Ich habe darin rumgeflucht wie ein Berserker, wie ein dummes, toxisches Macho-Arschloch, allzu oft hirnloses Geschwätz ohne Bedeutung. Das Tagebuch als Sandsack, in den ich schlug, um Dampf abzulassen. Ich fluchte in meinem Tagebuch auf alles und jeden, ohne Rücksicht auf Verluste. Dass das auf Außenstehende verstörend wirken musste, war mir klar. Ich hätte nie so fahrlässig meine CD-ROMS in meinem Zimmer rumliegen lassen dürfen. Dass ausgerechnet die Bullen nun eine von ihnen in ihren Händen hatten, war ein Super-GAU.

Ich saß mit dem Gesicht zum Fenster und die Sonne blendete mich, sie behaupteten, die Jalousien seien kaputt, vielleicht aber wollten sie mich auf diese Weise zermürben. Zwei Männer hockten mir gegenüber, ein dritter saß an einem Nebentisch und tippte auf einer elektronischen Schreibmaschine.

Wernickes Attacke auf dem Gang hatte mich so aufgewühlt, dass ich sofort sagte: »Sie verschwenden Ihre Zeit, wenn Sie glauben, ich könnte es gewesen sein.« Die warfen sich nur kurz Blicke zu, dann glotzten sie mich an. »Stella aus 117 ist mein Alibi.« Stille.

Ich schirmte mit der Hand an der Stirn meine Augen gegen die Sonne ab, mein Schädel schmerzte nun höllisch. Niemand sagte etwas, meine Zunge klebte im Mund. »Wir haben noch ein bisschen Fußball geschaut. Die Aufzeichnung von Frankreich gegen Spanien. Dann hat sie bei mir geschlafen. So bis gegen halb fünf oder fünf, dann ist sie aufgewacht und runter in den ersten Stock auf ihr Zimmer.«

Der zweite Beamte fragte: »Sie sind oft beim Fußball? Im Stadion?«

»Jedes Wochenende.«

»In Frankfurt?«

»Nein. Hier.«

»Sieht aber ganz so aus, als ob Sie Eintracht-Frankfurt-Fan wären. Schals, Poster, Aufnäher.«

»Es gibt seit vielen Jahren eine Fanfreundschaft der Fans in der Stadt mit den Ultras in Frankfurt.«

»Aha.«

»Wir besuchen uns gegenseitig.«

»Na, das hört sich ja lustig an. Du gehörst also zu den Verrückten auf der Südtribüne, den Schwarzen Brigaden?«

Ich hob die Arme, lächelte müde. »Klar.«

»Richtiger Hardcore-Fan, hm?«

»Kann man so sagen.«

»Schon bei Krawallen dabei gewesen?«

»Nicht aktiv.«

»Nicht aktiv heißt?«

»Ab und zu gerät man in Schlägereien. Das ist so bei Auswärtsspielen. Aber ich mach da nicht mit.«

»Sie sind Mitglied in einem Boxclub?«

»Yep.«

»Im Heim sagt man, Sie würden immer ein Messer bei sich tragen. Wozu ein Messer, wenn man boxen kann?«

Ich pustete Luft aus. »Ich habe immer eins bei mir, seitdem ich ein Kind bin. Ich bin auf dem Land aufgewachsen, verstehen Sie?«

»Haben Sie auch im Stadion ein Messer dabei?«

»Nein. Entweder ich lass es zu Hause, oder ich geb es am Eingang ab und krieg's nach dem Spiel wieder zurück.«

»Sie haben gestern Nacht ein Messer bei sich getragen?«

»Ja.«

»Das Herbertz-Messer mit feststellbarer Klinge, das wir gestern mitgenommen haben?«

»Ja.«

»Sie haben kein anderes Messer gestern Nacht bei sich getragen?«

»Nein. Ich habe nur das eine.«

Die Tür wurde aufgerissen, eine junge Frau mit rötlichen Locken und vielen Sommersprossen streckte den Kopf herein, musterte mich kurz, meinte dann: »Der Chef ist da.«

Eduard Veith betrat den Raum, ohne mich anzusehen. Er schimpfte etwas kaum Verständliches über die Hitze, die schlechte Luft im Raum und den verdammten Stau am Ostring. Nur für einen kurzen Augenblick warf er mir einen

Blick zu, als er sich längst mir gegenüber an den Tisch gesetzt hatte. »Jan-Peter Halder aus«, sagte er halblaut vor sich hin und suchte in einer Liste, »Zimmer 204! Das erste Einzelzimmer raus zur Nordseite, sind die Angaben korrekt?«

»Ja.«

»Jan-Peter, aber jeder nennt dich Jan?«

»Yep.«

»Hm. Du kannst von deinem Fenster aus also den Fluss sehen.«

»Yep.«

»Du warst schon zurück im Heim, als die Geli noch auf dem Fest war?«

»Yep.«

»Mit deiner Freundin Stella-Propeller?«

»Propeller?«

»Scherz!« Er lachte, wurde dann sofort wieder ernst, machte Notizen auf einen Zettel. »Hast du was Besonderes gesehen, gehört? Zur ungefähren Tatzeit? Irgendwas Ungewöhnliches?«

»Ja.«

Nun hielt er inne. Nun sah er mich an. »Jo, Harrgott, dann red!«

»Ich hab die Geli gesehen. Vom Fenster aus.« Alle Bullen in dem Raum hingen nun an meinen Lippen. »Ich glaub jedenfalls, dass sie es war.«

»Und?«

»Sie ist hinter dem Zaun beim Parkplatz von der Tankstelle gekommen. Mit einer Flasche in der Hand.«

»Alleine?«

»Da war weit und breit niemand.«

»Und das war zur möglichen Tatzeit, sprich zwischen zwei und drei Uhr?«

Ich zuckte mit der Schulter. »Yep.«

»Wie weit ist sie gegangen. Hast du das gesehen?«

»Nein. Die Laternen auf dem Parkplatz leuchten den Gehweg nur schwach aus.«

»Ist dir irgendetwas an ihr aufgefallen?«

»Nein.«

»Und auf der Baustelle? Ist da vielleicht jemand gewesen?«

»Das hätte ich von meinem Zimmer nicht sehen können. Zu dunkel. Außerdem kommt doch niemand auf die Baustelle. Die ist ja rundum eingezäunt, das Tor in der Nacht zu. Und über so einen Zaun kommt höchstens ein Kletterprofi.«

»Wie viele Autos sind auf dem Parkplatz gestanden?«

»Weiß nicht. Nur drei oder vier.«

»Niemand ist in den Autos gesessen?«

»Ich glaube nicht.«

»Hm.« Er zündete sich eine Zigarette an und fixierte mich. »Du bist danach nicht mehr aus dem Heim raus? Oder hast du vielleicht nochmal Durst bekommen, als du die Angelika mit der Flasche gesehen hast?«

»Nein. Stella aus 117 ka...«

»Sprich lauter bitte!«

»Die Stella aus 117 kann das doch bezeugen.«

»Jaja.« Er holte tief Luft. »Das werden meine Kollegen eh noch ganz genau rekonstruieren.« Er legte beide Hände auf den Tisch, große Hände, riesige Hände. »Die Studentin, diese Stella, die da auf deinem Zimmer war heute Nacht, das ist so was wie deine Freundin. Aber ihr trennt euch heute? Hat man mir das korrekt erzählt?«

»Wir trennen uns heute, falls sie die heutige Prüfung schafft.«

»Hoffst du, dass sie durchfällt?«

Ich schüttelte den Kopf.

Er fuhr sich mit dem Handrücken über die Stirn und stöhnte. »Wodka-Orange? Mit Stella? Auf Zimmer 204?«

Ich nickte.

»Das wird sie bestätigen? Kann ich mich darauf verlassen?«

Ich nickte.

»Hat deine Stella auch vom Fenster aus die Geli draußen vorbeigehen gesehen? Vielleicht auch sonst noch was gesehen?«

»Nein.«

»Warum nicht?«

»Sie ist auf dem Bett gelegen.«

»Und du bist am Fenster gestanden?«

Ich nickte. Und dann fing er irgendwie wieder von vorne an. Machte einen Looping, und die Fragen kamen wieder, aber auf andere Art und Weise. Aber ich konnte denen nicht weiterhelfen. Sie verschwendeten all die kostbare Zeit und Energie, die wichtigen ersten Stunden nach einem Mord.

Als ich schon aufgestanden war und zur Tür gehen wollte, fragte Eduard Veith: »Wenn wir Angelikas Handy auf Fingerabdrücke untersuchen? Finden wir da deine?«

Ich zögerte. »Vielleicht«, sagte ich.

»O-ha. Und warum?«

»Ihr Handy ist in der Küche auf den Boden gefallen. Ich hab's aufgehoben u…«

»Harrgottzack, und daran erinnerst du dich so genau?«

Ich zuckte mit den Schultern.

»Finden wir noch an anderen Gegenständen, die Angelika gehören, deine Fingerabdrücke?«

»Ich weiß nicht.«

»Auf ihrem Zimmer vielleicht?«

»Ich war hie und da auf 101. Gelis Zimmer. Weiß nicht, was ich da alles angegriffen habe.«

»Hm-hm. Vielleicht auch die Geli?«

»Nein.«

»Wir werden deine DNA-Spuren nicht auf ihren Kleidern finden?«

»Nein.«

»Schon mal versucht, über den Zaun zu klettern? Vielleicht um sich mal die Baustelle genauer anzusehen? Oder im Suff eine Mutprobe gemacht?«

»Noch nie.«

»Schon mal wen gesehen, der über den Zaun ist?«

»Das ist unmöglich. Der ist zu hoch.«

»Naja, aber wenn einer auf eine Leiter steigt?«

»Ich habe so was noch nie gesehen.«

»Oder auf ein Auto. Wenn es nahe genug am Zaun parkt?«

»Ich weiß nicht. Ich ...«

»O. k., o. k.« Er gab mir mit einer Handbewegung zu verstehen, dass ich gehen konnte.

Danach lief ich zu Fuß von der Polizeidirektion im Zentrum am Ufer entlang zum Studentenheim Rathenau, der Rücken und Hintern schmerzte vom langen Sitzen auf dem unbequemen Holzstuhl. Meine Kopfschmerzen marterten mich, ich war völlig erschöpft und fror, obwohl ich verschwitzt war und es ein heißer Junitag war, ich wollte nur noch ins Heim, mich in meinem Zimmer einschließen, zwei Schmerztabletten einschmeißen, mich kalt duschen und dann von Stella verabschieden.

Die Absperrungen um den Tatort umfassten mittlerweile ein wesentlich kleineres Stück am Ufer. Aber immer noch standen Schaulustige, Ermittler und Journalisten um die orangen Absperrbänder.

Und auf einmal hatte ich den Drang, zum Tatort zu gehen. Zu der Stelle an dem Bauzaun, an der man sie gefunden hatte. Ich hob schon das Absperrband und bückte mich, da sah ich, dass ein Uniformierter mich beobachtete, also ließ ich es bleiben.

Und mir kam in den Sinn, wie man früher immer behauptet hatte, ein Mörder kehre stets zu dem Tatort zurück. Und wieder stieg Panik in mir hoch. Dass ich es gewesen sein könnte. Dass ich etwas Unvorstellbares im Vollrausch getan haben könnte. Dass Wernicke recht hatte und ich ein Psycho war.

Ich entfernte mich rasch von dem abgesperrten Bereich und würgte hinter einer Mülltonne, hatte das Gefühl, mich übergeben zu müssen, aber nur Speichelfäden kamen aus meinem Mund. Ich wollte weinen, um Geli weinen, ich wollte, dass das endlich ausbricht aus mir, dieser Schmerz, aber ich konnte noch nicht. Es war zu unwirklich. Es war noch alles gar nicht wahr.

3

BECKY

Gelis Zimmerkollegin von 101, Becky, bat mich um ein Treffen, so bald wie möglich, also fuhr ich in ihre Stadt, war aber zu früh, spazierte deshalb ziellos umher und sah mir am frühen Nachmittag in einem kleinen Museum eine Joan-Miró-Sonderausstellung an. Ich verlor mich in den Bildern und der Stille dort. Ich schrieb Delma eine Nachricht. Dass ich sie vermisste. Erzählte ihr nicht, wo ich war, versprach nur, bald wieder zu Hause zu sein.

Sie traute mir nicht.

Becky war Gelis beste Freundin gewesen, schon seit Kindergartentagen. Ein bisschen mollig, ein bisschen blass, kleiner, runder Mund mit hübschen blau-grauen Augen und prächtigen hellblonden, langen Haaren. Ich mochte sie, sie mochte mich, so hatte ich jedenfalls immer den Eindruck gehabt. Becky stammte aus einer wohlhabenden Münchner Unternehmerfamilie und wollte das heruntergekommene Heim im Osten der Stadt sofort verlassen, aber weil Geli unbedingt bleiben wollte, blieb sie schließlich auch. Außerdem brauchte man sich um recht wenig zu kümmern, wenn man dort wohnte. Es gab sogar Putzfrauen, die zweimal die Woche die beiden Küchen, das Stiegenhaus und die Zimmer reinigten, ja, sogar für Klopapier-Nachschub sorgten.

Wir trafen uns vor einem kleinen asiatischen Restaurant nahe einem belebten Straßenmarkt, sie war schick gekleidet, begrüßte mich herzlich, und das schien nicht gespielt.

Wir quatschten über dies und das, sie war offensichtlich guter Laune, mich nach einigen Jahren wiederzusehen. Von Alkoholproblemen, die ich nur von Gerüchten kannte, keine Spur. Die Becky, die vor mir saß, war nicht mehr dieselbe Becky, die ich in den letzten Jahren in unregelmäßigen Abständen mehrmals wiedergesehen hatte, zu verschiedenen Anlässen. Der Kontakt zu ihr war deshalb nie abgebrochen, weil sie Ole, mit dem sie just in jener Mordnacht eine Liebelei begonnen hatte, Jahre später geheiratet hatte, und Ole war in meinen letzten vier Semestern im Studentenheim einer meiner liebsten und besten Kumpels gewesen. Und so führte jedes Mal, wenn wir uns trafen, das Gespräch zwangsläufig irgendwann zu dem Mord, und bei jedem dieser Treffen hatte ich das Gefühl, Becky stünde immer noch unter Schock. Sie stockte, wenn sie erzählte, ihre Lippen fingen an zu zittern, manchmal schien sie auch mit den Tränen zu kämpfen, um schließlich fluchtartig den Raum zu verlassen.

Als wir fertig mit dem Essen waren, verschränkte sie die Arme und sagte, mich musternd: »Ich glaube nicht, dass du der Geli etwas getan hast. Deshalb sage ich dir das jetzt. Nur deshalb, Jan.«

Ich schluckte. »Dann bin ich mal gespannt.«

»Du hast doch auch den Eduard Veith getroffen, ja?« Ich nickte, sie nickte. »Und er hat dich gefragt, ob du wirklich die Geli vom Fenster aus gesehen hast in der Nacht?«

»Yep.«

»Die Sache ist die.« Sie strich sich die Haare aus der Stirn, sprach ernst und tonlos. »Ich habe die Geli auch nicht mehr gesehen. Wie sie von der Tankstelle zurück ist, verstehst du? Ich habe sie nicht gesehen.«

Ich nickte. Ich lächelte. Ein falsches, gekünsteltes Lächeln. Die Wahrheit konnte also nicht mehr aufgehalten werden.

»Ich habe *gedacht,* ich hätte sie gesehen, weißt du? Aber ich ...« Sie zuckte mit den Schultern. »Ich habe nie ihr Gesicht gesehen. Nie. Nur so eine Gestalt aus den Augenwinkeln.« Sie atmete schwer. »Ole hat sie gesehen und ich ha...« Sie biss sich auf die Lippen, senkte ihren Blick. »Nein, Ole hat sie eben auch nicht gesehen. Nicht richtig. Er hat das vor der Kripo nur behauptet, weil ...«

»Weil?«

Sie seufzte. »Weil er nicht wollte, dass ich ein schlechtes Gewissen habe. Wir hätten die Geli ja nicht alleine zur Tankstelle gehen lassen dürfen. Das hätten wir niemals dürfen. Keiner von uns. Aber ich. Ich schon mal gar nicht. Ich war ihre beste Freundin.«

»Ihr habt sie also nicht mit Sicherheit gesehen?«

»Jemand ist an uns vorbei. Hundertpro. Aber ob es die Geli war? Vielleicht. Vielleicht auch nicht. War sie es nicht, würde das erklären, warum die Person auf unser Zurufen nicht reagiert hat.« Sie stöhnte auf. »Ich war eine Woche lang so wütend auf Ole. Als er mir gebeichtet hat, er hätte ihr Gesicht genauso wenig gesehen. Er hätte der Kripo nie sagen dürfen, dass er Geli ...« Sie stampfte mit dem Fuß. »Ach, Mist. Mist, Mist, Mist.« Sie biss sich auf die Unterlippe. Senkte ihren Kopf.

Der Kellner räumte die Teller ab, und ich bestellte nun doch ein Bier, obwohl ich es aus Rücksicht ihr gegenüber erst nicht tun wollte, aber alles in mir schrie danach. Ich wechselte von meinem Stuhl auf die Couch mit Lederbezug neben Becky. Sie trug eine teure, goldene Uhr, und auch ihre funkelnde Halskette war nicht ohne. Ihr Make-up war perfekt, unterstrich ihre Vorzüge, ihre Fingernägel waren kleine Kunstwerke. Sie bestellte Wein, und das machte mich nervös. »Keine Angst.« Sie winkte ab, als sie meinen Blick sah. »Hast wohl auch gehört, ich wär dem Alkohol nicht abgeneigt, hm? Mein Gott, ich hab eine Zeitlang viel getrunken, zu viel, ich weiß. Aber jetzt hab ich mein Leben wieder im Griff, weißt du? Richtig gut im Griff.«

»Das freut mich, zu hören«, meinte ich und atmete tief durch. »Das ist großartig.«

»Ich kann jetzt über die Sache reden, als wäre es etwas längst Vergangenes. Ich spinne nicht mehr rum, wenn es passiert.« Ihre Stimme war fest und laut. »Ich bin drüber weg. Es wird nie ganz verschwinden, das Schuldgefühl, auch der Schmerz nicht, aber heute weiß ich, dass ich überleben kann. Viele Jahre lang hab ich das nicht gewusst.«

Wir nippten kurz schweigend an unseren Getränken. »Angelikas Mama glaubt, du würdest etwas verschweigen.« Sie legte ihre Hand auf meinen Unterarm. »Die hat jetzt Geld ohne Ende, das weißt du, oder? Hat den Eduard Veith engagiert.«

»Was heißt engagiert?«

»Der arbeitet jetzt für sie als so eine Art Privatermittler. Nutzt sein Wissen und die alten Kontakte. Der hat ihr wohl erzählt, dass er überzeugt wäre, dass der oder die Mörder aus dem Umfeld des Heims kommen müssen. Und dass jemand aus dem Heim höchstwahrscheinlich mehr darüber wisse. Dass dort und nur dort der Schlüssel liege. Jetzt versucht sie, wo's nur geht, mit Geld, Druck auszuüben.«

»Sie ist schon bei mir aufgetaucht. Hat mir ziemlich unverhohlen gedroht. Dass sie mein Privatleben durchwühlen würde, wenn ich nicht mit dem Veith rede.«

»Hm.« Sie nahm die Serviette, die noch auf dem Tisch lag, und faltete sie fein säuberlich, um sie am Ende wieder zu öffnen und wieder von vorne zu beginnen, draußen fing es an zu blitzen und zu donnern. »Warum bist du auf dem Himmel-und-Hölle-Spiel, Jan?«

»Du warst ihre beste Freundin, Becky. Wenn du das nicht weißt, weiß ich es schon hundertmal nicht.«

»Verarsch mich nicht!« Sie sagte es so laut und ruppig, dass einige Gäste zu uns rübersahen. »Du kannst andere verarschen, aber mich verarschst du nicht.«

»Was meinst du, Becky?«

»Irgendwas ist da doch passiert in der Nacht. Zwischen der Geli und dir.«

»Ja, wir haben uns in der Küche gestritten, ab...«

»Nein! Das meine ich nicht. Da ist was gelaufen zwischen euch.«

Ich gab mich verwundert. »Wie kommst du denn darauf?«

»Glaubst du, ich hätte nicht gesehen, wie sie dich am Lagerfeuer angesehen hat? Glaubst du, ich hätte das nicht bemerkt? Hältst du mich für so blöd?«

»Wir waren betrunken, Becky. Und wir haben uns doch so in der Küche gestr...«

»Hör auf mich zu verarschen«, wiederholte sie und schlug mit der flachen rechten Hand auf den Tisch. »Bei dem Streit ist es nicht um ein offenes Fenster gegangen. Das ist mir erst viel später klar geworden. Da war was zwischen euch.«

»Quatsch.«

»Jetzt schau mir in die Augen und sage mir, du hättest keine Affäre mit ihr gehabt. Ich weiß nicht, wie ihr das geschafft habt, dass niemand davon Wind bekommen hat. A...«

»Aber Becky!«, fiel ich ihr ins Wort. »Hätte dir das die Geli nicht erzählt?«

Sie zögerte kurz. »Ich weiß nicht. Sie hat mir vieles erzählt. Aber über manche Sachen hat sie nicht gesprochen.

Da konnte ich noch so rumstochern. Sie hat einfach zugemacht. Sie hat sich auch nie vor mir ausgezogen. Niemals. Ich habe sie nie nackt oder in Unterwäsche sehen dürfen.«

»Ich auch nicht«, sagte ich, und wir mussten beide lachen.

Becky boxte mich. »Das ist nicht witzig.«

»Ein bisschen schon.«

Sie seufzte. »Eines habe ich nie verstanden. Wie ihr Handy auf das Zimmer gekommen ist. Ihr rotes Nokia. Das hat sie doch bei der Party bei sich gehabt. Ich weiß, das Guthaben war alle, aber sie hat es bei sich gehabt. Bis zum Schluss. Und dann liegt es auf einmal auf ihrem Zimmer.« Wieder einmal schoss Hitze in meinen Kopf, und ich brachte nur ein heiseres *hm* heraus. »Ich denke mir immer, wenn man herausfinden würde, wer das Handy auf ihren Schreibtisch gelegt hat, hätte man den Mörder. Ich habe das der Kripo erzählt, aber mich hat keiner ernst genommen. Fingerabdrücke, DNA-Spuren, da müsste doch mehr rauszuholen sein.«

»Auf dem Handy sind definitiv meine Fingerabdrücke«, sagte ich, so cool wie möglich. »Wären da noch andere gewesen, wäre das sicher an die Medien gegangen.«

»Deine?!«, fuhr sie mich an. »Warum deine?«

»Bei unserem Streit ist's ihr runtergefallen.« Ich holte tief Luft, lächelte. »Habe ich alles der Kripo erzählt.«

»Deine Fingerabdrücke sind auf Gelis Handy?« Der Ton in ihrer Stimme hatte sich hörbar verändert. »Das verstehe ich nicht.«

»Ich sag doch. Ich habe es vom Boden aufgehoben.« Ich lächelte. »Bei unserem Streit in der Küche.«

Sie musterte mich, und da war nicht nur Ungläubigkeit, da war tiefes Misstrauen in ihrem Blick. »Das habe ich nicht gewusst.« Sie starrte auf die Tischplatte. »Jesus Maria, das macht mir ein bisschen Angst, weißt du?«

»Angst?«

»Es fühlt sich komisch an.« Sie sprach schnell, abgehackt. »Dass Ole Geli vielleicht nicht gesehen hat. Dass du nach all den Jahren auf dem komischen Himmel-und-Hölle-Papier auftauchst. Dass deine Fingerabdrücke auf dem Handy sind.«

»Du glaubst jetzt, ich könnt's gewesen sein?«

Sie stockte. »Wenn die Geli die Hauptstraße entlang ist, könnte es fast jeder im Heim gewesen sein, verstehst du? Ist dir das überhaupt bewusst? Dann müsste man dringend ein Cold-Case-Team schicken, damit die alles neu aufrollen.«

Ich wiederholte meine Frage. »Du denkst, ich wäre einer der Hauptverdächtigen jetzt?«

»Ach, Jan. Verdammt nochmal, Jan! Da ist was gelaufen zwischen der Geli und dir. Aber ich habe immer gedacht, du hättest ein einwandfreies Alibi, es würde keine Rolle spielen, verstehst du?«

»Ich habe immer noch ein lupenreines Alibi, Becky.«

Draußen ging jetzt ein Platzregen nieder, und Becky sagte: »Aaaaaah, Jan. Da war was zwischen euch. Verdammt nochmal, jetzt gib's doch einfach zu.«

»Becky ...«

»O. k. Wenn du es mir nicht beichten magst, vielleicht findet man es auch eines Tages raus. Dann stehst du verdammt blöd da, ist dir das klar?«

Danach schwiegen wir eine Zeit; als es zu peinlich wurde, fragte ich: »Was ist mit dem Florian aus 214? Mit dem sie aufs Zimmer ist? Der ist ja auch auf dem Himmel-und-Hölle-Spiel. Der wär doch auch wieder voll verdächtig, wenn sie vornerum wäre.«

»Mit dem sie aufs Zimmer ist?« Sie lachte, hielt inne, musterte mich, prustete wieder los. »Was möchtest du denn damit sagen?«

»Dass die Geli mit dem Flo…«

»Quatsch.«

»Sein Kopf ist auf dem Himmel-und-Hölle-Spiel. Genau wie meiner.«

»Ja, möglich. Aber da ist nichts gelaufen.«

»Ich bin mir da nicht so sicher. Und wenn, da…«

»Eine Augenzeugin im Häuserblock gegenüber hat ihn auf dem Fahrrad gesehen. Der kann's doch gar nicht gewesen sein. Außerdem … Die Geli und der Flo? Ach, komm, Jan, das ist doch lächerlich.«

»Du glaubst das also nicht?«

Sie verdrehte die Augen. »Nein. Da war nichts. Die sind gut miteinander ausgekommen, er hat's hie und da versucht, hat aber keine Chance gehabt. Dass die da auf einen Quickie aufs Zimmer sind, niemals. Wahrscheinlich haben sie einen Joint geraucht. Die Gerichtsmedizinerin hat doch behauptet, sie hätte ein bisschen Cannabis konsumiert. Nun denn.«

Voller Scham verspürte ich Erleichterung. Ich hatte lange befürchtet, sie hätte sich an mir gerächt nach dem Streit und auf ihrem Zimmer Sex mit Florian gehabt. Eine Zeitlang war ich besessen gewesen von dieser kranken, dummen, lächerlichen Eifersucht. Als wäre ich das Opfer in dieser Geschichte. Ausgerechnet ich.

Becky sah mir in die Augen, presste die Lippen aufeinander, Grübchen in den Wangen, als sie lächelte. »Ich habe die Zwillinge jetzt. Und als die auf die Welt gekommen sind, habe ich alles begraben. Ich hätte es nie für möglich gehalten, aber ja, ich habe alles hinter mir gelassen. Die eine Nacht, den ganzen Wahnsinn, alles begraben. Ohne die Kleinen wäre das nicht möglich gewesen. Ich habe mir mein Leben zurückgeholt, verstehst du? Ich bin stark jetzt, ich habe eine Aufgabe und einen Job, den ich liebe, der mich herausfordert und der uns eine Menge Kohle einbringt.« Sie ballte beide Fäuste und strahlte. »Ich gehe nie wieder zurück, Jan. Ich habe fast dreizehn Jahre absitzen müssen, ehe ich wieder frei war.«

Draußen dampfte der Asphalt und roch, wie er nach einem Sommergewitter riecht, diese Mischung aus Teer, Feuchtigkeit und Hundekot. Wir standen so ein paar Augenblicke, verarbeiteten unser Treffen. »Es war schön, dich zu sehen, Becky.« Wir küssten uns auf die Wange, links, rechts, links. »Und grüß Ole von mir.«

Ihre Stimme klang nun fast beschwörerend. »Du hast was mit ihr gehabt. Und sie ist die Hauptstraße entlang.« Sie atmete ganz schnell. »Ich habe Angst, Jan. Ich habe richtig Angst. Ich mag dich.« Sie legte ihre Hand auf meine Schulter. »Wenn es etwas gibt, dann sag's mir doch. Sag's mir bitte. Sag's mir jetzt.«

»Jetzt machst du mir aber genauso Angst, Becky.«

Sie schüttelte langsam den Kopf. »Deine Fingerabdrücke sind wirklich auf Gelis Handy?«

»Ich habe dir erklärt, warum. Mehr kann ich dir nicht sagen.«

Sie zögerte, nickte und ging dann in Richtung der U-Bahnstation, von der sie gekommen war. Nach wenigen Metern drehte sie sich noch einmal um und rief: »Gelis Handy! Sie hat es dabeigehabt! Ich bin mir so sicher! Warum glaubt mir das niemand?«

Ich sah ihr noch nach, bis sie die Treppe zur U-Bahn hinuntergegangen und verschwunden war. Für einen winzigen Augenblick dachte ich daran, ihr nachzulaufen. Ihr alles zu erklären. Dass ich Gelis Handy ins Zimmer gelegt, ja, mich sogar noch in ihrem Zimmer umgesehen hatte. Voller Adrenalin, in meinem Liebeswahn und total betrunken. Weil ich wissen wollte, ob sie etwas mit Florian aus 214 gehabt hatte. Nur aus Wut und Trotz, weil ich mein Versprechen gebrochen hatte und sie mir eins auswischen wollte. Hatte ihr Bett durchwühlt, ihren Kleiderschrank geöffnet, ihre Klamotten, ja sogar ihre Unterwäsche berührt. Ihre beiden Schreibtischschubladen geöffnet.

Aber ich wusste nicht, wie ich Becky mein altes Ich hätte erklären können. Ich verstand es doch selber längst nicht mehr.

Ich stieg müde aus dem Zug, drängte mich mühevoll mit dem Koffer durch die Menschenmenge. Alle schienen wegzuwollen. In der Unterführung, die von den Bahnsteigen zum Hauptbahnhof führte, überholte mich eine Gruppe von jungen Menschen, die sich um eine junge Frau scharten, und diese junge Frau war Haddah. Ich erkannte auch Branko aus dem Zug wieder, der, was mich überraschte, sich auch an mich zu erinnern schien, denn er nickte mir zwar nur kurz und ernst zu, aber immerhin.

Zwei Rotznasen, die hinter mir gingen, kicherten, und einer der beiden meinte leise: »Schau dir mal den Pferdearsch von der schwarzen Tussi mit dem Kopftuch an. Da kannst du ja einen ganzen Feuerlöscher reinstecken und dann ist immer noch Platz für deinen Schwanz.«

»Boah, Alter, wenn die mit ihrem Atomarsch in den Fluss springt, haben wir zwei Monate kein Wasser mehr, weil's über die Berge spritzt.«

Ich drehte mich zu ihnen um, und mein finsterer Blick ließ die beiden verstummen.

Haddah fuhr mit Branko und dem Rest der Entourage die Rolltreppe hoch, bog dann links Richtung Ausgang ab. Ich folgte ihr ein ganzes Stück die Bahnhofsstraße entlang, weil das auch mein Weg war, starrte auf die Kleider, die sie trug, militärgrüne Kopfbedeckung, die zum gleichfarbigen Oberteil gehörte, ihre weiten, schwarzen Hosen, um dann meinerseits durch den Blick einer jungen Frau aufgeschreckt zu werden, die des Weges kam und mein Starren wohl zu Recht ungehörig fand. Als wir draußen waren, drehte sich Haddah einmal um und schaute in meine Richtung.

Sie schien mich nicht wiederzuerkennen. Aber als ich an ihr vorbeigehen wollte, machte sie eine Handbewegung, Gangsta-Hip-Hop-Style, Zeige- und Mittelfinger ausgestreckt, Daumen, Ringfinger und kleiner Finger abgewinkelt. »Hey!« Wir blieben beide stehen. »Du bist der von neulich. Aus dem Zug. Die Schlafmütze.«

Ich nickte, in dem Moment kam eine Gruppe Teenager aus Richtung des Einkaufszentrums auf uns zugestürmt. Erst dachte ich, die hätten irgendwo einen Promi gesichtet, aber nein, die wollten zu uns. Die wollten zu Haddah.

»Fine Lady!«, rief ein Teenie-Girl, wobei sie Lady wie Lähdi aussprach. »O mein Gott. Fine Lady! Bitte, bitte, bitte, ein Selfie mit mir!« Und kaum schossen sie Fotos mit ihren Handys, wurden auch noch andere Jugendliche auf sie aufmerksam. »Haddah Ayash! Ist das krass! O mein Gott! Es ist Haddah Ayash, Fine Lady!«

Mit einer Mischung aus Fassungslosigkeit und Faszination durfte ich erleben, wie sie Haddah wie einen Popstar verehrten. Die meisten der Kids schienen türkisch- oder arabischstämmig zu sein, und Haddah posierte mit ihnen, lächelte mit ihnen, und die Teenager waren happy. Zwei fragten mich gar, ob ich auch berühmt wäre.

Als sich alles beruhigt hatte, sagte Haddah: »Du bist also doch kein Rechter?«

»Wie kommst du darauf, dass ich einer sein sollte?«

»Der Adler auf deinem schwarz-roten Fußballschal im Zug. Hat so was Naziartiges.«

»Eintracht Frankfurt«, sagte ich.

»Eintracht Frankfurt, aye, aye«, sagte sie spöttisch und zog die Mundwinkel nach unten. »So siehst du aus. Wie Eintracht Frankfurt. Bist du nicht ein bisschen alt für so Fußballkarneval?«

»Was lässt dich jetzt also glauben, dass ich kein Nazi sei?«

»Du bist Schriftsteller. Jan-Peter Halder.«

»Du glaubst, Schriftsteller könnten keine Nazis sein?«

»Ich kann deine Interviews lesen.«

»Wie hast du meinen Nachnamen herausgefunden?«

»Mir bleibt nichts verborgen«, sagte sie und schnalzte mit der Zunge.

»Du heißt Haddah Ayash?« Sie antwortete nicht. »Stammen deine Großeltern etwa aus dem Jemen?«

»Das ist nun wirklich kein großes Geheimnis.« Haddah stand einen Schritt vor ihren Begleitern, flankiert von Branko und einer jungen Frau, die auch schon im Zug dabei war. »Jeder weiß das, der meine Videos sieht.«

»Bist du Waseelahs Tochter?«

Sie zögerte. Sah Branko an, dann mich. »Woher kennst du meine Tante, Eintrachtfrankfurt?«

»Deine Tante?« Ich lächelte. »Du bist also Hanas Tochter? Ich habe gar nicht gewusst, dass sie ein Kind ge…«

»Woher kennst du meine Mutter, alter Mann?« Ihre Miene wurde ernst.

»Hana war drei Klassen unter mir. Im Gymnasium. Wir waren Freunde. Gute Freunde.«

Sie blieb misstrauisch, fragte nach dem Namen der Stadt und der Schule, aber als ich sie nannte, stand ihr die Überraschung ins Gesicht geschrieben. »Gut. Ich glaube dir.«

»Du siehst ihr ähnlich, Haddah. Das habe ich mir schon im Zug gedacht, aber ich konnte ja nicht ahnen …«

»Komm, Eintrachtfrankfurt. Du musst nicht schleimen.« Sie tippte auf ihrem Handy, sah dann abrupt auf. »Du weißt doch, dass Mama tot ist?«

Ich hob meine Arme, entschuldigend. »Ich weiß. Und es tut mir leid.«

Mehr sagte ich nicht. Sie verstand. Sie schwieg und tippte wieder auf ihrem Handy. Ich hatte erst Monate nach Hanas Tod davon erfahren. Ein angeborener Herzfehler, gegen den man machtlos war. Hana war da, und dann war sie nicht mehr da. Dass sie in der Zeit vor ihrem Tod, in der wir keinen Kontakt mehr gehabt hatten, noch eine Tochter geboren hatte, hatte ich nicht gewusst.

»Was weißt du über die Morde im Dezember 2000?«, holte sie mich zurück in die Gegenwart.

Ich schaute sie fragend an. »Morde? Es hat in dem Jahr nur einen Mord in der Stadt gegeben. Und der war Ende Juni 2000.«

»Bullshit. Ich rede vom Dezember 2000.«

»Der Mord an Angelika Reitmann war sechs Monate früher.«

»Ich rede nicht von der Studentin am Fluss.«

»O. k., o. k. Was habe ich verpasst?«

»Die verdammten Guras haben zwei afrikanische Studenten in einem Block am Ostring erschossen«, sagte Branko.

»Owusu und Kwabena«, fügte Haddah hinzu.

»Guras?«

»Bullen«, sagte Branko.

»Ja, Bullen«, wiederholte Haddah. »Das heißt: eine Bullin.«

Ich schnippte mit den Fingern. »Zwei Cannabisdealer brechen in eine Wohnung ein und werden von einer Beamtin in Zivil erwischt. Jetzt erinnere ich mich.«

»Keine Dealer.«

»Keine Dealer?«

»Keine Dealer.«

»Auch keine Einbrecher.«

»Auch kei...?« Ich holte tief Luft. »Aber waren die nicht bewaffnet und haben versucht, die Frau zu vergewaltigen?«

»Oh? Das ist es, was du darüber weißt?«

»Die Beamtin hat die beiden in Notwehr erschossen. Dabei ist sie selbst verletzt worden.«

Haddah sah Branko an. Dann mich. Dann wieder Branko. Und prustete los. Ein höhnisches, böses Gelächter. »Zwei schwarze Wirtschaftsstudenten brechen in eine Wohnung ein in demselben Haus, in dem sie wohnen.« Sie klatschte in die Hände. »Werden von einer Frau überrascht, die zufällig Kripobeamtin ist, und wechseln sofort in den Weiße-Frau-Rape-Modus?«

»Ich behaupte nicht, dass es stimmt. Ich gebe zu, das hat immer schon abenteuerlich geklungen. Aber ...«

Sie leckte sich die Lippen. »Die Medien machen sie zu Drogendealern, weil sie Cannabis bei sich haben, aber weißt du, wie viel Gramm Gras die Guras finden? Hm?«

»Sag's mir.«

»Du glaubst die Geschichte zu kennen, aber kennst sie doch nicht, bleachshit.«

»Bleachshit?«

Sie streckte grinsend die Zunge heraus, Branko lächelte,

während er auf seinem Handy tippte. »Traust du den Guras in der Stadt zu, dass sie zwei Unschuldige erschießen?«

»Hey, wir sind nicht in den USA.« Ich hob beruhigend die Hände. »Ich trau der Polizei ja einiges zu, aber ich kann mir nicht vorstellen, dass sie zwei Menschen aus Spaß erschießen.«

»Just for fun? Nein, nein, das glaube ich auch nicht.«

»Und warum denn? Vergiss nicht, dass sie ja selbst schwer verletzt worden ist.«

Sie musterte mich, da war Spott in ihrem Blick. »Schwer verletzt? Die Polizistin? Weißt du, was schwer verletzt in dem Fall heißt?« Sie zeigte mir ihre rechte Hand und bewegte den Daumen. »Sie bricht sich den da. Das heißt schwer verletzt. Und die Medien verbreiten es.«

Sie griff in ihre Handtasche und holte eine Star-Wars-Trinkflasche heraus, schraubte den Verschluss ab und trank daraus. Sie hielt mir die Flasche entgegen. »Smoothie?«

Ich zog eine Grimasse. »Nicht so mein Ding.« Und als ihre Begleiter grinsten: »Schmeckt nicht besonders aufregend. Außerdem hab ich mich komisch gefühlt im Zug. Irgendwie high. Ich bin auch so müde geworden und eingeschlafen.«

Sie sah Branko an. »Irgendwie high. Hmmmm.«

Dann wieherten sie beide vor Lachen.

Ich tippte altmodisch an die Stirn zum Abschied, als würde ich einen Hut tragen, und ließ die drei zurück, da rief mir Haddah hinterher, mit der Trinkflasche fuchtelnd. »Komm! Trink doch noch ein bisschen Nog.« Sie lachte. »Nog-, nog-, noggin' on heaven's door. Dann ziehst du nicht so ein langes Gesicht, Jan.«

Sie warf mir die Flasche zu, ich fing sie, sie sagte, ich solle den Inhalt genießen, er sei teuer, aber danach dürfe ich auf keinen Fall Auto fahren in den nächsten drei bis vier Stunden.

Ich hatte keine Lust mehr auf die Konversation, wollte nur noch in die Wohnung, mich duschen, hinlegen und mit Delma chatten. Die kurzen Nachrichten hin und her während des Tages waren nicht genug.

Ich vermisste sie. Ich wollte sie sehen, und wenn's auch nur auf einem Bildschirm war.

Ich nahm die Abkürzung über eine laute, verkehrsreiche Kreuzung und ging dann schnellen Schrittes an den Ausläufern der Bergkette flussabwärts.

Delma hatte keine Zeit für mich, war im Uni-Stress, ich war zu müde, einkaufen zu gehen, außerdem war ich knapp bei Kasse. Also aß ich den Rest einer Packung gesalzener Erdnüsse, eine halbe Tafel Schokolade, dazu trank ich den Smoothie aus der Star-Wars-Flasche. Er schmeckte noch beschissener als im Zug. Viel zu bitter. Er schmeckte nach etwas, das man besser in den Ausguss als in seinen Körper schüttete.

Dafür setzte der Kick rasch ein, nur zehn, fünfzehn Minuten dauerte es. Ich fühlte ein leichtes High, das sich langsam steigerte. Nach einer halben Stunde hatte ich das Gefühl, betrunken zu sein. Gut drauf zu sein. Ich wollte raus in die Stadt, raus an den Fluss oder gar so weit wie möglich den Berg hoch. Aber der Schalter legte sich schnell um und ich war auf eine Art zugedröhnt, die, ähnlich wie damals im Zug, große Müdigkeit verursachte, als würde sich etwas auf mich legen, schwer und dunkel, mir die Sinne vernebeln und auf die Couch zwingen.

Ich lag auf dem Bauch und klickte mich durch die Fotos auf meinem Handy, das auf dem Boden lag, suchte nach den alten Aufnahmen von Geli. Fand sie und spielte damit. Vergrößerte, verkleinerte, gab einen Filter drüber, nahm ihn wieder weg.

Geli im Bikini, ich in Shorts. Kniend im Gras. Mein Arm um ihre nackten Schultern. Wange an Wange.

Am Baggersee haben wir uns das erste Mal geküsst. An einem heißen Tag Anfang Mai, sechseinhalb Wochen vor ihrem Tod. Als wir ankamen, waren die meisten Badegäste schon auf dem Heimweg. Ich erinnerte mich an drei schwarze Labradorwelpen, die am Ufer spielten, sich immer wieder dem Wasser näherten, manchmal mit ihren Pfoten das Wasser berührten, sich aber nicht hinein trauten. Geli ging zu ihnen, hob einen der kleinen Racker auf und streichelte ihn. Ich konnte meine Augen kaum von ihr abwenden. Sie trug einen dunkelroten Bikini. Ich dachte mir nur, wie verflucht sexy sie aussah, wie ansteckend ihr Lachen und ihre Lebensfreude waren. Und dass die Männer trotzdem Abstand hielten, weil sie sie fürchteten. Oder wie es Malle einmal formulierte: »Wäre die nicht immer so aufmüpfig und launisch, die Verehrer würden vor ihrer Tür Schlange stehen.«

Sie war eine bessere Schwimmerin als ich, und ich konnte sie auch kein bisschen beeindrucken, indem ich sofort in das kühle Wasser sprang, weil sie es mir gleichtat und ganz ohne Abkühlen eintauchte.

Wir schwammen ans andere Ufer, wo ein imposantes Restaurant mit einer Riesenterrasse und von dröhnender Discomusik beschallt direkt am Ufer stand, und wollten auch gleich wieder zurück. Wir unterhielten uns, ich ein wenig außer Puste, was ich zu überspielen versuchte, sie seelenruhig. Sie erklärte mir, dass sie alte deutschsprachige Filme mochte, weil sie so unschuldig schienen, keine Politik, keine Kriege, kein Mord und Totschlag, nur Liebe, Dreiecks- und Verwechslungsgeschichten. Die ganze düstere, blutige NS-Vergangenheit, diese Reise durch den Wahnsinn voller Massenmord, Zerstörung, Raub und Vertreibung unter den Teppich gekehrt.

»Ich erwarte mir keinen Sieger des Sundance-Film-Festivals, wenn ich das schaue«, sagte sie. »Ich will Friede, Freude, Eierkuchen, ein paar dämliche Schlager dazu. Ich liebe Hans Moser und Theo Lingen. Ich liebe Peter-Alexander- und Peter-Kraus-Filme. Trude Herr und Conny Froboess.« Sie musterte mich, lachte los. »Was? Warum schaust du so?«

»Weil ich höre, dass du bei Diskussionen auf der Uni Professoren die Show stiehlst. Und dass sie dich auf so einen berühmten Kongress in die USA eingeladen haben, weil du die Beste vom Institut bist.«

»Das ist doch Quark. Und Kongress am Arsch, was soll ich mit all den konservativ-liberalen Lahmärschen? Ich weiß nicht einmal, ob ich hinfliegen werde.«

»Du musst dahin, Geli. Das ist eine Riesenchance.«

»Ich muss gar nichts.«

Ich lächelte. »Ich hab mir halt gedacht, so eine wie du würde Arthouse-Filme auf ARTE lieben.«

»Tut mir leid, dass ich das Klischee nicht erfülle. Ich schreibe auch immer noch Tagebuch. Wie ein Teenager.«

Ich gestand ihr nicht, dass ich genauso ein Tagebuch führte, weil ich mir dachte, das wäre unmännlich, stattdessen fing ich an, das Lied zu singen, das mein verstorbener Großvater so oft am Klavier in der Gaststube gesungen hatte: *Du da, die da ist ungefähr die, mit der ich gerne glücklich wär.* Und Geli stimmte mit ein, und wir sangen laut und lachten, und als sich unsere Blicke trafen, verloren, sich suchten, sich fanden, war uns beiden klar, was los war.

Das Flirten endete abrupt, als ich etwa in der Mitte des Sees einen Krampf in meiner rechten Wade bekam. Es war kein böser, fieser Krampf, und weil es auch nicht zum ersten Mal beim Schwimmen geschah, blieb ich ruhig, Geli schwamm jedoch sofort zu mir, ihre Stimme zitterte, als sie mein schmerzverzerrtes Gesicht sah. »OmeinGott, omeinGott, ein Krampf? Was soll ich tun? ... Jan! ... Schau mich an, schau mich an, Jan! Sag mir, was ich tun soll!«

»Der vergeht schon, keine Angst«, stöhnte ich. »Ich geh schon nicht unter.«

»Herrgott, was soll ich machen?« Sie sah sich nach allen Seiten um. »Scheiße nochmal ...«

»Der geht gleich vorbei.«

»Und wenn nicht? Fuck! Immer bin ich die Gefickte.«

»Was heißt denn das?«, fragte ich trotz der Schmerzen mit einem Grinser.

»Lass das. Soll ich um Hilfe schreien?« Sie schüttelte den Kopf. »Ey, ich schwör, du Glatzkopf. Wenn du untergehst, lass ich mich nicht von dir in die Tiefe ziehen. Du ersäufst hier schön allein in dem popeligen Baggersee. Ich habe noch was vor in meinem Leben, und ich mein nicht das blöde Elite-Seminar.«

Ich stammelte irgendwas, das sie beruhigen sollte, aber Gelis Lippen zitterten und sie leckte sie nervös mit der Zunge. »Ich ruf jetzt«, sagte sie und sah sich nochmals nach allen Richtungen um, ob noch jemand im Wasser oder zumindest in Rufweite am Ufer war, aber da war niemand und unsere Leute aus dem Heim an der nördlichen Uferseite, darunter Maria und Andi, waren viel zu weit entfernt.

»Alles gleich wieder gut«, sagte ich, und sie legte ihre

Hand auf meine Schulter, als würde das helfen, den Schmerz schneller zu vertreiben. »Es hört schon wieder auf.«

»Nein, du Dummkopf.«

»Gleich vorbei.«

»Sicher?«

»Ja. Ist nicht das erste Mal«, sagte ich leise und atmete tief ein und tief aus. Sie war bei mir, nichts würde passieren. Ich konnte mir schlicht und einfach gar nicht die Blöße geben, vor ihr zu ertrinken. Ihre Anwesenheit verlieh mir Superkräfte.

Geli sah mich an mit großen Augen und offenem Mund, mit einem Blick, den ich nicht kannte von ihr, und mir wurde bewusst, dass sie wirklich Angst um mich hatte. Keine Furcht, dass ich sie in die Tiefe ziehen würde in Panik, wie sie behauptete, nein, nein, sie hatte einzig und allein Angst, dass mir etwas geschehen könnte.

Dass jemand, für den ich doch mehr oder weniger fremd war, so etwas für mich fühlen konnte in diesem Moment, überwältigte mich. Und da erfüllte mich eine Zärtlichkeit für sie, und als würde da jemand Regie führen, veränderte sich in dem Moment die ganze Stimmung. Die Sonne stand bereits tief über dem Ausläufer des Bergrückens im Westen, und eine große Gewitterwolke schob sich davor, es wurde mit einem Mal dunkel, und die Welt verstummte, kein Rauschen mehr aus der Innenstadt oder von der Autobahn in der Ferne, kein Flugzeug im Landeanflug oder auf dem Weg in den Süden, nein, es war, als hätte jemand der Stadt den Ton leiser gedreht. Es schien nur noch den Baggersee zu geben, den mächtigen Bergrücken und den Himmel. Und uns. Geli und mich.

Sie war ganz nahe jetzt. Viel zu nahe.

»Schon besser?«, fragte sie leise.

Unsere Köpfe kamen sich noch ein bisschen näher. Bis wir beide im selben Augenblick eine ruckartige Bewegung machten und sich unsere Lippen berührten.

»Schon besser.«

Sie sah mich an. Beinahe geschockt. Mit großen Augen. Sie öffnete den Mund, aber sie verkniff sich jede Bemerkung.

»Wir sollten zurück ans Ufer«, sagte ich.

»Klar.« Sie zögerte. »Am Anfang habe ich gedacht, du wärst ein furchtbares Macho-Arschloch.« Sie lachte, zog eine Grimasse und schüttelte verächtlich den Kopf. »Miss-Rathenau-Wahl.«

»Sorry.« Ich zog eine Grimasse. »Bin nicht stolz darauf.«

»Habe dir dafür nur dreieinhalb Punkte bei unserer Mister-Wahl im ersten Stock gegeben. Abzug fürs Arschlochsein.«

»Ich bin nicht nur Arschloch, Geli.«

»Hm.«

»Gib mir die Chance, es zu beweisen.«

»Ihr seid so kindisch im zweiten Stock.«

»Ich kann auch ganz anders.«

»Soso.«

Ich stimmte wieder das Peter-Alexander-Lied an, ganz leise, kaum hörbar, sang ich: *Schön muss es sein, dich zu lieben.*

Sie sah mich ernst an. »Du bist doch mit der Stella aus Zimmer 117 zusammen.«

»Und du mit deinem Freund aus Zürich.«

»Es stimmt also. Stella und du?«

»Es stimmt.«

»Ihr küsst euch nie.«

»Nicht öffentlich.«

Sie kam noch einmal so nahe, dass sich unsere Lippen berührten, genauso kurz, genauso verstohlen wie beim ersten Mal, und dann kraulte sie in einem Mördertempo Richtung Ufer. Nach wenigen Metern drehte sie ihren Kopf, um zu sehen, ob ich ihr auch folgte, sie hielt fragend den Daumen nach oben. Als ich nickte, schwamm sie weiter.

Ich schlief friedlich ein. Ich hatte wilde Träume. Als ich von einem heftigen Gewitter und Hageltrommel auf Autodächern geweckt wurde, war da eine Mail von Eduard Veith in meinem Posteingang: wir müssen noch einmal reden. komm vorbei. ist wichtig.

Und eine von Delma: wann kommst du denn jetzt endlich nach Hause? ich bin hier völlig alleine. die nachbarn sind rassisten, die hassen mich schon jetzt. und was ist mit deinem skript? wann schreibst du es fertig? oder hast du das schreiben aufgegeben?

übermorgen bin ich daheim. übermorgen arbeite ich wieder am skript.

ich glaube dir erst, wenn du vor der tür stehst.

Eduard Veith stand in weißem Ripp-Unterhemd, grauer Cordhose und Tennissocken in ausgelatschten Sandalen in seinem kleinen Garten und begrüßte mich mit einem Kopfnicken. »So?«, sagte er. So und nichts weiter. Er schien die Schäden des nächtlichen Gewitters zu begutachten. Offenbar hatte der heftige Hagelschauer einige seiner Gewächse ramponiert.

»Hey, ich bin zurück in meiner Kindheit.« Ich drehte mich im Kreis. »Von Stadt keine Spur.«

»Gottlob«, sagte er, packte einen rostigen Spaten, der am

Boden lag, und fing an, Himbeerbüsche auszugraben. Ich wartete, bis er drei Büsche auf einen Schubkarren geladen hatte. »Würde nie wieder da unten leben wollen. Je älter man wird, desto weniger Watschengesichter mag man sehen am Tag.«

Ich platzte vor Neugierde, also fragte ich: »Was gibt's?«

»Du hast kein Alibi mehr, Jan, das gibt's.« Er wischte sich den Schweiß von der Stirn, seine Arme waren braungebrannt bis zu dem Rand, wo er offensichtlich normalerweise ein T-Shirt trug. »Dein Alibi im Fall Angelika Reitmann ist futsch, so schaut's aus.«

Ich sah ihn fragend an. Mit einer Kopfbewegung gab er mir zu verstehen, ihm zu folgen. Er stapfte zum Haus und ich ihm hinterher zu einem Tischchen auf quadratisch ausgelegten Steinplatten im Schatten eines kleinen Kastanienbaumes. »Hock dich hin, Schriftsteller.«

Ich setzte mich auf einen der beiden Gartenstühle. Man konnte leise das Rauschen des Verkehrslärms von der Stadt unten hören, in der Ferne jaulten ein paar Rasenmäher.

Eduard holte zwei Schnapsgläser aus seiner Hosentasche, stellte sie geräuschvoll auf den Tisch und schenkte sie bis zum Rand voll. Er trank sein Glas in einem Zug aus und knallte es mit einem lauten Aaaaaah! auf den Tisch. »Deine Freundin Stella aus Zimmer 117 behauptet, sie könne nicht mit Sicherheit sagen, ob du nicht doch noch raus bist. Weil sie ja eingeschlafen ist, verstehst?« Er legte sein Handy, ein uraltes, graues Nokia, auf den Tisch und schenkte sich nach, stöhnend griff er sich mit schmerzverzerrter Miene an den Rücken. »Ich frage dich also noch einmal: Bist du nochmals raus in der Nacht?«

»Ich war mit Stella auf meinem Zimmer«, sagte ich. »Und was die Frau nach sechzehn Jahren jetzt sagt, zählt doch wohl weniger als das, was sie an dem Tag danach bei einer Befragung durch die Kriminalpolizei gesagt hat.«

Er hustete heftig. Dann meinte er: »Du hast kein Alibi mehr, das ist nun mal so. Dazu kommt, dass die Geli wahrscheinlich einen anderen Weg von der Tankstelle zum Tatort genommen hat, als wir alle gedacht haben. So was hat schon Substanz jetzt. So was könnte einen Cold-Case-Einsatz rechtfertigen.«

Ich sah hinunter auf den Ausläufer der Stadt im Osten, den hässlichen Gewerbepark mit den hohen Türmen der alten Feuerwache, die immer spärlicher werdenden Hochhäuser aus den Neunzehnsiebzigern danach, bis schließlich grüne und braune Felder folgten, die von einigen wenigen Großbauern mit riesigen Traktoren und noch viel größeren Maschinen bearbeitet wurden. Ich griff nach dem Schnaps, trank ihn ex, er brannte in der Kehle, er brannte gut, er brannte feurig. »Ich war so besoffen, selbst wenn ich nochmals raus wäre, ich würde mich nicht mehr erinnern.« Mein linkes Augenlid zuckte für Sekunden, als würde es protestieren gegen die Lüge. »Was soll ich mehr dazu sagen?«

Eduard schirmte seine Augen gegen die Sonne ab und sah hinunter ins Tal. »Kennst die Geschichte von der SMS?« Er wartete keine Antwort ab. »Jemand hat ein paar Monate nach dem Mord«, er stockte, runzelte die Stirn, »ich glaube, so Ende Oktober, Anfang November 2000, eine SMS an Gelis Handy geschickt. Da ist was gestanden von: Ich liebe dich immer noch, Angelika. Aber du hast mich so lange gefoltert, bis ich dem Wahnsinn verfallen bin.«

Mir fiel das Gläschen aus der Hand, ich fing es auf, ehe es die Tischkante erreichen konnte. »Sie verscheißern mich jetzt aber nicht, oder?«

»O-ha! Warum sollt ich?«

»Und das ist nie zu den Medien durchgesickert?«, fragte ich, bei jedem Wort um einen Ton ringend. »Die haben doch jeden kleinen Furz über die Ermittlungen berichtet. Über Wochen, Monate. Warum ist so eine SMS geheim geblieben?«

Er zog die Mundwinkel nach unten. »Man hat ja nie herausgefunden, wer die SMS geschickt hat. Man hat zwar das Handy ausfindig machen können, aber der Typ, der es bei sich gehabt hat, hat's geklaut und die SIM-Karte fortgeschmissen. Da war nichts mehr drauf. Alles gelö…«

»Wo ist das Handy geklaut worden?«

»Jo, das ist das Komische.« Er lachte wieder, und ich sah ihn erwartungsvoll an. »Die SMS ist aus Newcastle gekommen.«

»Newcastle?«

»Wer immer die Nachricht geschickt hat, hat sie aus einem Kaff in Übersee versendet. Erst haben die lokalen Behörden den Handydieb vernommen, dann sind unsere Leute extra hingeflogen. Die Befragung sei aber für die Katz gewesen, behaupten sie. Auch beim Handyanbieter soll man nichts rausgefunden haben. Heimische Wertkarte aus den Anfangstagen des Mobilfunks. Keine Videokamera im Handygeschäft oder Registrierung oder weiß der Teufel was.« In dem Moment kam seine Frau zur Tür raus, ging an mir vorbei, ohne mich eines Blickes zu würdigen. »Könnt auch nur ein böser Scherz gewesen sein. Bei den Leuten, die da im Heim gelebt haben, wär das kein Wunder, da pflichtest du mir doch bei.«

Eduard hustete wieder heftig und geräuschvoll, schien sich gar nicht mehr einzukriegen. Ich versuchte mich zu erinnern, ob mir irgendwer aus dem Heim jemals erzählt hatte, dass er in Newcastle gewesen wäre. Aber mir fiel niemand ein. Außerdem hatte die Kripo das sicher längst geprüft. Und wer aus dem Heim außer mir sollte so verliebt gewesen sein in Geli? Ohne dass irgendein Gerücht die Runde gemacht hätte?

Er räusperte sich lautstark, dann sagte er, den Kopf im Nacken und die Nase ganz hoch: »Willst du meine neue Version hören? Meine Spekulation?« Er lachte und zeigte mir seine falschen Zähne. »Nicht die Sarina, nein, der Florian aus 214 hat dich angerufen in der verfluchten Nacht. Von der Telefonzelle bei der Bushaltestelle aus. Als er auf dem Weg in die Stadt war. Hat dir irgendwas von der Angelika erzählt. Vielleicht, dass er was mit ihr gehabt hätte auf ihrem Zimmer. Kann ja auch nur eine Andeutung gewesen sein. Und du warst wütend auf sie, richtig wütend. Bist nochmals raus, hast sie gesucht und auch gefunden.« Er holte tief Luft. »Harrgott, und dann gibt's halt draußen einen bösen Streit mit dem Mädel, und für so einen kurzen Augenblick brennen dir alle Sicherungen durch, so was passiert schon mal, davor ist kein Kerl der Welt gefeit, so werden Männer nun mal erzogen. Eifersucht lässt Männer durchdrehen.«

Er wartete erst gar nicht meine Reaktion ab, sondern stapfte davon in seinen Riesenschlapfen, als wäre ich zu lästig geworden. Ich schenkte mir hastig nach, kippte das Glas und folgte ihm.

Ich spürte die Wirkung des hochprozentigen Alkohols, fühlte mich leicht schwindlig, die Sonne brannte heiß und erbarmungslos, als wäre immer noch Hochsommer. Auf dem Komposthaufen lag ein imposanter Kothaufen, über den sich seine Frau lautstark empörte. »Der Scheißköter vom Nachbar. Das macht das Hundsviech mit Absicht.«

Eduard nahm den rostigen Spaten und schob ihn unter

das Häufchen Kot. Er ging damit zur Hecke und schmiss es zum Nachbar rüber. »Das Studentenheim Rathenau war ein einziges Lügenhaus, weißt? All diese komplizierten Beziehungen, Dreiecks-, Vierecks-, on und off, wie das die Jungen heut so nennen. Das Dickicht hat keiner von uns durchschauen können. Du weißt mehr, Jan. Du kannst uns was erzählen.«

Ich seufzte. »Ich habe nichts zu erzählen. Jeder scheint zu glauben, ich wüsste, was in der Nacht geschehen ist. Aber ich weiß es nicht.«

»Vielleicht war's ja nur ein Blackout im Affekt, Jan. Wahrscheinlich war es das. Keine Absicht. Du bist kein Psychopath. Kein Mörder. Das weiß ich doch. Aber irgendwas ist da passiert zwischen euch. Und du kannst es mir erzählen, ganz inoffiziell, unter vier Augen. Besser, als wenn dich eines Tages ein Cold-Case-Team in die Mangel nimmt.«

»Ich hätte der Geli nie was antun können.«

»Du bist eine Spieluhr. Immer dasselbe Scheißlied.«

»Ich war betrunken, ich war jung und dumm, aber ich stech niemanden mit einem Messer ab.«

»Wer hat dich in der Nacht wirklich angerufen?«

»Sarina hat mich angerufen. Sie war bekifft und betrunken, deshalb hat sie den Anruf vergessen.«

»Warum hat die Geli so ein Bändchen mit einem J drauf?«

Ich stöhnte. »Das bringt doch alles nichts. Ich weiß es nicht, verdammt nochmal. Ich ka...«

»Du bist nochmals raus in der Nacht«, unterbrach er mich. »Als die Stella schon geschlafen hat.«

»Ich sag kein Wort mehr. Ich habe alles gesagt.«

»Nein, das hast du nicht.«

»Ich gehe jetzt besser.«

»Hast du jemals versucht, über den Zaun zu klettern?«

»Das ist jetzt wirklich lächerlich. Kein Amateur schafft es über das Scheißding.«

»Vielleicht hast du ja ein Talent, von dem keiner was gewusst hat.«

»Ich bin dann mal weg.«

Eduard nickte. »Ich seh schon. Du willst nicht. Mein Weib hat recht gehabt. Ich hätte es erst gar nicht versuchen sollen. Ist eh völlig sinnlos bei dir. Dann rede ich halt mit anderen Leuten aus dem Heim. Schönen Tag noch und habe die Ehre.« Und so ließ er mich einfach stehen und wandte sich seiner Frau zu.

Als ich durch das Gatter ging, bemerkte ich zwei Gartenzwerge hinter einem Bambusgewächs. Hässliche, kitschige Dinger, Fratzen wie Horrorclowns. Den Weg hinunter zur Bushaltestelle sagte ich den Text der SMS immer und immer wieder vor mich hin. Bis ich dem Wahnsinn verfallen bin. Ich liebe dich immer noch. Das war kein Jux. Wer immer es geschrieben hatte, hatte mit dem Mord zu tun.

Als ich im Bus saß, schrieb ich Fine Lady auf Instagram und Facebook eine PN. Ich wollte meine Star-Wars-Trinkflasche wieder füllen. Ich fragte sie, was das Zeug kostete.

mehr als du dir leisten kannst, schriftstellerlein.

was zur hölle ist »nog« eigentlich?

nur 1 kleiner pflanzenmix.

geht's etwas genauer?

streng geheim!!!

sei nicht kindisch.

superstreng geheim!!!

komm, haddah.

n bisschen blätter des kratombaums, n bisschen kava, n bisschen dies, ein bisschen das, RELAX!!! alles BIO und

FAIR TRADE, alter mann 😊 CHILL!!! du tust dir u der welt was GUTES.

illegal?

ich verkaufe es ja nur als färbe- und räuchermittel.

klar.

bist 1 kluger mann! 😊

Delma fragte mich, wann sie mich morgen zu Hause erwarten könne. Sie wolle Gallo Pinto kochen, sie hätte schon alles eingekauft, es fehle nur mehr meine Ankunftszeit.

Ich antwortete nicht. Ich hatte das Zugticket bereits gebucht, aber ich wusste, ich würde es nicht benutzen. Es würde kein Abendessen mit Delma geben.

Ich stand vor dem hässlichen, grauen Betonklotz, in dem die Polizeidirektion war, und warf noch einmal einen Blick auf den mächtigen Bergrücken. Über den Wäldern war ein Flimmern zu sehen, ein letztes Flackern vor dem Sonnenuntergang. Weiße Wolken hingen an den höchsten Gipfeln. Ich hatte das Gefühl, ich müsste mich von der alten Welt verabschieden. Wenn ich das Gebäude wieder verließ, würde es nicht mehr dieselbe sein.

Ich war bereit, den Bullen alles zu erzählen. Von A bis Z. Alles, was ich wusste von jener Nacht. Alles zu widerrufen, was zu widerrufen war.

Nur dann hörte das auf. Nur dann würde endlich ein Schlussstrich gezogen. »Ja, ich bin noch draußen gewesen in der Mordnacht. Nachdem Stella eingeschlafen war. Ich habe mich aus meinem Zimmer geschlichen, Stella hat nichts bemerkt davon, sie hat nie für mich gelogen.« Ich schloss die

Augen. »Ich bin nochmals raus, weil Geli mich angerufen hat. Nicht Sarina! Das war eine Lüge, eine Notlüge. Ich hätte doch Stella nicht sagen können, dass mich Geli angerufen hat. Sie hätte so viele Fragen gestellt. Ich weiß, ich hätte das alles längst erzählen müssen. Ich weiß! Aber hätte es wirklich was geändert?«

Ich stand vor der Polizeidirektion und sprach leise meinen Text. Einmal, zweimal, dreimal. Ich ging die Treppe hoch und sah auf einer großen Tafel links vom Eingang, dass es viel zu spät war, um noch irgendwen bei der Kripo zu sprechen.

Ich starrte auf die Tafel mit den Öffnungszeiten.

Es war zu spät.

Also ging ich wieder heim und schrieb Fine Lady: ich brauch nog! dringend!!!

und ich brauche einen jungen, knackigen kerl! ach, klabauter-jan. das leben ist kein wunschkonzert.

Ich wartete im Schlosspark am kleinen Teich bei der Futterstelle für die Enten und Schwäne auf Haddah, das Geld für Nog hatte ich in Petras Wohnung zusammengesucht. In Schränken und Manteltaschen, sogar ein Sparschwein fand ich, das dran glauben musste.

Als sie auftauchte, bat sie mich, sie ins Schlossmuseum zu begleiten.

»Kann ich mir nicht leisten«, sagte ich. »Wenn du die Drogen so teuer verkaufst.«

»Drogen klingt so hart.«

»Die Smoothies meiner Mutter machen jedenfalls nicht high.«

»Kratom ist völlig ungefährlich, wenn man es nicht übertreibt.«

»Was ist mit den anderen Zutaten? Kava nennt man auch Rauschpfeffer. Ich kann googeln, Haddah. Und was ist da sonst noch drinnen?«

Haddah lachte. »Lass die Finger davon, wenn du dir ins Hemd machst.«

Ich kaufte ein Fläschchen für fünfzig Euro. Sie steckte den Schein in die Gesäßtasche ihrer Hose und nickte. »Na, komm, du armes Schriftstellerlein. Ich zahl dir das Eintrittsticket. Wenn ich schon mal in der Stadt bin, muss ich auch das Schloss sehen. Und ich mag heut nicht gern alleine sein.«

»Wo steckt Branko?«

»Rendezvous.«

»Eifersüchtig?«

»Deine Smoothie-Mama ist eifersüchtig.«

Schweigend trotteten wir durch das Hochschloss, in dem ich als Aufseher gejobbt hatte, der Holzboden knarrte bei jedem Schritt. Porträts von bekannten und unbekannten Herrschern hingen an den Wänden. Eines hatten sie gemeinsam: Sie sahen aus, als hätten über Jahrzehnte Geschwister Kinder miteinander produziert.

»Ich schenke dir das beste Nog der Welt«, sagte sie nach einer langen Zeit des verlegenen Schweigens. »Wenn du mir hilfst.«

»Du hast mir vorhin also nicht das beste gegeben?«

»Lass dich überraschen.«

»Wie soll ich dir helfen?«

Sie biss sich auf die Lippen. »Es geht um die Sache am Ostring. Um Owusu und Kwabena. Ich muss mit dem Mieter von damals sprechen. Der in der Wohnung gelebt hat, in der das passiert ist, verstehst du? Hilf mir, an den Namen ranzukommen. Du hast studiert, du weißt doch, wie man so was macht. Du bist ja nicht so blöd, wie du dich manchmal anstellst, oder?«

»Puah.« Ich holte tief Luft. »Das wird nicht leicht nach all den Jahren.«

»Du schaffst das.« Sie kniff mich in den Oberarm. »*Bitte.*«

Ich musterte sie. »Warum bist du so interessiert an der alten Geschichte? Wenn du was über Rassismus und Polizeigewalt berichten möchtest, findest du wöchentlich eine neue Story. Du könntest Menschen helfen, die noch am Leben sind.«

»Es war Mord, Jan. Es war Mord.«

»Du hast noch keine Beweise dafür. Nicht einmal Indizien.«

»Dann hilf mir!«

Ich zog die Augenbrauen zusammen. »Warum Owusu und Kwabena?«

Sie antwortete nicht. Sie ignorierte mich, schlenderte zu dem kleinen Fenster und sah hinaus.

»Haben Hana oder Waseelah die beiden etwa gekannt?«, fragte ich.

Sie stützte ihre Hände auf dem Fensterbrett ab, stand auf den Zehenspitzen.

»Irgendeine persönliche Verbindung gibt es, ich bin mir sicher.«

Sie schwieg immer noch.

»Deine Mutter hat sie also gekannt.« Ich nickte. »Jetzt verstehe ich.«

Es dauerte, ehe sie damit rausrückte. Sie kam zu mir, hielt mir ihr Handy vor die Nase. Hana umringt von einer Gruppe Studentinnen und Studenten. »Die beiden links von ihr sind Kwabena und Owusu.«

Hana und die beiden jungen Männer lächelnd zusammen auf einem Foto zu sehen, verpasste mir einen Stich. Sie hatten nicht verdient, so jung zu sterben. Es erschien mir so sinnlos und unfair.

»Hana hat Deutsch an der Uni unterrichtet«, erinnerte ich mich. »Die beiden waren in ihrem Kurs?«

»Deutsch als Fremdsprache. Ihr allererstes Semester.«

»Es ist also persönlich.«

»Es war Mord«, sagte Haddah. »Und ich glaube, Mamas Herz ist daran zerbrochen. Ich glaube, der Schmerz hat sie getötet. Verstehst du, Jan?«

Die Stille, die folgte, war quälend. Was für einen Trost konnte ich ihr bieten? Ich war zu müde für Worthülsen. Ich wartete, ehe ich tief Luft holte und sagte: »Einer der Typen, mit denen ich früher immer zum Fußball bin, ist zu der Zeit Journalist gewesen. Vielleicht kann ich über den irgendwas über den Mieter oder Vermieter der Wohnung herausfinden.«

»Bitte«, hauchte sie, mit einer Sanftheit, die ich nicht von ihr erwartet hätte, und als sie sich umdrehte, hatte sie einen so flehenden Blick drauf, dass es mir schwergefallen wäre, ihr auch nur irgendeinen Wunsch abzuschlagen.

Und so schrieb ich meinem alten Fußballkumpel Wodka-Stani und bat ihn um Hilfe. Zu meiner Überraschung antwortete er umgehend, er könne die Namen herausfinden, es würde aber ein bisschen dauern.

»Läuft«, sagte ich, und Haddah lächelte und deutete mit ihrem Mund ein Danke! an.

Wieder gingen wir schweigend durch die Räume. Eine seltsame Stille herrschte, das blasse Licht, das durch die vorgezogenen schweren Vorhänge fiel, verlieh den Räumen und Kunstwerken an den Wänden einen melancholischen Touch. Der Nachmittag war schon weit fortgeschritten, der bewaldete Hügel, auf dem das Schloss thronte, lag bereits großteils im Schatten.

Wir schienen die letzten Besucher zu sein.

»Ich habe noch eine Postkarte deiner Mutter aus Ibiza.« Sie sagte nichts, und die Stille war unangenehm, aber ich hatte damit angefangen. »Alles, was ich sage, klingt peinlich oder lächerlich, ich weiß. Aber ich habe sie gemocht. Sie war ein wunderbarer Mensch.«

»Fokk off«, platzte es aus ihr heraus.

»Ich wollt…«

»Nicht jetzt. Nicht hier.«

»Sorry.«

»Schon gut.« Sie seufzte. »Aber ich kann das im Moment nicht hören.«

Ehe wir das Hochschloss verließen, kamen wir im Gang des ersten Stockwerkes zu einem alten Gemälde der Schlossanlage. Arg romantisierend und jegliche geografische Begebenheiten außer Acht lassend. Den grünen Fluss hatte der Maler direkt am Fuß des Hügels und somit am Schloss vorbeiziehen lassen. Die Berge ragten wie ein mächtiger Altar direkt hinter dem Schloss auf. Haddah betrachtete einen Fischer auf dem Bild, der auf einem Boot stand, vornübergebeugt, als würde er die Fische im Wasser beobachten. »Was, wenn der Mörder von Angelika Reitmann in den Fluss springt und davonschwimmt? Und das ist der Grund, warum es keine Zeugen gibt?«

Ich betrachtete Haddah von der Seite. Ich betrachtete sie lange. Sie ignorierte es. »Wie zum Teufel kommst du jetzt auf Angelika Reitmann?«

»Ich kann auch googeln.« Sie biss sich auf die Unterlippe. »In den Foren glauben manche, du seist der Mörder.« Sie drehte sich zu mir und klatschte in die Hände. »Was hältst du von meiner Theorie, hm?«

»Wer in den Fluss stürzt, überlebt das so gut wie nie ohne fremde Hilfe. Die Strömung ist viel zu stark, überall gibt es mächtige Felsen.«

Sie nickte, biss sich auf die Wangen. »Kwabena und Owusu waren keine Dealer und keine Einbrecher und erst recht keine Vergewaltiger. Ich glaube Mama.«

»Hana war überzeugt, dass die Polizei lügt? Hat sie das gesagt, ja?«

»Nicht mir, ich war zu klein. Aber zu Tante Waseelah. Immer und immer wieder. Sie soll von nichts anderem mehr geredet haben.«

»Und welches Motiv hat deine Mutter vermutet? Warum hätte die Polizistin die beiden erschießen sollen?«

Haddah zuckte mit der Schulter. »Deshalb bin ich in der Stadt. Um das herauszufinden.«

»Ohne Motiv bleibt die Erklärung der Polizei die glaubhafteste. Zwei junge, dumme Kerle, high von Gras, steigen in eine Wohnung ein und haben das Pech, dass eine Kriminalbeamtin ...«

Sie hob protestierend einen Arm, um mir Einhalt zu gebieten. »High? Warum glaubst du so einfach die Lügen?«

»Hast du einen Beweis, dass es eine Lüge war?«

»Du glaubst, Mama lügt?« Sie stellte sich mir in den Weg, kampfbereit. »Du glaubst, sie würde bei so etwas lügen, ja?«

Ich schluckte. Ich holte tief Luft. »Wenn einem ein

Mensch nahesteht, will man vielleicht nicht akzeptieren, dass er zu etwas Bösem fähig ist.«

Sie biss auf ihren Fingernägeln, kurz nur, dann sah sie mich an. »Es war Mord.« Sie nickte. »Es war Mord, Jan.«

»Möglich. Aber du brauchst mehr als diesen Satz.«

»Es gibt eine Anfrage eines Parlamentsabgeordneten an das Innenministerium, die man online abrufen kann. Bei der Anfragebeantwortung sind zwar ein paar Sachen geschwärzt, aber das meiste kann man lesen.« Sie hob den Zeigefinger. »Kein Alkohol, keine Drogen im Körper der Toten. Nada.«

»O. k., ab...«

»Die Beamtin ist nicht im Dienst. Betritt eine fremde Wohnung, weil sie einen Einbruch vermutet. Warum tut sie das? Niemand kann das beantworten. Fenster, Tür, nichts kaputt. Geräusche am helllichten Tag aus einer Wohnung? Das normalste der Welt, nicht wahr? Aber die Polizei verbreitet das Märchen von einer manipulierten Eingangstür, von verdächtigem Lärm, und die Medien übernehmen es.«

»Aber waru...«

Sie unterbrach mich abermals: »Es war Mord, aber wen kümmern zwei schwarze Studenten aus Südafrika? Drei Seiten online auf der Ungelöste-Kriminalfälle-Plattform. Drei! Eine hübsche, einheimische Studentin wie Angelika Reitmann? Hundertzwanzigtausend Seiten.« Sie gab einen wütenden, schnaubenden Laut von sich, dann seufzte sie laut. »Fokk, ich finde so gut wie überhaupt nichts, was mich weiterbringen würde. Es ist verdammt frustrierend.«

Auf der überdachten Plattform vor dem Hochschloss, wo man einen grandiosen Ausblick auf den Westteil der Stadt und das letzte Drittel der Bergkette hatte, erreichte mich

Wodka-Stanis Antwort: jan! die vermieterin der wohnung ist vor ein paar jahren gestorben, k.a., wem die wohnung jetzt gehört. wer die wohnung damals gemietet hat, konnte ich nicht herausfinden, nur dass es sich definitiv um 1 studentin od 1 student handelte, daran erinnert sich ex-kollegin. sry und lg

Ich war nicht weniger enttäuscht als Haddah. Wir spazierten den steilen, asphaltierten Gehweg hinunter zur Straßenbahnhaltestelle. Die Farben in der Abendsonne waren so prall, so intensiv, die sich allmählich verfärbenden Blätter der Bäume, das Blau des Himmels, die grauen Felsen der Bergspitzen, ja, sogar das Grau und Weiß der Häuser und Blöcke waren deftiger als sonst. Ich verlangsamte den Schritt, um mich daran sattzusehen. »Ist der Name der Beamtin geschwärzt, die die beiden erschossen hat?«, fragte ich.

»Nope«, sagte Haddah. »Biljana Wernicke heißt sie.«

Nun blieb ich stehen. »Die Wernicke?! Im Ernst?!«

»Du kennst sie?«

»Die dumme Bitch.«

»Du kennst sie also.«

»Die hat auch im Fall Angelika Reitmann ermittelt. Bist du dir sicher?«

»Musst nur googeln.«

»Wow.« Ich kaute auf meiner Unterlippe. »Die Wernicke hat lange geglaubt, ich hätte die Geli umgebracht. Hat sogar was aus meinem Zimmer gestohlen.«

Haddah war nicht stehen geblieben, also ging auch ich weiter und holte sie wieder ein. »Ich glaube, es ist Zeit, dass du mir alles davon erzählst«, sagte sie.

Und so beschrieb ich ihr das Studentenheim Rathenau. Und jene Nacht im Juni, in der Geli ermordet worden war. Ich erzählte ihr von der gestohlenen CD-ROM mit meinen

Tagebuchaufzeichnungen. Ich erzählte ihr von Wernickes merkwürdigem Auftritt in der Polizeidirektion. Ich erzählte ihr vom Trio Infernale. Von Elisabeth Reitmann und dem Himmel-und-Hölle-Spiel.

»Die Geschichte mit den beiden Studenten ist im Dezember 2000 passiert, ja? Also ungefähr ein halbes Jahr nach dem Mord an der Geli?«

»14. Dezember 2000«, sagte Haddah.

»Hm. Eduard Veith hat mir gesagt, dass die Wernicke knapp ein Jahr nach dem Mord aus dem Dienst ausgeschieden sei. Und dann nach Chile abgedampft.«

»Ich würde auch das Land verlassen, wenn ich zwei Menschen gekillt hätte.«

»Chile würde sie bestimmt trotzdem ausliefern. Da müsste sie schon nach Belize oder Afghanistan.«

»Trotzdem ein Zeichen, oder?«

Ich stimmte zu. Nach Eduards Erzählungen war die Wernicke verdammt ehrgeizig gewesen, skrupellos auch. So schnell gab doch so jemand nicht Karriere und Heimat auf.

Als wir in der Straßenbahn Richtung Innenstadt saßen, meinte sie: »Lass uns zum Tatort fahren. Zu dem Studentenheim.«

»Nein. Warum sollten wir?«

»Ich möchte wissen, wo das geschehen ist.«

»Ich war seit dem Mord nicht mehr dort.«

»Nicht mehr wo?«

»Da draußen. Bei dem verfluchten Heim.«

»Ungelogen?«

»Ungelogen.«

Sie duldete keine Widerrede. Und so fuhren wir bis zum Einkaufszentrum, wechselten in einen Bus Richtung Osten und gingen anschließend von der Bushaltestelle zehn Minuten den Fluss entlang zum Studentenheim Rathenau.

Am Ufer zog Haddah eine Trinkflasche aus ihrer Handtasche, schüttelte sie und öffnete schließlich den Verschluss. »Jetzt geben wir's uns«, sagte sie. »Aber so richtig. Das ist der stärkste Mix, den ich zu bieten habe. Ultramix. Bombermix. Eintrachtfrankfurtmix.«

»Her damit.«

Ich führte Haddah zu der Stelle, an der man Geli gefunden hatte. Ein unspektakuläres Stückchen perfekt getrimmter Rasen, ein paar Meter entfernt davon eine massive Holz-Stein-Sitzbank, die so schnell keine Vandalen zerlegen oder in den Fluss schmeißen konnten, daneben ein frisch eingepflanzter Ahornbaum. Wir blieben kurz stehen, beide den Kopf gesenkt, ergriffen bei dem Gedanken, was hier geschehen war. Kein Kreuz mehr, keine Kerzen, keine Fotos oder Plüschtiere. Alles zu lange her. Sie überrumpelte mich, als sie mich zu sich herzog, um ein Selfie zu machen. Ich starrte mit großen Augen und ernstem Gesicht auf das Display ihres Handys. Ich spürte, wie das Zeug anfing, zu wirken.

Dann zeigte ich ihr die beiden Stellen, an denen die Lagerfeuer gebrannt hatten. Eines oben auf dem Rasenstück, auf dem nichts außer zwei verwitterten, massiven Tischtennistischen aus Stein gestanden hatte, die nun einem Streetbasketballcourt gewichen waren, das andere direkt unten am Ufer. »Kurz vor zwei Uhr sind die Becky und die Geli aufgestanden und zur Tankstelle gegangen, um Tequila zu kaufen.

Ole ist ihnen kurz darauf gefolgt, hat die beiden eingeholt, ist dann aber mit Becky auf halber Strecke zurückgeblieben.«

Haddah und ich gingen auf dem Gehweg an der Rückseite des Studentenheims vorbei Richtung Tankstelle, genau wie Angelika in jener Nacht. Wir kamen an einem umzäunten Skaterpark vorbei, wo früher dichtes Buschwerk gewuchert und auf der Uferseite eine verfallene Holzhütte mit dazugehörigem Schrebergarten hinter hohem Stacheldrahtzaun gestanden hatte. Alles sauber, aufgeräumt, spießig, Hundesäckchenspender in regelmäßigen Abständen neben Mülleimern, hochmoderne Laternen mit großer Strahlkraft, die bereits schwach leuchteten, obwohl es noch hell war.

Die Tankstelle war modernisiert worden, aber nicht spektakulär. Wir betraten den Shop, ich ging mit einer Flasche Tequila zur Kasse, schaffte es aber nicht, den korrekten Code meiner Bankkarte in das Lesegerät zu tippen, so nervös und zugedröhnt war ich.

»Klabauter-Jan«, flüsterte Haddah, nachdem sie für mich bezahlt hatte, und betrachtete die Tequilaflasche mit großen Augen. »Das ist nicht witzig.«

»Dein Nog ballert mir schon gewaltig in die Birne«, sagte ich, lauter, als ich wollte.

»Aye«, seufzte Haddah und hüpfte von einem Bein auf das andere. »Mir ist irgendwie auch grad ungut. Und schwindlig.«

Wir verließen die Tankstelle, und ich lenkte meine Schritte Richtung Hauptstraße. Ging immer schneller. »Hier muss sie lang sein. Kein Auto sei gefahren, behauptet so eine Altenpflegerin, die im Nachbarblock ziemlich lange am Fenster gesessen ist. Kein einziges Auto. Ganz lange.«

»Im Internet steht was von zwei Männern.«

»Ja, sie hat angeblich zwei Typen gesehen, aber das war fast eine halbe Stunde, bevor Geli zur Tankstelle ist. Was sollen die beiden so lange gemacht haben? Picknick mitten auf der Straße?«

»Der Mörder kommt also aus dem Heim.«

Ich schwieg. Mein Körper lief nun auf Autopilot. Meine Beine funktionierten, meine Hand hielt die Tequilaflasche, ich achtete auf das Auto, das aus der Ausfahrt des Parkplatzes beim Studentenheim kam, bedankte mich mit einer Handbewegung, als die Fahrerin für uns bremste, ich hörte das Flugzeug im Landeanflug, nichts deutete darauf hin, dass mein System abgestürzt war. Aber ich war in einem Trancezustand. Ich war nicht mehr bei mir. Ich verlor die Kontrolle.

Haddah hechelte mir hinterher, griff sich an die Stirn. »Geh langsamer, Mann. Meine Knie sind Butter.«

Ich spürte, wie Magensäure hochschoss, ich schluckte und schluckte, um den Brechreiz zu unterdrücken, und ging in die Hocke. Haddah tat es mir gleich. »Shit«, sagte sie und sah mich an. Dann lachte sie. »Ich hoffe bloß, ich sehe nicht so übel aus wie du.«

»Und wenn ich's war?« Unsere Köpfe berührten sich, sie öffnete den Mund, aber es kam kein Laut raus. »Wenn ich sie umgebracht habe, Haddah? Aber mich nicht erinnern kann?«

»Wie kann man so was nicht wissen? Das geht doch gar nicht.«

»Ich weiß, dass ich es nicht war. Und ich weiß es auch nicht.«

Sie nahm meinen Kopf in beide Hände, sah mich an und flüsterte beschwörend: »Willst du mir was gestehen? Willst du beichten, hm? Ich bin da, ich höre dir zu.«

Ich schlug ihre Hände spielerisch weg, lachte, aber es klang falsch, beinahe diabolisch.

Ich hatte nicht nur all die Jahre geahnt, dass Geli die Hauptstraße entlang zum Tatort gekommen sein musste, o nein, ich war es ja gewesen, der ihr auf den Zaun geholfen hatte. Ich war ihre Räuberleiter gewesen.

Und keine Menschenseele wusste davon.

»Du kannst mir alles anvertrauen. Ich erzähle es keinem, ich schwör«, sagte Haddah mit zitternder Stimme, ihr Handy in der Rechten, als würde sie filmen. »Ich schwör, bei meinem Augenlicht, ich schwör« – ihre Stimme fast hypnotisch – »ich schwör, bleachshit, kein fokking Wort zu irgendwem. Zu niemandem, bleachshit. Erzähl mir von der Nacht. Erzähl mir alles, und dir geht es so viel besser.«

Wieder dieses teuflische Lachen. Ich fühlte mich so schwach in dem Moment. Ich konnte mich nicht lösen von diesem monströsen, irren, unfassbaren Gedanken, ich könnte Geli ja doch ermordet haben. Ohne mir am nächsten Tag dessen bewusst gewesen zu sein. Ohne mich daran erinnern zu können. Weil ich nicht nur total betrunken, sondern schlicht und einfach nicht richtig im Kopf war. Kaputt im Schädel. Weil irgendwas nicht stimmte mit mir.

»Ich kann's doch nicht gewesen sein«, keuchte ich. »Das ist doch nicht möglich. Das kann nicht sein. Ich kann wütend werden, ja, ich kann ausflippen, ja, aber die Geli anrühren? Ihr wehtun? Niemals. Ein Messer in sie rammen? Nein. Nein, Haddah. Ich bin kein Mörder. Das weiß ich doch. Das weiß ich, Haddah. Ich war's nicht.«

»Warum geht es dir denn so schlecht? Wenn du unschuldig bist? Warum macht es dich so fertig, hierher zurückzukommen, hm?«

»Ich weiß nicht. Mir geht's nicht gut. Gar nicht gut.«

»Jetzt muss es raus, Jan. Jetzt muss alles raus.«

»Nein, nein.« Ich winkte ab. »Haddah, bitte ...«

»Du und die Geli.« Ihre Finger formten ein Herz. »Hab ich recht?«

»Und wenn?« Ich kicherte blöd. »Und wennschon, Haddah?« Ich hob die Arme. »Na und? Ich habe gelogen, verdammt nochmal. Ich habe was mit ihr gehabt.«

»Aber warum?« Haddah stand auf. »Warum die Lügen?«

»Ich war mit Stella zusammen. Ich wollte der doch nicht wehtun.«

»Deshalb belügst du die Kripo in einem Mordfall?«

»Hör auf zu fragen. Lass mich in Frieden kotzen hier.«

»Versuch dich an die Nacht zu erinnern.«

»Ich verdrehe ja alles in meinem Kopf. Je mehr Zeit vergeht, desto mehr verdrehe ich. Je mehr Zeit vergeht, desto verrückter werde ich. Ich bringe alles durcheinander.«

»Wer weiß noch von deiner Affäre mit der Toten?«

»Außer Geli und mir hat keiner im Heim davon gewusst.«

»Sicher?«

»Sicher.«

»Ganz sicher?«

»Ganz si...« Ich zögerte. »Die Maria aus 118, die hätte es vielleicht mitbekommen können, die war mit uns mal am Baggersee und hat so eine doofe Anspielung gemacht. Aber das war eine durchgeknallte Frau, wir haben die nur Bloody Mary genannt, und wenn die was der Kripo gesteckt hätte, hätten die Bullen sie ausgelacht.«

»Hmhm.«

»Ich muss nach Hause jetzt. Ich will mich nur noch hinlegen. Ich kann nicht mehr. Wann kommt der nächste Bus?« Ich sah mich um und brüllte los: »Wann kommt denn hier endlich der nächste Scheißbus?!«

»Beruhig dich. Sonst fährst du in einem Bullenauto in Handschellen heim.«

»Hauptsache nach Hause.«

»Komm. Wir müssen erst mal zu einer Haltestelle, Klabauter-Jan.«

Haddah begleitete mich schließlich bis zur Haustür. Sie hatte Angst, ich könnte sonst in der Stadt verloren gehen. »Gibt es nicht doch noch etwas, das du mir erzählen möchtest?«, fragte sie, als ich den Schlüssel zitternd ins Schloss steckte, und legte eine Hand auf meine Schulter. »Dich quält das doch. Dich macht das fertig.«

»Das ist nur der verdammte Ultramix, den wir uns reingezogen haben, Haddah.«

»Bitte, Jan«, sagte sie leise. Und für einen Augenblick war ich bereit, zuzugeben, dass ich draußen auf dem Parkplatz war. Ungefähr zur Tatzeit. Mit Geli. Wenige Meter von dem Tatort entfernt. Für einen kurzen Moment wollte ich es endlich einem Menschen beichten, wollte ich nach all den Jahren jemandem dieses Geheimnis anvertrauen. Aber ich wusste, wenn ich das eingestand, würden die wirren Stimmen in meinem Kopf noch lauter, die mir einredeten, ich könnte der Täter sein. Und so schüttelte ich den Kopf, lächelte, und Haddah kapitulierte. Ich sah ihr noch nach, wie sie zur Straßenbahnhaltestelle stapfte.

Die Party im Hanikaheim war eines der größten und berüchtigtsten Studentenfeste des gesamten Studienjahrs, und jede Studentin, jeder Student der Stadt wollte da rein. Und die Veranstalter, gierig nach der großen Kohle, erlaubten Jahr für Jahr viel zu vielen Leuten den Eintritt.

An jenem Donnerstagabend Mitte Juni, zehn Tage vor Gelis Tod, war es bereits um halb zehn kaum mehr möglich, sich im Erdgeschoss zu bewegen. Man stand dicht an dicht, die Hitze war unerträglich, die Luft stickig von Zigarettenrauch, von Ausdünstungen und verschüttetem Bier. Musik hämmerte aus Riesenlautsprechern, zu den Klos gab es kein Durchkommen, und bald schon durfte man im Eingangsbereich die erste wüste Schlägerei erleben.

Geli, Becky und ich standen mit dem Rücken zur Wand, in der Nähe der Eingangstür und reagierten alle etwas geschockt auf den Gewaltausbruch, die Vorfreude auf die große Party war verflogen. »Wenn ein Feuer oder eine Panik ausbricht, dann verrecken wir hier elend«, schimpfte ich.

»Ich bleib sowieso nicht in der ekligen Sauna«, meinte Geli in gereiztem Ton und zupfte genervt an ihrer dunkelblauen Bluse. »Von mir aus können wir woanders hin.«

»Wo willst du heute Nacht ausgehen?« Becky rollte die Augen. »Alle sind hier, Geli. Niemand ist anderswo.«

»Ich mag auch nicht bleiben«, kam ich Geli zur Hilfe.

»Das wird schon noch besser werden, wenn sich die ganzen Leute irgendwie verteilen«, sagte Becky.

»Ich halt's hier nicht aus.«

»Nur einen Drink«, bettelte Becky. »Ich hab mich nicht extra stundenlang lang schick gemacht, um dann gleich wieder abzuhauen.«

»Ich kriege Herzrasen bei so vielen Leuten, aber echt jetzt.«

»Na, komm, jetzt reiß dich zusammen, Geli. Bitte.«

»Einen Drink.« Geli nickte. »Aber dann zischen wir ab.«

»Und wie kommen wir zum Ausschank, ohne ein paar Leute platttrampeln zu müssen?«, fragte ich. »Ich habe keine Lust, mi…«

»Ich box mich schon durch, du Memme«, maulte Becky, schlug mir grob auf den Oberarm und war schon im Getümmel verschwunden.

»Die hat uns gar nicht gefragt, was wir wollen«, sagte ich zu Geli.

»Tja.« Sie grinste. »Memmen müssen halt nehmen, was man ihnen bringt.«

»Und wenn die jetzt mit einem Radler ankommt?«

»Dann kannst du leider vor mir nicht den harten Hund spielen, der du gern wärst.«

Ich wurde das Gefühl nicht los, dass etwas in der Luft lag, und zwar nichts Gutes. Meine Augen brannten vom Rauch. Und Geli und ich mussten mitansehen, wie immer noch unablässig Leute durch die Eingangstür hereingelassen wurden. Sie kamen nur langsam voran, mussten schubsen und drängen, aber sie hatten Erfolg. »Die sind verrückt, noch mehr reinzulassen!«, schrie Geli in mein Ohr, um das gemeinschaftliche Grölen eines Songs zu übertönen. *Do you have the time. To listen to me whine.*

Ich nickte. Da war auf einmal Angst in ihren Augen. Und gewiss auch in meinen. Wie eine Rückkopplung. Wir starrten uns an.

»Ich muss da raus!«

»Ich auch!«

»Warten wir noch auf Becky, aber dann hauen wir ab!«

I am one of those. Melodramatic fools.

Wir standen immer noch mit dem Rücken zur Wand, und die Leute drängten sich dicht an uns vorbei, vor allem junge, aufgeputschte Männer, die schon ordentlich Alkohol getankt hatten, voller Vorfreude auf die Megaparty des Semesters und den Sommer, der vor der Tür stand, sie rempelten uns an, berührten uns, ihren glühenden Zigaretten mussten wir naserümpfend ausweichen, wenn sie uns auf die Füße stiegen, fluchten wir, aber irgendwann kam der Fluss zum Stocken. Und plötzlich war da ein gellender Schrei, das Licht ging aus, die Musik verstummte, kurz herrschte Stille, dann krakeelte und johlte die Masse ganz ohne Musik aus Riesenverstärkern Green Days Megahit. *Sometimes I give myself the creeps. Sometimes my mind plays tricks on me.*

Geli machte einen Schritt zur Seite, presste sich rücklings gegen mich, und ich umschlang sie mit beiden Armen. Wir hielten uns fest in der Dunkelheit, in der lärmenden, grölenden Menge, in der es kaum mehr möglich war, zu atmen, und teilten unsere Furcht, in dem völlig überfüllten Raum gefangen zu sein, in dieser Menschenmasse unterzugehen. Das Licht ging wieder an, aus den Lautsprechern dröhnte Musik, aber wir trennten uns nicht. Ich küsste ihren Nacken, schüchtern, verloren, in großer Angst und noch größerer Erregung, sie musste gespürt haben, wie hart ich war, trotzdem lehnte sie sich fest gegen mich, ließ es geschehen.

Den Duft ihrer Haare habe ich immer noch gespeichert. Den Duft ihrer Haare, ihrer Haut. Und ja, es waren nur Augenblicke. Meine Lippen auf ihrer Haut, ihr Po gegen meine Hüfte, sie sah mich aus den Augenwinkeln an und lächelte wie eine Königin.

Sie drehte ihren Kopf, und ihre Lippen berührten meine. Einmal, zweimal, so schüchtern wie ein paar Wochen zuvor beim Baggersee, dann sahen wir uns in die Augen, und wir wussten, dass es nicht länger Sinn hatte, sich zu wehren, dass wir keine Chance mehr hatten, diesen Zug aufzuhalten. Und so küssten wir uns, langsam, mit offenen Augen, ungläubig fast, bis sie mich in die Lippe biss und abrupt stoppte. »Ganz oder gar nicht, Jan.«

»Was meinst du?«

»Du hast eine Freundin, ich habe einen Freund.«

Ich stockte. »Ich weiß.«

»Ganz oder gar nicht.«

Und ich sagte es ihr nach: »Ganz oder gar nicht.«

»Ich will dich, Jan. Willst du mich auch?«

»Ich will dich, Geli.«

Sie lächelte und drückte meine Hand. Und das war's. Nichts weiter geschah. Becky tauchte kurz darauf mit Maria und Werner aus unserem Heim im Schlepptau auf, in ihren Händen drei Bierbecher, die sie auf wundersame Weise in der Dunkelheit durch die Menge gebracht hatte, ohne allzu viel zu verschütten, wir tranken schnell, wir sprachen wenig, weil wir uns dabei anschreien mussten, wir beobachteten die Leute, und dann kämpften wir uns Richtung Ausgang vor, wo die Situation immer chaotischer wurde.

Wir verloren uns in der Drängelei, ich war, so glaubte ich, vor den vieren draußen, hielt Ausschau nach ihnen, wartete eine Ewigkeit, konnte sie aber in der Dunkelheit und Menschenmasse auf dem engen Vorplatz direkt an einer vielbefahrenen Straße nicht mehr finden.

Nach und nach wurde mir an der frischen Luft bewusst, was geschehen war.

Ich wollte mit Geli sein. Ich musste mit Geli sein. Es schien das einzig Richtige auf dieser Welt zu sein. Die Frage war, wie ich es Stella beichten sollte. Selbst wenn unsere Beziehung ein wahrscheinliches Ablaufdatum hatte, war da doch etwas gewachsen zwischen uns, langsam, vielleicht fast unbemerkt, auch wenn wir es immer cool abstritten und sogar darüber Witze machten. Stella bedeutete mir verdammt viel, und ich war mir sicher, sie empfand ebenso. Wir waren uns ja beide auch einig, dass wir zusammenziehen würden, falls sie wider Erwarten bei der Prüfung für das Auslandsjahr in Birmingham durchfallen würde. Und diesem Menschen sollte ich jetzt so wehtun?

Draußen war ich viel zu durcheinander, zu aufgewühlt, um klar zu denken, ich wusste nicht, wohin, wusste nicht, was tun. Irgendwann gab ich auf, nach Geli zu suchen, und weil der nächste Bus erst in einer halben Stunde in den Ostteil der Stadt fuhr, marschierte ich mit klopfendem Herzen den Fluss entlang. Ich fühlte so vieles auf einmal. Und so Widersprüchliches. Ich hatte mich ja längst für Geli entschieden. Ich hatte es geleugnet, ich hatte mich gewehrt gegen diese Entscheidung, aber sie war gefallen. Ich musste es Stella beichten. So bald wie möglich.

Ich wurde brutal in die Wirklichkeit zurückgeholt, als bei der Unterführung, die die Hauptstraße bei der Brücke zur Altstadt untertunnelte, ein Radfahrer an mir vorbeifuhr, leicht schwankend und recht langsam, irgendwie berührten sich unsere Schultern unglücklich, ich sagte noch ein schwaches »Tschuldigung«, da drehte sich der Mann zu mir und spuckte mir ins Gesicht. Er versuchte dann, das Tempo zu erhöhen, aber ich holte ihn auf der Steigung hinter der Unterführung ein, packte ihn an der Jacke und riss ihn so von seinem Fahrrad.

Ich fühlte mich übermächtig in diesem Moment. Ich war so aufgeputscht von dem Erlebten. Der Kerl, Anfang, Mitte zwanzig, hatte schwarze, kurze Locken, einen Stoppelbart, er sah mich überrascht an und sagte etwas in einer hohen, monotonen Singsangstimme. Ich verstand kein Wort, war mir nicht einmal sicher, ob er Deutsch sprach, einen Dialekt möglicherweise oder eine andere Sprache.

»Hey, hey, hey du«, sagte ich und wischte mir die Spucke mit dem Armrücken aus dem Gesicht. »Was spuckst du mich an, hm? Wer hat dir ins Hirn geschissen, hä? Sag was, du verfickter Arschwichser, du!«

Er hörte auf zu reden und sah mich an, verschmitzt lächelnd. Und dann spuckte er noch einmal, woraufhin ich ihm die Faust ins Gesicht schlug. Es war ein harter Schlag, ich ahnte die Wucht, mit der er getroffen wurde, es machte ein Geräusch, als würde ein kleiner Ast brechen, aber es waren nicht seine Nase und nicht sein Kiefer, die brachen, denn er sprach kurz darauf weiter, ruhig, die Nase gerade, nicht lädiert. Der Schlag hatte ihn auf die Knie gezwungen, er sah hoch zu mir. »Du lächerlicher Möchtegernhooligan.«

Ich wischte mir die Spucke abermals weg und war bereit, dem Typen noch eine zu geben. Seine Ruhe, jedes Fehlen von Furcht, machte mich noch rasender. Ich war wie einer der Hunde, die mir im Lauf meiner Zeit als Ferienpostbote begegnet waren, die sich hineinsteigerten in ihr Kläffen und Knurren und Toben, gerade wenn man ihnen mit der größten Ruhe und Gelassenheit begegnete.

Ich traf ihn noch einmal. Hart, verdammt hart, irgendwo zwischen Ohr und Nacken, weil er in dem Moment leicht zur Seite wich, aber der Schlag tat auch mir höllisch weh. Der Schmerz strahlte von den Handknöcheln aus bis ins Hirn. Mit dem rechten Schuh bekam er noch einen heftigen Tritt in die Seite.

»Ist das alles, was du kannst?«, fragte er grinsend. »Alles, was dir einfällt?«

Seine Stimme beinahe sanft jetzt. Nicht aggressiv. Nicht wütend.

Ich half ihm auf die Beine, o ja, ich half ihm wieder hoch. Und dann kam er mit seinem Kopf nahe an meinen, fluchte etwas Unverständliches im Flüsterton, cool, ungerührt, schüttelte mich, den Verdutzten, ab, saß wieder auf und radelte davon. Einen Arm samt ausgestrecktem Mittelfinger in der Höhe.

Mitten in der Nacht hämmerte es an der Wohnungstür. Ich langte nach meinem Handy. Es war kurz nach zwei. Müde wankte ich zur Tür, erwartete einen betrunkenen Nachbarn, war dann umso überraschter, als Haddah vor der Tür stand, von einem Bein auf das andere hüpfend. »Ich muss pullern.«

Ich glotzte blöd. »Haddah?«

»Pullern!«

»Was zum Teufel ist pullern?«

Sie schubste mich beiseite. »Ich muss pinkeln, du Clown.«

Ich sah ihr müde nach. »Pullern?«

»Wo ist das Klo?«

Sie riss erst die Küchentür auf, dann die Tür zur Abstellkammer, schließlich fand sie das Badezimmer, in dem sie verschwand. Die Tür ließ sie einen Spalt offen. Als ich sie pinkeln hörte, ging ich ins Wohnzimmer und sah aus dem Fenster. Keines der Fenster in dem Häuserblock gegenüber war beleuchtet. Alle schliefen.

Nur Haddah war wach.

Sie schloss geräuschvoll die Tür hinter sich und kam ins Wohnzimmer gestapft. »Shit.« Sie unterdrückte einen Rülpser. »Zu viel Coke und ich puller wie eine trächtige Stute.« Sie leckte sich die Lippen, lehnte sich an die Wand, tippte auf ihrem Handy, atmete schnell, geräuschvoll, als wäre sie vom Flughafen hierher gelaufen. »Du lebst ja in einer ganz feinen Bude, du. Respekt. Hätte ich gar nicht vermutet.«

»Gehört einer Freundin. Bin nur Gast.«

»Hat einen guten Geschmack, deine Freundin.«

Ich klatschte in die Hände. »Was verschafft mir die Ehre? Oder bin ich das einzige Klo in der Stadt?«

»Das einzige Klo auf dem Heimweg. Ich wohne bei Brankos Onkel, und der wohnt am Arsch der Welt, noch weitere zwei Brücken flussabwärts.«

»Vor einer Stunde wäre noch eine Straßenbahn gefahren.«

»Straßenbahn?« Sie tippte ihren Zeigefinger an die Stirn. »Fick die Straßenbahn. Nie mehr Straßenbahn.«

»Was hast du gegen Straßenbahn?«

»Gestern Abend sitzen ein paar Jungs hinter mir.« Sie zog eine Grimasse. »*In der Straßenbahn*. So coole bleachshits. Möchtest du wissen, was sie reden?« Ich lächelte verlegen, mehr brachte ich nicht zustande, weil ich ahnte, was kommen würde, war lange genug in der Stadt zu Hause gewesen. »Warum sinkt das Boot auf dem Mittelmeer nicht, wenn jemand mit so einem fetten Arsch drin sitzt? Und warum hat die überhaupt so einen fetten Arsch, wenn sie doch angeblich nichts zum Fressen haben da unten.« Sie zuckte mit den Achseln. »Sie glauben, ich komme aus Afrika. Sie glauben, ich könne kein Deutsch. Hey! Wenn ich furze, hat das mehr Kultur als das Deutsch und der Bullshit, den die rassistischen Arschlöcher reden.«

»M-hm«, sagte ich leise. »Tut mir leid.«

»Sagst du nicht: Was dich nicht umbringt, macht dich stärker?« Sie presste die Lippen aufeinander und nickte. »Schreibst du. In einem deiner Romane.«

»Ich kann mich nicht erinnern.«

»Die perfekte Antwort auf Rassismus. Einfach stärker sein.«

Ich rieb mir die Augen und lachte. »Du liest meine Romane?«

»Hör auf, solchen Bullshit zu schreiben.« Sie kam auf mich zu, ihr Handy auf mich gerichtet wie eine Waffe. »Du bist weiß.« Sie stand vor mir, furchtlos, kämpferisch. »In dem Land, aus dem Mama stammt, sagen sie: Clean your plate if it is touched by a dog, but break it if it's touched by a Khadem. Wir *al-Muhammaschūn* sind unten, die Zeit und das Land sind egal, sogar auf Wikipedia steht immer noch der rassistische Begriff für meine Leute.« Sie musterte mich. »Also, bevor du schreibst, was wir zu tun haben, müsstest du erst mal zehntausend Meilen als einer von uns gehen.«

»Sobald drei Menschen zusammentreffen, ist einer der Kanake. Ist es nicht so?«

»Nicht einer. Immer derselbe. Die Schwarze. Die Muslima. Die Jüdin. Die Transfrau. Die Lesbe.«

Ich zuckte mit der Schulter. »Ist nicht so leicht, das alles zu verstehen, wenn man auf der privilegierten Seite aufgewachsen ist.«

»Dann bemüht euch, ihr Schriftsteller«, schnaufte sie und winkte ab. »Ich bin aber nicht deshalb hier. Ich stelle dir eine Frage und du wirst bei deiner Mutter schwören, dass du mir die Wahrheit sagst. Yep?«

Ich zuckte mit der Schulter.

»Bist du es?«

»Bin ich was?

»Es quält mich. Ich muss das wissen, weißt du? Denn wenn du e…«

»Bin ich was?«, unterbrach ich sie, obwohl ich genau wusste, was sie meinte.

Sie stellte sich auf die Zehenspitzen, um dann ihre Absätze geräuschvoll auf den Holzboden krachen zu lassen. »Bist du ein Mörder?«

Ich quälte mich zu einem Lächeln. »Wenn du das glauben

würdest, würdest du dann um zwei Uhr nachts alleine bei mir auftauchen?«

»Wer sagt, dass ich alleine bin?« Sie nickte Richtung Fenster. »Guck mal, wer draußen auf mich wartet.«

Ich drehte mich um und sah hinaus. Da war niemand. Ich ging näher zur Fensterscheibe, sah nach rechts und nach links und tatsächlich: Vor dem Hauseingang stand ein großgewachsener Mann mit Kapuze über dem Kopf, der auf seinem Handy tippte.

»Branko macht aus dir Kleinholz, wenn du auch nur einmal zu lang auf meinen Po oder meine Oberweite glotzt. Aber so was von, Klabauter-Jan.«

Dann stand sie plötzlich vor dem kleinen Tischchen bei der Couch und griff nach dem alten Diktiergerät, das auf all den alten Unterlagen lag, die ich im Lauf der Jahre zu dem Fall Angelika Reitmann gesammelt hatte. Sie betrachtete es mit hochgezogenen Augenbrauen. »Aus welcher Hölle stammt das Gerät? Kann ich damit durch die Zeit reisen?«

»Das ist ein altes Diktiergerät.«

Sie drückte herum, bis die Kassette ausgespuckt wurde. Sie schloss die Klappe wieder und drückte weiter, bis die Kassette zu spielen begann. Ich stand nur da und glotzte, müde und verkatert.

Ein Flüstern war zu hören. Dann leises Stöhnen, das immer lauter wurde.

Eine Frauenstimme stöhnte: *»Steck ihn mir rein, tiefer, tiefer, fick mich durch, gib's mir, zeig mir, wer der Herr ist.«* Die Frau kam schnell und die Frau kam laut.

Haddah schüttelte den Kopf. »Warum nimmst du das auf?« Und als ich nicht antwortete: »Sag mir! Warum machst du das?«

»Als Erinnerung.«

Sie drückte STOP. Ihr Mund stand offen, sie atmete schwer. »Bitte sag jetzt nicht, dass das Gelis Stimme ist.«

»Nein«, sagte ich.

»O doch! Das ist Angelika Reitmann!«

»Nein, verdammt. Schrei nicht so rum, sonst ruft noch wer die Bullen im Haus.« Ich seufzte. »Das ist Stella. In unserer letzten Nacht.«

»Der Mordnacht?«

Ich nickte. »Die Aufnahme ist fast genau zur Tatzeit entstanden.«

»Aye, was ist das für eine kranke Scheiße, sag mal?« Sie warf das Diktiergerät angewidert auf die Couch. »Was stimmt nicht mit dir?«

»Ich war jung. Ich war betrunken. Ich war …«

»Krank!«

»Ich wollte eine Erinnerung an sie haben.«

»Krank!« Sie starrte auf das Gerät, setzte sich daneben auf die Couch, nahm es und betrachtete es. »Die Aufnahme ist wirklich aus der Mordnacht?«

»Yep.«

»Das ist so was von creepy, ich kann dir gar nicht sagen, wie.«

»Man hört nur Stella und mich. Niemanden sonst.«

»Hm.« Sie runzelte die Stirn und drückte PLAY. »Hm, hm.«

Wieder Flüstern. Aber so leise, dass man es nicht verstehen konnte. Seit Elisabeth Reitmann bei mir aufgetaucht war, hatte ich die Aufnahme anhören wollen, aber ich hatte es nie geschafft.

Stella: MariaundJosef, ich liebe Zidane, und ich liebe Raúl. Ich weiß wirklich nicht, wem ich die Daumen drücken soll.

Ich: Ich auch nicht. Weil ich keinen von beiden mag.

Stella: OmeinGoooooott! Schau ihn dir an! Zidane ist sooo heiß.

Ich: Und Raúl?

Stella: Der ist süß.

Ich: Ich bin süß und heiß.

Stella: Kusch! Sei still! Ich hab grad so schöne Gedanken.

Ich: Denk lieber an mich.

Stella: Ein Dreier mit den beiden wär der Hammer.

(Wir lachen beide.)

Ich: Sag das noch einmal, und ich versohl dir den Hintern und nicht mit meiner Hand.

Stella: Ich glaube nicht, dass du schon wieder kannst.

Ich: Wir treiben's die ganze Nacht, ich schwör bei Gott.

(Kurze Pause, Fußballreporter quatscht.)

Stella (laut): Sag mal! Das ist das dritte Glas Wodka, das du jetzt in einer Viertelstunde kippst. Spinnst du? Du wirst tot sein morgen. Tot, Jan! Mausetot!

Ich: Und? Du wirst weg sein.

Stella: Hör auf zu trinken, ich bitte dich. Ich begleite dich heute nicht mehr ins Krankenhaus, wenn du eine Alkoholvergiftung hast.

Ich: Alles scheißegal, Stella. Heute Nacht ist alles scheißegal.

(Stella schimpft etwas Unverständliches, dann Pause; man hört das Öffnen der WC-Tür, danach ca. 30 Sekunden Stille.)

Stella: Tooooooooooor!

(Pause, wieder Tür, Spülung.)

Stella: Jawoooohlll!

Ich: Du weißt schon, dass das ne Aufzeichnung ist, oder?
Stella: Du hast das Tor verpasst!
Ich (etwas aus der Ferne, Wasser plätschert): Das ist ne Aufzeichnung vom Abend. Ich weiß doch längst, wer gewonnen hat.
Stella: Egal! Toooooor!
(Pause, Wasser läuft beim Waschbecken.)
Ich: Das ist wahrscheinlich unsere letzte Nacht, Stella. Du schaffst die Prüfung, ich bin mir sicher. Und dann ab mit dir nach England. Das ist wichtiger als alles andere.
Stella: Komm ins Bett und sei lieb zu mir.
(Flüstern danach; Küsse, Kichern.)
Stella: Hey, was war das heute eigentlich mit Geli und dir? Ihr seid aufeinander los wie zwei brunftige Steinböcke. Also, bitte, so was von *übertrieben.* Man könnt ja meinen, zwischen euch, da läuft was.
Ich (lache): Merkwürdige Interpretation für so einen heftigen Streit.
Stella: OmeinGott! Schau ihn dir an. Zidane, mon amour. Ich möchte dem jetzt die Hose runterziehen und ... (Kassette Seite 1 zu Ende.)
(Kassette Seite 2; längere Zeit Flüstern, dann Stille; die Fußballübertragung läuft weiter; plötzlich gedämpft, kaum vernehmbar: Telefonklingeln.)
Stella (stöhnt): Mei, ich hass das Telefon! Reiß das Kabel raus, bitte!
(Klingeln hört nicht auf.)
Ich: Fuck! Ich geh ran.
(Pause, Türschloss und Tür wird geöffnet; Fußballreporter kommentiert weiter im Hintergrund; kurze Zeit darauf das Schließen der Tür.)
Ich: Das war für mich.

Stella: Quatsch.
Ich: Sarina.
Stella: Sarina?
Ich: Hat gefragt, ob ich noch Tequila trinke in der Küche.
Stella: Die hat wohl einen Wuscher! Es ist sicher halb drei jetzt.
Ich: Eigentlich hätte ich noch Lust.
Stella: Das ist nicht dein Ernst.
Ich: Nur ein schneller Drink, dann komme ich wieder.
Stella: Sag mal. Das kann doch nicht wahr sein. Ich geh auf mein Zimmer, ich schlafe sicher nicht alleine hier.
Ich: Ich bin doch gleich wieder zurück.
Stella: Das kann doch jetzt wirklich nicht dein Ernst sein.
Ich: Ich habe keinen Wodka mehr. Ich brauch noch was.
Stella: Wenn du weitersaufen willst, gerne. Ich warte aber sicher nicht auf dich. Ciao.
Ich: Bleib! Stella, bleib. Bitte.
Stella: Dann komm sofort ins Bett und halte mich, du Dummie. Oder willst du jetzt da am Fenster stehen bleiben? Ich muss ein paar Stunden schlafen. Die Prüfung morgen entscheidet meine Zukunft.
Ich: Sorry. Du hast ja recht. War nur ... weil die Geli extra noch Tequila geholt hat.
(Kurze Stille.)
Stella: Moment. Ich habe gedacht, Sarina hätte angerufen?
(Kurze Stille.)
Ich: Sarina, ja.
Stella: Warum weißt du dann, dass die Geli Tequila gekauft hat?
Ich: Weil sie grad draußen vorbeigeht. Mit einer Flasche Tequila in der Hand.
Stella: Und auf die Entfernung siehst du, dass es Tequila ist?

Ich: Ich ahne, dass es Tequila ist.

Stella: Du scheinst ja perfekt Bescheid zu wissen, was sie mag.

(Kurze Pause.)

Stella: Weißt du ... heute Abend in der Küche ... ich war mir auf einmal hundertprozentig sicher, dass da was läuft zwischen dir und ihr.

Ich: Warum bin ich dann hier mit dir?

Stella: Du willst ja unbedingt noch hinaus.

Ich: Ich bleibe. Ich bleibe bei dir.

Stella: Wie die dich draußen angesehen hat. Die ist da auf dem Baumstamm gelegen, hat mit keinem geredet und dich so angeschaut. Ihr Blick! Ich kenne so einen Blick.

Ich: Was für ein Blick denn?

Stella: So schaut man nicht nur wegen eines Streits um ein geöffnetes Fenster.

(Kurze Pause.)

Stella: Ich spüre das, Jan. Da ist irgendwas. Entweder die liebt dich oder hasst dich sehr. Und ich frage mich, ob du das nicht auch erwiderst.

Ich: Zwischen mir und der Geli läuft so sicher was wie zwischen dir und Zidane.

Stella: Ich mein's ernst ... ich mein's wirklich ernst.

Ich: Jetzt hör aber auf. Ich mag nicht über die Geli reden heute Nacht.

(Kurze Pause.)

Stella: Schwör beim Leben deiner Mutter, dass da nichts läuft zwischen euch.

Ich: Da läuft nichts.

Stella: Du bist vielleicht ein Petrus.

Ich: Da läuft nichts, Stella.

Stella: Schwör! Beim Leben deiner Mutter!

(Ich lache.)
Stella: Wenn da nichts ist, dann schwör beim Leben deiner Mutter.
Ich (lache): Ich schwör beim Leben meiner Mutter.
Stella: Ohne Lachen!
Ich: Ich schwör beim Leben meiner Mutter.
(Kurze Pause.)
Stella: Gut. Ich glaube dir. Auch wenn's schwerfällt. Und jetzt komm ins Bett.
Wenige Sekunden später konnte man hören, dass jemand das Gerät in die Hand nahm und die Aufnahme stoppte.

Haddah schlug sich auf die Stirn. »Du lügst ja, sobald du deinen Mund aufmachst.« Sie sprang von der Couch auf und kam zu mir. »Du schwörst sogar beim Leben deiner Mutter und lügst, wer tut so was?«

»Glaubst du, so ein dummer Schwur könnte jemanden töten?«

»Fokk you.« Sie machte das Gang-Handzeichen mit der Rechten und fuchtelte mit dem Diktiergerät in der Linken vor meiner Nase herum. »Fokk you, tausendmal. Du betrügst und belügst diese Frau schamlos und schwörst auch noch auf deine Mutter. Das ist ehrlos.«

»Urteile über die Geschichte, wenn du sie ganz kennst. Nicht nur ein paar Fetzen.«

Sie schüttelte den Kopf. »Und ich frage dich noch wie ein naiver Teenie, ob du der Mörder bist, wie dumm ist das denn? Als ob du mir die Wahrheit sagen würdest.«

Ich quälte mich wieder mal zu einem Lächeln. »Wenn ich es gewesen wäre, hätte die Polizei doch längst Indizien oder Beweise gefunden. Ich bin doch kein kriminelles Masterbrain. Ich war besoffen wie nie zuvor oder danach in meinem Leben, ich könnte doch nicht all das perfekt verschleiert haben, Haddah. Aber es ist besser, wenn du jetzt gehst. Und es ist auch besser, wenn wir uns nicht mehr treffen.«

Sie sah zu, wie ich mich auf die Couch legte, die Decke bis zum Hals hochzog, obwohl es warm war im Zimmer. Ich schloss die Augen. »Bitte mach das Licht aus.«

Sekunden vergingen, das Licht blieb an, und sie schien sich nicht vom Fleck zu rühren. Als ich müde die Augen wieder öffnete, schaute ich direkt in ihr Gesicht. Sie kniete vor der Couch, ihre Nase nur wenige Zentimeter von meiner entfernt. Vor Schreck riss ich meinen Oberkörper hoch. »What the fuck, Haddah?!«

»Ich muss den Studenten finden. Der die Wohnung gemietet hat, in der Kwabena und Owusu gestorben sind.«

»Du hast mich erschreckt, verdammt.«

»Ich muss mit ihm reden«, sagte sie, sanft und friedlich mit ernstem Gesicht. »Und du hilfst mir.«

»Kein Bock.«

»Bitte hilf mir.«

»Ciao, Haddah.«

»Bitte, Klabauter-Jan. Ich muss herausfinden, ob er mit Owusu und Kwabena befreundet war. Ob er wirklich glaubt, dass sie bei ihm eingebrochen sind. Oder ob es da etwas gibt, das die Medien uns nicht erzählen.«

»Ciao, Haddah.« Ich legte mich wieder hin, drehte ihr aber dieses Mal den Rücken zu. »Licht aus. und bitte lass die Wohnungstür nicht offen wie die Klotür.«

Kurz war es still, ich dachte, sie würde dasselbe Spiel noch einmal spielen, da sagte sie: »Ich habe ein Fläschchen bei mir. Du weißt schon was.« Und weil ich schwieg, flüsterte sie: »Das beste der Welt kriegste. Das allerbeste. Aber ich krieg den Namen, bleachshit.« Sie sprach ganz eindringlich.

»Die Waffe, mit der Owusu und Kwabena die Polizistin angeblich bedrohen, woher haben sie die nur? Zwei Studenten mit Topleistungen, mit tollem Stipendium, warum kommen die in eine Stadt im Ausland und kaufen sich eine Waffe?«

»Merkwürdig, ich geb dir recht.«

»Hilf mir, verdammt.«

Ich holte tief Luft. »Krieg ich einen Vorschuss?«

Sie seufzte. »Nope. Der Shit ist zwar legal, und man stirbt auch nicht daran. Aber man kann trotzdem abhängig werden, ist dir das klar?«

»Du hast mich geweckt. Wie soll ich jetzt wieder einschlafen, verdammt nochmal?«

»Schreib einen Roman. Du bist doch Schriftsteller. Ich sehe dich niemals schreiben. Wann arbeitest du, wenn nicht in der Nacht?«

Sie stapfte aus der Wohnung, und im selben Moment erreichte mich eine Sprachnachricht von Delma, in der sie sagte, dass sie nicht mehr verstehe, was da vor sich gehe. Warum ich immer noch in der Stadt wäre. Ob ich denn nicht arbeiten müsste oder ob ich meinen Job aufgegeben hätte. Da waren Schmerz, Enttäuschung und Wut in ihrer Stimme, und es traf mich, weil es mir klarmachte, dass es ihr nicht gutging.

Danach lag ich fast bis Morgengrauen wach auf der Couch. Haddah und Delma hatten recht. Ich hatte seit Wochen, nein, Monaten keine einzige Minute mehr an einem Skript gearbeitet. Ich schrieb Eduard eine SMS: habe ein angebot zu machen. interessiert?

Ich traf Eduard Veith am Flussufer bei der Haltestelle der Standseilbahn, von der aus man zu mehreren Aussichtsplattformen in den Bergen fahren konnte. Die Sonne grell, obwohl über einer Dunstglocke, seit Tagen stand die Luft still, der Gestank von Auto- und Industrieabgasen hielt sich hartnäckig in der ganzen Stadt. »Muss das wirklich sein?«, schimpfte er, als wir einstiegen. »Das mit den Bergen habe ich schon längst hinter mir.«

Die Bahnanlage wirkte futuristisch, aber die Auffahrt war so steil, so halsbrecherisch, dass sogar in mir ein mulmiges Gefühl aufstieg, als ich talwärts schaute. Eine Frau neben mir, in Begleitung ihrer Tochter und etwas jünger als ich, fühlte wohl dasselbe. Sie zog eine Grimasse, die nicht anders zu deuten war, und als sie meinen Blick bemerkte, grinsten wir beide nervös.

Ich wandte mich wieder Eduard zu. »Sie haben den Namen des Studenten herausgefunden, der in der Wohnung am Ostring gewohnt hat?«

»Jo«, sagte Eduard. »Aber der wohnt da schon lang nicht mehr. Kannst ja seine Stiefmutter interviewen, wenn du Lust hast. Die lebt noch in der Stadt.«

Er kramte in der kleinen Tasche seines beigen Hemdes, aber schien nicht zu finden, nach was er suchte.

»Was ist da wirklich am Ostring passiert?«, fragte ich. »Was hat die Wernicke da aufgeführt?«

»O-ha. Die Scheißfragen hättest du mir auch im Biergarten stellen können, dafür muss ich nicht auf einen Scheißberg.«

Leise sagte ich: »Es braucht keiner zu hören, was ich zu sagen habe.«

»Dann red auch nicht in der Scheißseilbahn.«

Er war nicht nur schlecht gelaunt, er sah auch blass aus,

müde und abgekämpft, etwas kränklich gar, er kniff die Augen zusammen und seufzte. Die Station, an der wir ausstiegen, war ein Bauwerk wie von Aliens errichtet, supermodern. Trotz der Dunstglocke war die Aussicht über das Tal prächtig. Er reichte mir einen kleinen Zettel, nicht größer als ein Post-it, auf dem Papier stand mit Filzstift gekritzelt ein Name samt Adresse und Telefonnummer: Margarethe Fiebach.

Ich nickte zum Dank. »Hat die Wernicke wegen der Todesschüsse den Dienst quittiert?«

»Harrgott, das weiß ich doch nicht. Das hätte die mir doch nicht verraten, und Gedanken lesen kann ich nicht.«

»Hat's da nie eine Untersuchung gegeben?«

»Selbstverteidigung.« Er zog den Rotz hoch. »Glasklar, haben sie gemeint.«

»Wie sind die beiden zu der Schusswaffe gekommen, mit der sie die Wernicke bedroht haben sollen?«

»Die hat dem Studenten gehört, der da gewohnt hat. Der war Mitglied im Schützenverein.«

»Und die Waffe hat er einfach so in der Wohnung rumliegen lassen? Unversperrt?«

»Jo, mit Details kann ich dir in dem Fall wirklich nicht dienen.«

Nach dem Ausstieg wankte Eduard ein wenig, er ging in einer Schieflage, als müsste er gegen starken Wind ankämpfen, dabei wehte ausnahmsweise hier oben gar kein Lüftchen. Im Gastgarten waren alle Tische bereits besetzt, daher tranken wir unser Bier stehend am Geländer.

»Also, was krieg ich jetzt von dir für die Adresse von der Fiebach?«, fragte er. »Du hast gesagt, du wolltest mir was erzählen.«

Ich nickte. »Das bleibt aber off the record.«

»Mal schauen.«

»Da ist was gelaufen zwischen mir und der Geli. Wir haben geflirtet, wir haben uns geküsst, mehr aber nicht. Keine Menschenseele im Heim hat davon gewusst. Alles topsecret.«

»Sapperlot!« Er nickte und zog die Mundwinkel nach unten. »Gut, dass du's endlich zugibst.«

»Küsse!« Ich lachte. »Es waren nur Küsse und ein bisschen Händchenhalten.«

Eduard hustete. Dann sagte er: »Harrgott, die Geli ist also wahrscheinlich die Hauptstraße entlang. Möglicherweise, weil es dort heller war, ja, warum nicht, die Hauptstraße war gut beleuchtet, der Weg von der Tankstelle am Fluss entlang kaum. Vielleicht hat sie den Weg aber auch gewählt, weil sie zur Telefonzelle bei der Bushaltestelle wollte. Handy hat sie ja keins dabeigehabt, das haben wir ja auf ihrem Zimmer gefunden, außerdem wäre das Guthaben ja sowieso aufgebraucht gewesen. Vielleicht hat sie wen anrufen wollen. Jemanden im Heim zum Beispiel. Im zweiten Stock.«

Ich zögerte, ehe ich sagte: »Ja.«

»Was ja?«

»...«

»Was heißt ja?«

Und dann hörte ich mich selber sagen: »Sie hat mich angerufen.«

Er starrte mich an. »Harrgottzack, Jan.«

»Sie wollte, dass ich rauskomme.«

»Und warum? Wegen des dummen Streits in der Küche?«

»Ja.«

»Du bist vielleicht ein verdammter Scheißkerl, du. Und du bist raus, oder?«

Sein Ton schmeckte mir nicht, und so wechselte ich vom

Sie zum Du und ignorierte seine Frage. »Die Wernicke überrascht zufällig zwei Einbrecher, von denen die Zeitungen behaupten, das wären Leute aus dem Drogenmilieu gewesen, die wären high gewesen, die hätten eine Waffe gehabt. Aber hey. Die waren clean, das waren auch keine Dealer, und die Waffe? Hat also dem Studenten gehört, der dort gewohnt hat. Ich frage mich: Sind die überhaupt da eingebrochen? Was stimmt da überhaupt von all den Behauptungen?«

»O-ha. Das vermischen wir jetzt? Erst reden wir über die Reitmann.«

»Es gibt eine Anfrage im Parlament an den Innenminister im Netz, einem Abgeordneten ist das alles schon vor ein paar Jahren komisch vorgekommen. Er hat einundzwanzig Fragen zu dem Fall gestellt.«

»Scheiß Politiker.«

»Du bist nicht mehr im Dienst. Korpsgeist am Arsch. Was hältst du von der Wernicke?«

»Scheiß Weiber.«

Ich nickte. »Ich bin nicht blöd. Die Geschichte stinkt doch. Die stinkt gewaltig. Wären das zwei weiße, einheimische Studenten gewesen, wäre das ein Skandal gewesen, der das Land erschüttert hätte.«

»Jo, wenn du meinst.« Er trank das halbe Bier in einem Zug und gab danach ein lautes Aaaaaaah! von sich. »Jetzt spuck's aber aus: Warst du nochmal draußen in der Nacht?«

Die Stadt lag vor uns im Tal, fast unwirklich schön die Altstadt, der grün schimmernde Fluss und die Berge in der Ferne. Ich sah ihn von der Seite an, er ignorierte mein Starren lange. Dann pustete er seine Wangen auf, rieb sich den Bauch mit beiden Händen.

»War das Trio Infernale in Drogenhandel verstrickt? Mafiaverbindungen? Gib mir was. Gib mir irgendwas.«

»Du kannst ja doch nichts mehr ändern, verstehst? Wenn du so alte Geschichten ausbuddelst, handelst du dir doch nur Ärger ein. Du und diese Muslima aus Mannheim. Jeder weiß längst Bescheid. Die Stadt ist gar nicht so groß, da gehen sofort alle Alarmsirenen los, wenn jemand seine Nase in Sachen steckt, die keinen Außenstehenden was angehen.« Er rülpste leise. »Also gut. Machen wir einen Deal. Du erzählst mir, was passiert ist, als du nochmals raus bist in der Mordnacht, und ich erzähle dir mehr über die Wernicke und das Trio Infernale.«

»Ich kann nicht mehr erzählen. Weil ich nicht mehr zu bieten habe.«

»Na, gut. Wir zwei, wir kommen auch dieses Mal nicht weiter.«

Stöhnend setzte sich Eduard Veith in Bewegung, Richtung Fußweg, der hinab ins Tal führte. Ich folgte ihm. Er trug wie so oft Klamotten, die man nicht einmal auf dem samstäglichen Flohmarkt am Marktplatz noch hätte loswerden können. Eine grässliche hellgrüne Hose, dazu ein völlig ausgewaschenes Hemd und darüber eine graue Damenherbstjacke. »Ich kann dir kein Geständnis bieten«, sagte ich.

»Ich brauche kein Geständnis. Aber die alte Reitmann zahlt gut, verstehst? Wenn ich der was Gutes biete, dann zahlt sie noch besser. Also, falls du was über den Ostring und das Trio Infernale von mir hören willst, dann will ich auch was von dir.«

»Sie hofft immer noch auf ein Cold-Case-Team, ja? Sie gibt nicht auf.«

»Nein, nein, offizielle Ermittlungen interessieren die Alte nicht mehr gar so brennend. Die hat genug Geld, das jetzt selbst zu regeln, wenn du verstehst, was ich meine.«

»Ich verstehe nicht.«

»Na, wenn die rausfindet, wer ihre Tochter ermordet hat, dann vollstreckt sie ein Urteil vielleicht, indem sie ein paar harte Jungs aus dem Osten vorbeischickt.«

»Aus dem Osten?«

»Woher auch immer, Deutsch hat er nicht gesprochen. Als ich sie das letzte Mal getroffen habe, hat sie jedenfalls so einen Söldner bei sich gehabt.« Er beobachtete, wie ich darauf reagieren würde. »Mit mir zu reden ist besser als mit so einem Kerl. Ich weiß, du hast uns belogen, ich glaube trotzdem nicht, dass du der Mörder bist. Aber wenn ich nach und nach auf Dinge komme, die du uns vorenthalten hast, wirst du natürlich immer verdächtiger. Klingt das logisch für dich?«

»Ja, verdammt nochmal«, rutschte es mir heraus. »Ja, ja, ja! Ich bin nochmals raus. Wir haben kurz gequatscht. Dann bin ich wieder hoch. Aber ich habe sie nicht getötet.«

»Du hast also tatsächlich nochmals mit ihr gesprochen?«

Ich schüttelte den Kopf, halbherzig, erschöpft, das Kopfschütteln ging in ein Nicken über. Er blieb stehen. Er lächelte und kramte eine kleine Schatulle aus seiner Jackentasche, öffnete sie, streute Schnupftabak auf den Handrücken und zog ihn lautstark die Nase hoch. »Harrgottzack, Jan«, sagte er. »Harrgottzack.«

»Niemand weiß davon«, sagte ich schnell. »Niemand hat mich gesehen. Es gibt keinen Beweis, dass ich nochmals draußen war, also erzähl's erst gar nicht der Reitmann. Es bringt nichts. Ich habe mich mit der Geli kurz unterhalten und bin wieder zurück ins Heim. Das war's.«

Er starrte mich an. Lange. Ewig lange. Er atmete geräuschvoll durch den großen Zinken. »Du bist vielleicht ein Arschloch«, meinte er schließlich müde, und er klang mehr resigniert als wütend, fast schon freundschaftlich. »Warum hast du uns das nicht erzählt?«

»…«

»Hast du denn jemanden in ihrer Nähe gesehen?«

»Nein. Sie war mutterseelenallein auf dem Parkplatz hinter dem Heim.«

»Mutterseelenallein mit dir.«

»Ich war nur ganz kurz draußen. Ich schwör.«

»Sie hat dich also von der Telefonzelle an der Bushaltestelle im Heim angerufen in der Nacht«, sagte er. »Und wie ist sie dann über den Zaun?«

»Ich weiß das nicht.«

»Und wenn ich dich nach der genauen Uhrzeit frage, wirst du dasselbe antworten?«

»Yep.«

Eduard sah hinab ins Tal. Es roch nach verfärbten Blättern, die hier oben bereits im feuchten Gras lagen. Es roch nach Kastanien und verfaulenden Nüssen. »Die alte Reitmann erwartet, dass ich ihr morgen Abend eine neue Einschätzung abliefere.«

»Ich werde alles abstreiten, wenn sie mich fragt.«

»Ich werde ihr schon nicht alles erzählen.«

»Ich versuche nur zu helfen.«

Er lachte. »Auweia, Jan. Hörst du dir manchmal auch selber zu?«

»Jetzt gib mir was über das Trio Infernale.«

Er zögerte. Aber ich ließ nicht locker, und schließlich plauderte er: »Natürlich ist da ein Scheiß gelaufen am Ostring. Aber keiner weiß mehr. Und ihr werdet auch nichts darüber herausfinden. Ist halt so. Manche Dinge kann man nicht ändern, verstehst?«

»Was heißt ein Scheiß?«

»Menschen machen Fehler. Ich nehme an, die Wernicke ist übers Ziel hinausgeschossen.«

»Es war also Mord.«

»Harrgott, nein, was redest du da? Die hat doch nicht vorgehabt, die beiden zu erschießen. Das darfst nicht glauben. Aber eine Kurzschlusshandlung kann ich mir gut vorstellen. Eine Überreaktion, verstehst?« Er räusperte sich. »Vielleicht hat sie auch die beiden gar nicht überrascht, sondern umgekehrt. Die beiden haben sie in der Wohnung ertappt. Haben vielleicht die Wernicke für eine Einbrecherin gehalten.«

»Aber was sollte die in der Wohnung gesucht haben?«

»Ja, wenn ich das wüsste, könnte ich vielleicht auch einen Roman drüber schreiben. Und jetzt muss ich wieder runter. Fühl mich heut wie ausgekotzt. Muss das Wetter sein. Morgen kühlt's gewaltig ab. Morgen ist Herbst.«

Und da stapfte er auch schon, mich grußlos zurücklassend, zum Einstieg der Standseilbahn. Wie ich ihm nachsah, bestaunte ich seine Riesenschuhe, in die ich zweimal gepasst hätte. Alles an dem Mann war zu groß.

4

MARGARETHE

Ich wachte um sieben Uhr auf, weil das Handy alle fünf Minuten den Alarm von neuem startete und ich nicht wusste, wie ich ihn abstellen konnte. Ich raffte mich schließlich auf, machte Kaffee und bemerkte irgendwann, dass ich noch gestern zwischen 23 Uhr und Mitternacht sechzehn Anrufe bekommen hatte. Und alle von derselben Person.

Ich stand auf, ging ins Bad, hielt meinen Kopf unter Wasser und rief danach zurück. »Guten Morgen, Becky. Was ist los? Ist was passiert?«

Sie verhaspelte sich, so aufgeregt war sie, ich musste sie unterbrechen, ehe sie deutlich sprach: »Da ist was im Internet. Über die Geli. Und dich.«

Ich fühlte mich müde und verkatert. »Was? Wo?«

»Sag es mir, Jan.«

»Becky?«

»Du musst mir das jetzt sagen.« Sie sprach abgehackt, außer Atem und viel zu schnell, außerdem herrschte eine beträchtliche Geräuschkulisse im Hintergrund. »Weißt du, wer die Geli umgebracht hat? Sag mir das jetzt sofort ... Oder warst du gar dabei? Hast du der Geli was getan?«

»Was ist da über mich im Internet?« Meine Stimme klang heiser, kraftlos. »Von was redest du denn?«

Becky schien in einem Zug oder in einer Straßenbahn zu sein, sie sagte noch etwas, aber ich konnte es nicht verstehen, und schließlich brach die Verbindung ganz ab. Ich versuchte mehrmals, sie zu erreichen, aber vergeblich.

Es dauerte fünfzehn Minuten, ehe Becky mir einen Link schickte. Die Sekunden, bis die Website lud, vergingen quälend lange. Das Video startete von selbst.

Haddah saß mit Branko oben auf dem Berg auf einer Alm, sah hinunter ins Tal, präsentierte ein kleines, bezauberndes Paradies wie unzählige Werbebroschüren der Region, sie laberte irgendwas Belangloses über Stadt und Leute und Berge, aber dann war sie in der Nacht am Ufer, ganz in der Nähe, wo der Mord geschehen war, die Handykamera wackelte, und sie sprach über den Mord an Angelika R. Und von jetzt an war jeder Satz, den der Internetstar sprach, wie die Schläge eines übermächtigen Boxers im Ring. Meine Deckung wurde weggeprügelt, und nach und nach trafen mich die Schläge dort, wo sie am meisten wehtaten.

»Ein Mitbewohner Angelikas aus dem Studierendenheim Rathenau taucht auf einem bisher unbekannten Himmel-und-Hölle-Papierspiel von Angelika R. auf, und dieser Mitbewohner gerät jetzt zunehmend in den Fokus des Interesses.« Haddahs Selfie mit mir am Tatort wird eingespielt und bleibt für Sekunden auf dem Bildschirm, über meinen Augen ein schwarzer Balken zur vermeintlichen Anonymisierung. »Sein Alibi löst sich in diesen Tagen in Luft auf. Erst sagt seine Ex-Freundin, dass sie sich nicht mehr sicher sei, ob er nicht doch noch einmal hinaus ist. Schon lange existiert das Gerücht, dass kurz vor dem Mord das spätere Opfer diesen jungen Mann noch einmal anruft und ihn bittet, hinauszukommen. Dass ihn das Opfer anruft, leugnet er. Dass er sich schlafen legt, behauptet er. Aber stimmt das? Jetzt passt gut auf, ihr Lieben, das findet ihr auch nicht im Mystery-Forum, ich schwör, das hört ihr nur von mir, und ihr hört es zum ersten Mal, Weltpremiere sozusagen: Eine weitere Mitbewohnerin aus dem Studierendenheim Rathenau erzählt mir persönlich unter vier Augen, dass sie Zeugin ist, wie dieser junge Mann das Heim durch den Hinterausgang verlässt, und das ungefähr zur Tatzeit.« Sie beißt sich auf die Lippen und nickt langsam, theatralisch, mit ernstem Blick, Branko steht wie ein bulliger Bodyguard neben ihr, sieht finster in die Kamera und nickt im Takt. »Ein Beweis für seine Schuld? Kein bisschen. Aber Fine Lady fragt sich, und ihr werdet euch wahrscheinlich genauso fragen: Warum lügt jemand, der doch wie alle anderen nur eines wollen kann: dass der Mörder von Angelika Reitmann gefunden wird? Oder ist da etwa noch mehr? Hat der junge Mann gar eine geheime Liebesaffäre mit dem Mordopfer? Auch das behauptet meine Zeugin, sie ist sich sogar hundertprozentig sicher. Ich werde das checken, meine Lieben, gründlich und unvoreingenommen. Ich bin eure Detektivin, eure Fine Lady, und ihr ... ihr seid meine kleinen Helferinnen und Helfer. Schreibt mir doch, ihr kleinen Heldinnen und Helden, ob i...«

Den Rest hörte ich nicht mehr. Der Rest ging an mir vorbei. Zitternd schrieb ich Haddah eine Nachricht: oh mann, fick dich!!!!! das ist nicht fair!!!! hättest du nicht mit mir reden können? fick dich, bitch! fick dich tausendmal!!

Sie antwortete zehn Minuten später: aye, jetzt komm mal schön runter, bleachshit, ganz cool bleiben. du wärst nur böse geworden. ich glaub nicht, dass du 1 mörder bist, aber du hast geheimnisse. vielleicht ist es zeit, sie zu erzählen.

Ich tippte die Antwort mit zitternden Händen: meine frau weiß nichts von alledem. meine frau wird durchdrehen. und angelikas mutter hat mich jetzt im fadenkreuz. bravo!!! die dürstet doch nach blut. die will rache um jeden preis. dank dir glaubt die jetzt doch erst recht, dass ich der mörder bin!!!

sorry. aber das ist wirklich nicht meine schuld. und die vielen rufzeichen in deinen nachrichten nerven.

wer ist die ominöse zeugin, von der du laberst? wer?! die gibt es doch gar nicht. ich! ich! ich! hab dir das mit der affäre im vertrauen erzählt, du bitch!

Dieses Mal eine Pause von zwanzig Minuten, in denen ich durch die Wohnung tigerte, außer mir, aufgewühlt und aufgebracht, ständig in Bewegung, weil ich es nicht ausgehalten hätte, zu sitzen. Dann die Antwort. Ein Selfie. Haddah und Maria, Ex-Rathenau-Heimbewohnerin von Zimmer 118, lächelnd und sich umarmend vor dem Kebapstand in der Altstadt. Bloody Mary.

Ich plumpste auf die Couch. Mein Herz pochte hart und schnell. Maria hatte gesehen, wie ich das Heim nochmal verlassen habe? Und sie hatte das nie erwähnt? In keiner einzigen Befragung? War so etwas überhaupt glaubhaft?

hast mich selber auf ihre spur gebracht, jan. du hast ihren namen erwähnt, ich habe ihn mir gemerkt und mit ihr döner gegessen.

Nach ein paar Minuten tippte ich: wir sind feinde jetzt, haddah. und mich möchtest du nicht zum feind haben. außerdem klingt es so verdammt lächerlich, wenn du dich im video FEIN LÄHDI nennst. das ist nicht die korrekte englische aussprache von LAY-DY.

Drei lachende Smileys und ein Herz als Antwort: du hast vielleicht probleme, alter.

Ich schaltete das Handy auf Flugmodus. Ich fragte mich, wo zum Teufel Haddah Bloody Maria ausgegraben hatte. Niemand aus dem Heim, mit dem ich in den letzten Jahren noch Kontakt gehabt hatte, hatte mir sagen können, wo sie denn jetzt lebte. Und wenn ich wen von den Jungs fragte, gab's immer dieselben Meldungen. Dass sie einen geilen

Arsch und geile Titten gehabt hätte, aber viel zu durchgeknallt gewesen wäre, immer high, Drogen hätte sie genommen, vielleicht auch Medikamente, wahrscheinlich beides. Und dass sie eben seit einiger Zeit völlig von der Bildfläche verschwunden sei, die Bloody Mary.

Elisabeth Reitmann würde Maria befragen, sie unter Druck setzen, wenn sie das nicht schon getan hatte. Haddah hatte die Verdachtslage wunderschön zusammengefasst in einem Clip. Viele zehntausendmal geliket. Viele tausendmal geteilt.

Natürlich konnte ich weiterhin lügen, konnte ich alles abstreiten und darauf verweisen, dass Maria in der Rathenau für ihre blühende Fantasie berühmt gewesen war. Im Heim verbreitete sie wochenlang Gruselstorys von Abhörwanzen in der Küche, Spykameras an der Lampe im Zimmer, einem perversen Uniprofesser, der sie angeblich in der Rathenau heimsuchte, ihre Schmutzwäsche im Waschraum durchwühlte und hineinwichste, und sie schlief auch mal im Schlafsack am Flussufer, weil sie fürchtete, in der Nacht könnte sie ein arabischer Geheimdienst heimsuchen.

Aber was nützte mein Leugnen noch, wenn es ja stimmte, was Maria behauptete? Vielleicht hatte Eduard ja Elisabeth Reitmann bereits erzählt, dass ich nochmals draußen gewesen war in der Mordnacht. Wenn die mich also damit konfrontierte, musste ich gestehen, dass ich sie selbst nach sechzehn Jahren noch angelogen hatte. Und die Reitmann würde unendlich wütend sein und zu Recht fragen: Warum? Warum, Jan?!

Den restlichen Tag streifte ich ziellos und aufgewühlt durch die Stadt. Als es dämmerte, ging ich zum Fluss. Den ganzen Tag hatte ich es vor mich hingeschoben, Delma anzurufen.

Sie über das Video zu unterrichten. Weil sie es von mir erzählt bekommen musste. Das durfte sie von keinem anderen oder zufällig erfahren.

Ich hielt das Handy in der Rechten, ein heftiger Wind kam auf, beugte die Bäume, es knackten die Äste, und Blätter fielen herab.

Als ich sie schließlich anrief und ihr von dem Video berichtete, schwieg sie, bis ich fertig war. Dann war es für Momente totenstill, ehe sie sagte: »Ich weiß, dass du kein Mörder bist. Das kann nicht sein. Das ist unmöglich. Aber ...« Ihre Stimme zitterte. »Shit, Jan. Das fühlt sich so unwirklich an. Wie das eingebrochen ist in unser Leben.«

»Ich war noch draußen in der Nacht. Geli hat mich angerufen, wollte nochmals mit mir reden, also bin ich raus, habe kurz mit ihr gequatscht. Ich wollte Stella nicht verletzen, deshalb habe ich am nächsten Morgen gelogen. Ich wollte nicht, dass sie von meiner Affäre erfährt. Nur deshalb. Ich habe mich in die Geli verliebt. Es ist passiert. Das ist alles.«

»Und das ist alles«, flüsterte Delma leise, ungläubig. »Wenn das alles ist, warum hast du mir nicht sofort die Wahrheit erzählt? Ich bin doch deine Frau. Ich bin do...« Ich hörte Delma schwer atmen. »Du hast doch immer ein Messer bei dir. O ja. Seit ich dich kenne, hast du immer ein Messer bei dir.«

»Ich bin kein Messerstecher, Delma. Verdammt, das weißt du doch. Du kennst mich doch. Ich bin kein Psycho, kein Sadist, kein Totschläger, ich bitte dich.«

»Du wirst mir so fremd in dieser Zeit. So anders.«

Ich holte tief Luft. »Haddah wird ein neues Video machen. Und alles aufklären. Ich schwör. Sie wird das nicht so stehen lassen. Die glaubt ja gar nicht, dass ich ein Mörder bin.«

»Wer ist Haddah?«

»Diese Fine Lady.«

»Du hast Kontakt mit ihr?«

»Ja! Und sie hat mir versichert, dass sie ni...« Ich unterbrach mich selber. »Ich bin nicht mehr das Arschloch von damals, Delma. Ich war halt so ein junger, dummer Affe. Viele der Kerle im Heim waren wie ich. Jung und wild und dumm. Grölende, saufende, homophobe, sexistische Großmäuler, die jedem Rock hinterher sind. So bin ich nicht mehr.«

»Ach, Jan ... Ich muss nachdenken. Ruf mich in nächster Zeit nicht an. Bitte.« Und dann brach sie den Anruf ab. Ohne ein Bye oder Ciao.

Lange stand ich noch am Ufer und starrte in die Strömung. Ein kalter Wind brachte Wolken und Regen.

Haddah und ich trafen uns in dem etwas trostlosen, aber immer sauberen Selbstbedienungscafé gegenüber vom Hauptbahnhof direkt an der lauten, schmutzigen Hauptstraße. Branko, der schon bei Haddahs nächtlichem Besuch vor dem Block Wache gehalten hatte, saß dicht neben uns an einem anderen Tischchen vor Kaffee und Kuchen. Er schien nervös, tippte auf seinem Handy und atmete immer wieder durch den offenen Mund. Er trug ein auffälliges silbernes Halsband.

»Danke.« Ich hob beide Daumen, als ich mich an den kleinen Tisch setzte. »Hätte ich Geld für einen Anwalt, ich würde mir einen nehmen und dir den Arsch wegklagen.«

Sie lachte. Sie lachte laut. »Mein Hintern ist groß, Alter. Mein Hintern ist verdammt groß. Den klagt man nicht so leicht weg.«

Ich verschränkte die Arme. »O. k. Was machen wir hier? Was soll das Kaspertheater?«

Haddah legte ihr Handy auf den Tisch. Das Display leuchtete. Ihre großen, unschuldigen Augen richtete sie auf mich wie Scheinwerfer. »Du und Mama. Irgendwo auf einem Konzert in einem Jugendclub.«

»Und?« Ich beugte mich vorsichtig über das Handy, als fürchtete ich, Branko könnte mir eine verpassen. »Ich kann mich dunkel daran erinnern.«

Beinahe sanft sagte sie: »Ich kann sehen, dass sie dich nicht hasst.«

»Warum sollte sie mich gehasst haben?« Ich sah sie fragend an, stockte. »Hast du das etwa geglaubt? Deshalb das dumme Video? Weil du geglaubt hast, deine Mutter hätte mich vor ein paar Jahrzehnten nicht ausstehen können? Wie kommst du nur darauf?«

»Tante Waseelah erzählt mir gestern, dass Mama ...« Sie formte ein Herz mit ihren Händen, hob ihre Augenbrauen. »In dich? Im Ernst? Sie hätte dir sogar mal einen Liebesbrief geschrieben.«

»Das war eine Schwärmerei in der Schulzeit, ja.«

»Flirt?«

»Ich w...«

»Küsse?«

Ich hob meine Arme. »Was sollen die Fragen?«

Sie schüttelte den Kopf. »Ich kann nicht verstehen, was sie an jemandem wie dir gefunden haben kann. Du bist so was von alt.«

Branko lachte. »Glaubst du, der war immer so alt?«

»Deshalb also das Video«, sagte ich. »Das ist so was von kindisch, Haddah. So was von billig.«

Sie nestelte an ihrem Kopftuch, nervös, leckte sich die

Lippen. »Du triffst Mama Jahre nach der Schule in der Stadt. Gehst mit ihr aus. Sie erzählt Tante Waseelah, dass du sie jetzt unbedingt wieder öfter sehen willst, Mama schreibt dir eine Karte aus Ibiza, schreibt dir, dass es so schön sei, dich wieder in ihrem Leben zu haben. Und was machst du?« Sie stupste Branko mit dem Ellbogen. »Was macht bleachshit?«

»Ich habe mich nicht mehr bei ihr gemeldet. Ich weiß, Haddah. Aber ...« Ich rang nach Worten. »Das ist schwer zu erkl...«

Sie schloss die Augen und schlug die Hand so heftig auf den Tisch, dass Branko und ich vor Schreck zurückwichen. »Come on, Jan!« Sie lachte. »Ich bin kein Idiot. Ich werfe dir das nicht vor. Es spielt keine Rolle.« Sie zuckte mit der Schulter. »Aber es fühlt sich komisch an. So alte Geschichten von meiner Mutter zu hören.«

Ich biss mir auf die Wangen. Ich nickte. »Das Video war ein dreckiges Foul, Haddah.«

Sie hob ihre Hände, als wolle sie beten. »Ich sammle Follower, verstehst du? Mit dem Reitmann-Mord sammle ich Menschen, weil jeder scharf auf die Geschichte ist, und wenn ich genug habe und sie bereit sind, zuzuhören, erzähle ich die Story vom Mord an Owusu und Kwabena.«

Ich holte tief Luft. »Ich bin also der Kollateralschaden, ja? Ich bin dummerweise der, der herhalten muss für deine Internet-Story?«

»Ich will nicht, dass böses Blut zwischen uns ist, bleachshit.« Sie klang so ernst und seriös, dass es fast schon wieder komisch wirkte. »Du bist vielleicht ein Weirdo, aber kein Mörder.«

»Video darfst du nicht persönlich nehmen.« Branko nickte mir aufmunternd zu. »Fine Lady geht über Leichen, um an Ziel zu kommen. Ziel ist Klicks. Viel Klicks für Mordfall

Reitmann bedeuten viel Klicks für Mordfall Ostring. Einfache Rechnung, kapierst auch du, wenn du nicht länger sauer bist.«

Haddah machte das Gangzeichen. Ich glotzte sie finster an, da tat es ihr Branko gleich. Dasselbe Zeichen.

Ich stand auf. »Ich hab keinen Bock auf solche Spielchen.«

Ich ging zur Tür, da rief mir Haddah hinterher: »Hey, alter Mann! Ich hab noch nen superfeinen Smoothie für dich!« Sie fuchtelte mit ihrem Lippenstift in der Hand, winkte mich zurück. »Nog-, Nog-, Nogging on heaven's door.«

Ich konnte nicht anders, ich war verrückt nach dem Zeug und hatte keine Kohle, also schlurfte ich müde zu ihrem Tisch zurück. Sie kramte in ihrer Handtasche und holte ein kleines Fläschchen heraus. »Eine junge Frau schreibt mir nach meinem vorletzten Video, in dem ich frage, ob jemand was über die Polizei in der Stadt wisse. Sie sagt, ihre Mutter hätte ihr was Krasses erzählt.« Sie trägt dezent Lippenstift auf und presst die Lippen aufeinander. »Ich treffe die junge Frau. Und ihre Mutter. Jetzt rate mal?«

Ich sah sie fragend an.

Haddah zog die Augenbrauen zusammen und flüsterte: »Die Mutter scheißt sich so was von in die Hosen.« Ich hielt meine Hand ausgestreckt, sie warf mir das Fläschchen lässig zu. »Ohren auf, bleachshit. Die Frau sagt, sie hat 1999 für eine Reinigungsfirma in einem Studierendenheim gearbeitet. Das Heim hat einen komischen Namen.«

»Oliver-Kahn-Heim«, sagte Branko. »Irgend so was.«

»Bruno-Kahn-Heim vielleicht?«

Haddah klopfte auf den Tisch. »Exakt! So heißt das Heim. Und die verdammten Guras haben dort Sex mit Studentinnen gehabt.«

»Mit Studentinnen aus Studierendenheim und mit Frauen von Sozialstation neben Studierendenheim«, verbesserte Branko.

Haddah nickte. »Die Guras haben die krassesten Partys dort gefeiert.«

»Sexpartys?«, fragte ich etwas ungläubig.

»Kleine Fickorgien in Hinterzimmer«, sagte Branko.

»Und die haben die Frauen bezahlt? Oder waren die Bullen so sexy, dass …?«

Branko griff in seine Gesäßtasche, zog einen Schein heraus und hielt ihn hoch.

»Was sollen das für Polizisten gewesen sein?«

»Drogenfahnder.« Branko tat so, als würde er sich Koks vom Handrücken in die Nase ziehen. »Die waren oft Kontrolle wegen Sozialstation, Jugendclub, ganze Straße. Sagt Frau.«

»Und wann immer eine hübsche Frau aus dem Heim spaziert ist, haben sie ihr hinterhergepfiffen und ihr Geld geboten? In aller Öffentlichkeit?«

»Nein, nein.« Haddah seufzte. »Das war der Job eines Studenten im Bruno-Kahn-Heim. Er hat die Frauen angesprochen.«

»Behauptet eine Putzfrau?«

»Behauptet die Frau von der Reinigungsfirma«, korrigierte mich Haddah. »Nur weil die Frau eine solche Arbeit macht, ist sie nicht weniger glaubwürdig, bleachshit, o. k.?«

Ich hob entschuldigend die Hände.

»Sie hat Überstunden gemacht«, sagte Branko. »Kommt in Trakt, Riesenparty mit Musik und lachende, singende Männer, sie öffnet Tür und …«

»Und?«

Er klopfte mit der flachen Hand mehrmals oben auf die geballte Faust. »Großes Njaka-njaka.«

»Njaka-njaka?« Ich zuckte mit der Schulter und sah Haddah an. »Selbst wenn das stimmen sollte. Was interessierst du dich dafür? Ich habe gedacht, du möchtest mehr über die Sache am Ostring rausfinden.«

»Dro-gen-fahn-dung!« Haddah betonte jede Silbe. »Die-sel-ben ver-fick-ten Bul-len.«

»Wernicke?! Die Wernicke hat damit was zu tun?«

Haddah nickte lächelnd. »Wir zeigen der Frau ein Foto von Wernicke. Und sie schwört: Das ist die Frau, die ihr gedroht hat, sie würde ihren Job verlieren, wenn sie irgendjemandem von der Party erzählen würde.«

»Sie hat die Wernicke hundertprozentig erkannt?«

»Yep.«

»Woher weiß die Frau, dass die Partys mehrmals stattgefunden haben? Wie hat sie von dem Zuhälter erfahren?«

»Sie ist gut mit Studentinnen im Heim ausgekommen«, sagte Branko. »Die haben ihr alles anvertraut.«

Ich holte tief Luft. »Habt ihr denn den Namen des Studenten, der Zuhälter gespielt hat?«

Kurze Pause. Blicke wechselten zwischen Haddah und Branko. »Nope«, sagte Haddah etwas zerknirscht.

»Irgendeine Info über den?«

»Nope.«

»Wisst ihr, was er studiert hat? Aus welchem Land er stammt vielleicht? Bruno-Kahn-Heim war immer Multikulti, viel mehr noch als die Rathenau.«

»Nope. Die Frau weiß nichts über ihn.«

»Hm.« Ich kaute auf der Unterlippe. »Wenn die Frauen das freiwillig gemacht haben, nicht erpresst worden sind oder bedroht, wenn die Beamten nicht im Dienst waren, dann … Ich mein … Du müsstest eine Juristin fragen, ob die sich überhaupt strafbar gemacht haben.«

Haddahs Augen wurden groß. »Verfickt nochmal, du denkst, das sei o. k.?«

»Nicht o. k. Aber vie...«

»Fokk you, bleachshit, aber echt. Du hast ja einen Knall, du.«

»... vielleicht legal.«

»Legal?« Haddah schlug sich an die Stirn. »Wir reden hier doch nicht von Sexarbeiterinnen.«

»Und Mädchen sollen schlecht behandelt worden sein«, meinte Branko. »Wie Dreck.«

Ich holte tief Luft. »Die Frauen auf der Party sind doch nicht vergewaltigt worden, oder? Hier geht's um einvernehmlichen Sex, ja?«

Ich bekam keine Antwort. Ich fragte noch einmal, sie zuckten beide gleichzeitig mit der Schulter.

»Hallo?!« Ich faltete die Hände. »Sprechen wir hier etwa von Vergewaltigungen?«

»Es ist kompliziert«, sagte Haddah. »Was die Frau sagt, ist nicht eindeutig.«

»Nicht eindeutig?«

»Eine Frau ist nackt am Boden gekniet«, meinte Branko. »Hände auf Rücken, ihr Kopf in Hundenapf. Und Mann kniet daneben, spuckt ihr immer wieder ins Gesicht.«

»What the fuck ...«

»Gesungen und gelacht haben jedenfalls nur Bullen.« Branko stand auf. »Frauen nicht.« Er ging zu der Tür, auf der WC stand, öffnete sie und war verschwunden.

Ich fixierte Haddah, sprach langsam, wählte meine Worte mit Bedacht. »Schau. Ich finde gut, dass du an so was dran bist. Respekt, Haddah. Ich hab dich fast schon wieder lieb, aber ich muss dich warnen: Wenn das alles stimmt und wenn da ein paar Bullen gewütet haben ...« Ich schüttelte den Kopf, flüsterte jetzt. »Du kannst die nicht zu Fall bringen. Im Gegenteil. Alles, was du denen entgegenschleuderst, kommt wie ein Bumerang zurück. Das ist immer noch eine weiße, konservative Stadt. Wenn du genug Indizien für einen Skandal hast, musst du dich an eine gute heimische Journalistin wenden.«

Haddah sah mich an, ihren Blick wusste ich nicht zu deuten. Nach einer Weile meinte sie: »Leute wie du unterschätzen mich.« Sie lächelte selbstsicher. »Logo. Eine kleine, schwarze Muslima mit Hijab, große Fresse im Netz, was kann die schon im echten Leben ausrichten?« Sie biss auf ihre Lippen. »Aber das ist gut so. They never see me comin', Jan. They never see me comin', und auf einmal bin ich da.«

»Yep«, sagte ich. »Das habe ich erleben dürfen, vielen Dank nochmals.«

»Begraben wir das Video.« Sie griff in ihre Handtasche, holte ein zweites Fläschchen Nog heraus, ließ es über den Tisch gleiten. »Peace, Schneeflocke. O. k.?«

Ich nahm das Geschenk, steckte es schnell in meine Tasche, ehe sie es sich noch einmal überlegen konnte. Haddah kaute auf der Wange, ihre Augenbrauen zusammengezogen. »Ich muss mehr über diese Partys herausfinden. Das ist wichtig.«

»Du weißt nicht, was du tust, Haddah. Das ist verdammt gefährlich.«

Sie machte das Handzeichen. »Ich fürchte nur einen. Ich fürchte nur Gott.«

Sie stand auf und stapfte mit ernster und entschlossener Miene auch zur Tür, die zu den Toiletten führte. Ich lief ihr hinterher, um ihr einen Zettel zu reichen. »Ich habe die Adresse von der Frau, deren Stiefsohn die Wohnung am Ostring gemietet hat. Adresse und Telefonnummer.«

Ihr Blick wurde ganz sanft. Da war sogar ein Lächeln. »Aber hallo, Jan. Das ist eine schöne Überraschung.«

Ich nickte. »Ciao, Haddah. Ich hoffe, ich sehe dich niemals wieder.«

»Hast du schon mal gesagt.« Sie hielt mich am Arm fest. »Diese Maria aus 118 ist ein interessanter Charakter.«

Ich lachte. »Marias Spitzname war Bloody Mary. Weil sie verrückt war, hab ich dir doch schon mal erklärt.«

»Verrückt? Aha.« Sie formte ihre Augen zu Schlitzen. »Dass du das sagst, sagt mehr über dich aus als über sie, weißt du?«

Ich schnippte mit dem Finger. »Weißt du was? Die Bloody Mary hat nicht nur im Rathenauer Heim, sondern später auch im Bruno-Kahn-Heim gewohnt.«

Haddah seufzte. »Maria will nicht mehr mit mir reden. Sie sagt, die Vergangenheit müsse jetzt Vergangenheit bleiben. Diese Geschichten wühlen sie auf. Ich kann sie nicht mehr damit belästigen.«

»Ich kann's ja versuchen.«

»Auf keinen Fall. Bitte halte Abstand von ihr. Sie hat Angst, dass du böse sein könntest. Weil sie mir das alles erzählt hat, weißt du?«

»Ich kenne noch jemanden, der im Bruno-Kahn-Heim zu der Zeit gewohnt hat. Mekateko.«

Sie sah mich merkwürdig an.

»Was?«

»Du sprichst ihren Namen so zärtlich aus«, sagte sie.

»Ich habe sie gemocht.«

»Meinen sprichst du nie so aus.«

»Tja.«

Haddah nickte. »Frag Mekateko. Wenn sie nein sagt, kann ich's ja nochmal bei Maria versuchen.«

Auf dem Vorplatz des Bahnhofs, auf dem sich Obdachlose und Junkies versammelt hatten, die in Streit untereinander und mit mehreren überforderten Polizeibeamten geraten waren, schrieb ich Mekateko, die im Sommersemester 1998 auf Zimmer 110 im Studentenheim Rathenau gewohnt hatte, dann aber ins Bruno-Kahn-Heim gewechselt war, weil der Weg zu ihrem Institut von dort wesentlich kürzer war. Vielleicht konnte sie mir etwas erzählen zu der Story, die mir Haddah präsentiert hatte. Weil sie in einer bekannten Rechtsanwaltskanzlei arbeitete, war es leicht, an ihre Kontaktdaten zu kommen. Ich schrieb ihr und bat um ein Treffen. Meka, wie sie alle im Heim genannt hatten, und ich, wir hatten uns immer gut verstanden.

Auf dem Heimweg tippte ich eine weitere Nachricht: ich will dich nicht verlieren, delma. ich hoffe, du kannst mir verzeihen. ich bringe das hier in ordnung.

Am nächsten Tag knallte ich mir schon am frühen Nachmittag eine Ladung von Haddahs Zeug rein. Hockte mit angewinkelten Beinen und Kapuzenpulli auf der Wohnzimmercouch, ließ mich fluten, glotzte einen Film in dem Flatscreen-Fernseher, ohne der Handlung zu folgen.

Ich wurde rasch high, lag bald schon zugedröhnt mit geschlossenen Augen da und wartete auf die einschläfernde Wirkung. In einer Nachbarwohnung trieben sie es, laut und wild, und ich dachte an den Rausch des Verliebtseins in jenen Tagen und Nächten nach unseren schüchternen Küssen am Baggersee im Mai. Dass ich ihn nicht ausleben konnte, Geli nicht küssen, berühren, lieben konnte, schien ihn nur mit jedem Tag noch stärker zu machen. Jeder versteckte Blick, jede verstohlene Geste, jedes Lächeln löste so viel in mir aus.

Mein Handy gab Töne von sich und riss mich aus meinen Erinnerungen. Meka hatte doch noch geantwortet: hallo jan, tut mir leid, ich bin sehr im stress, k. zeit für e treffen, hoffe, dir geht's gut lg mekateko

Kurz darauf eine Nachricht von Haddah: bleaaaaaach!! komm zur brücke! jetzt! sofort! es ist mega-wichtig! ich warte! 😊 beeilung! schwing deinen arsch hierher!

Als ich die Brücke erreichte, stand Haddah bereits am anderen Flussufer. Sie steckte ihr Handy weg, als sie mich erblickte, und winkte. Aber anstatt auf mich zu warten, setzte sie ihren Hintern in Bewegung und marschierte flussabwärts. Ich folgte ihr, sie ging weiter, in einem Tempo, das ich ihr überhaupt nicht zugetraut hätte. Nach etwa einhundert Metern bog sie in eine Seitenstraße ab.

Es war ein außergewöhnlich ruhiger, dunkler Herbstabend, Gehweg und Straße waren feucht, es nieselte leicht, und es waren kaum Autos, zu sehen, und die wenigen, die fuhren, schlichen dahin, als wären sie in geheimer Mission unterwegs.

Auf einmal kam mir der Gedanke, dass das alles eine Falle sein könnte. Dass Haddah mich töten wollte.

Und so abwegig der Gedanke noch vor ein paar Wochen gewesen wäre. So lächerlich, so absurd. In dem Moment glaubte ich, dass es möglich wäre. Dass Haddah mich für den Mörder von Geli hielt und jetzt mit Angelikas Mutter zusammenarbeitete, mich hierher lockte, um mich in einer finsteren, verlassenen Seitengasse von irgendeinem Rocker-Assi, der sich neben seinen Drogengeschäften als Auftragskiller versuchte, töten zu lassen.

Ich zog das Messer aus der Jeanstasche. Ich klappte es auf, ließ die Klinge einrasten.

Haddah bog in eine weitere Seitenstraße, die stadteinwärts führte, eine schlecht ausgeleuchtete Gasse mit kalten, hohen Wohnblöcken aus den Neunzehnsechzigern. Sie drehte sich um, wohl um sich zu vergewissern, dass ich ihr noch folgte.

Ich wurde immer langsamer. Ich konnte ja einfach umkehren. Abhauen. Auf Nummer sicher gehen. Da blieb sie vor einem Wohnblock stehen, lief ein paar Stufen hoch zum Eingang, öffnete die Tür und wartete dort auf mich. Ich folgte ihr, blieb stehen. Sie starrte auf meine Hand. »What the fokk, bleachshit? Hast du sie noch alle?«

Sie packte mich am Arm und zerrte mich in das Haus. Im Eingangsbereich, wo die Postkästen an der Wand befestigt waren und ein altes Damenrad an der Wand lehnte, war's finster, nur das Display ihres Handys war hell, und sie beleuchtete damit erst mein Messer, dann mein Gesicht.

Sie schüttelte den Kopf und senkte ihr Handy. »Hast du Angst in der Nacht, Hosenscheißer? Brauchst du so ein Ding, wenn es dunkel wird?«

Ich klappte das Messer wieder zu und steckte es in die hintere Hosentasche. »Warum hast du nicht auf mich gewartet?«

»Du warst so langsam. Wir haben keine Zeit. Es ist schon spät.«

»Was zur Hölle ist passiert?«

»Branko und ich haben gestern mit der Stiefmutter von dem Mieter am Ostring gesprochen.« Sie klatschte in die Hände. »Sie zeigt uns Fotos von ihrem Sohn. Und bleachshit, jetzt hör mir gut zu.«

Sie kam nahe mit ihrem Kopf an meinen, ganz nahe. Der Duft ihres Parfüms zog in meine Nase. Sie starrte mich an und grinste vielsagend.

»Du musst schon reden, Haddah. Ich kann nicht in deinen Augen lesen.«

»Die Frau sagt, ihr Sohn schmeißt kurz nach der Sache am Ostring sein Studium und haut ab nach Lateinamerika. Klingelt's? Klingelt's, Jan? Der Mann ist verschwunden.«

»Würdest du weiter in einer Wohnung leben wollen, in der zwei junge Männer erschossen worden sind?«

»Ich würde wahrscheinlich ausziehen, aber sofort nach Lateinamerika abdüsen? Und nie mehr meine Stiefmutter besuchen?«

»Er ist nie wieder hierher zurück?«

»Kein einziges Mal. Und sie hat keine Adresse, sie weiß nicht einmal, in welcher Stadt oder welcher Gegend er sich jetzt gerade aufhält.«

Ich holte tief Luft. »Und was zum Teufel soll ich jetzt tun?«

»Du musst mit ihr reden. Sie spricht einen seltsamen Dialekt, die kommt aus dem Schwarzwald, Branko und ich verstehen manchmal nur Bahnhof.«

»Nein. Das mach ich nicht.«

»Warum nicht?«

»Ich bin nicht der Typ, der um die Uhrzeit zu einer wildfremden Frau in die Wohnung geht, um ihr Fragen über ihren verschwundenen Stiefsohn zu stellen.«

»Ist das dein Ernst?«

»Yep.«

»Komm schon.«

»Nope.«

»Fläschchen Nog?«

»Nope.«

»Für zwei kommst du mit hoch.«

»Es ist schon spät. Die lässt uns erst gar nicht rein.«

»Für drei widersprichst du nicht länger.«

»...«

Sie musterte mich. »Du bist ja sowieso schon wieder high, nicht wahr?«

Margarethe Fiebach war klein, fast kindklein, hatte eine krumme Nase und graue, dichte Locken, sie empfing uns misstrauisch, aber keinesfalls unfreundlich. Sie hatte einen Buckel wie ein Kräuterweibchen aus einem Märchenfilm, benutzte einen Gehstock und sprach tatsächlich in breitestem Schwarzwälder Dialekt.

»Er ist Autor«, stellte mich Haddah vor. »Er recherchiert zu den beiden Toten in der Wohnung Ihres Stiefsohnes und würde Ihnen gerne noch ein paar Fragen stellen.«

»Bitte verzeihen Sie, dass wir so spät hier antanzen«, fügte ich schnell hinzu.

»Jögis!« Sie schob die kleine Brille auf dem Nasenrücken hoch und musterte mich intensiv. »Also gut. Dann kommt mal herein.«

Ich zögerte, aber Haddah schubste mich, und schon stand ich in der kleinen, engen Wohnung. Sie führte uns ins Wohnzimmer und legte ihr Handy vor sich auf den Tisch, es wirkte wie die zweite Sicherheitsmaßnahme, nachdem sie zuvor Weihwasser mit Zeige- und Mittelfinger aus einem kleinen Kesselchen an der Wand versprüht hatte.

Margarethe gab sofort bereitwillig Auskunft, als wir sie nach ihren Erinnerungen an jene Nacht baten, in der Owusu und Kwabena erschossen worden waren. Sie erzählte, dass die Polizei am nächsten Tag an ihre Tür geklopft habe, nach ihrem Ziehsohn gefragt habe. Wann immer Haddah ihren Dialekt nicht verstand, fungierte ich als Übersetzer.

»Ziehsohn?«, fragte ich. »Ich dachte, Sie seien die Stiefmutter?«

»Ha noi, ich war nicht mit seinem Vater zusammen«, lachte Margarethe. »Der war ja viel jünger als ich, und ein Hallodri war das, jedem Rock ist er nachgestiefelt. Ich habe den Pepi aufgenommen. Irgendjemand hat sich ja um ihn kümmern müssen.«

»Und seine Mutter?«

»Autounfall in Südtirol, der Pepi war nicht mal zwei Jahre alt.« Sie wurde sehr ernst jetzt. »Schon als er mit der Uni angefangen hat, haben wir nicht mehr viel Kontakt gehabt. Er hat sich eine eigene Wohnung genommen, viele neue Freunde gehabt, ist viel unterwegs gewesen, Argentinien, Israel, Syrien, Vietnam, Kenia. Wie die jungen Leute halt so sind, ist ja auch richtig so.«

Sie verstummte und senkte ihren Kopf, als müsse sie innehalten. Aber als sie nach längerer Pause immer noch nicht weitererzählte, fragte ich: »Die beiden Männer aus Südafrika, die angeblich in die Wohnung eingebrochen sind, haben im selben Haus wie Ihr Sohn gewohnt. Hat Ihr Sohn sie jemals erwähnt? Waren das Freunde, Feinde, Unbekannte? Wissen Sie irgendwas darüber?«

»Nein. Nein, das weiß ich nicht.«

»Hat sich Ihr Sohn noch verabschiedet?«, fragte ich. »Ehe er nach Lateinamerika gegangen ist?«

Sie hielt den Griff des Gehstocks fest, mit beiden Händen. »Er ist mitten in der Nacht aufgetaucht. Ich habe sofort gespürt, dass etwas viehmäßig Schlimmes passiert sein muss. Und dann hat er anfangen zu weinen und erzählt, dass die Polizei zwei Männer in seiner Wohnung erschossen hätte.«

»Er hat die Männer also nicht gekannt?«

»Ich weiß das nicht mehr«, wiederholte Margarethe, und Haddah warf mir einen enttäuschten Blick zu. »Ich glaube, er hat das nicht verkraftet, diese Schießerei. Er wollte nur noch weg. Es ist ihm nicht gut gegangen.«

Haddah nickte: »Und kein einziger Besuch? In all den Jahren?«

Margarethe schwieg. Sie schwieg lange. Wieder senkte sie den Kopf und sah auf die Tischplatte. »Vielleicht lebt er gar nicht mehr.«

Ich räusperte mich. »Wir glauben, dass da was faul ist an der Geschichte.« Sie sah mich fragend an. »Die Polizistin, die in der Wohnung die angeblichen Einbrecher überrascht hat. Biljana Wernicke. Die hat keinen guten Ruf gehabt.«

Margarethes Blick blieb unverändert.

»Haben Sie nicht auch das Gefühl, dass die Geschichte merkwürdig ist?«, fragte Haddah.

»Ich verstehe nicht«, sagte Margarethe und unterdrückte ein Gähnen.

Haddah seufzte leise und boxte mich in den Oberschenkel. Wir würden hier nicht weiterkommen. Ich wollte schon aufstehen, da fragte ich: »Pepi hat eine Waffe gehabt? Er war in einem Schützenverein?«

Margarethe nickte und zog eine Grimasse. »Die Spinnerei hat er von seinem Vater. Der war Oberschützenmeister, war ständig beim Schießstand oder auf der Jagd. Der Pepi ist mir immer in den Ohren gelegen, dass er sich eine kaufen würde, sobald er alt genug ist.«

»Die beiden Männer, die in seiner Wohnung erschossen worden sind, sollen mit seiner Waffe die Polizistin bedroht haben.«

»Ich weiß. Dabei hat er mir versprochen, die Waffe immer wegzusperren. Das war doch das Mindeste.«

Margarethe stand auf, ging zu einer Kommode, öffnete eine Schublade und kam mit einer Pralinenschachtel zurück. Sie setzte sich wieder und öffnete die Schachtel. Darin befanden sich alte Fotos und Postkarten.

Sie reichte mir drei Karten. Zwei stammten aus Managua, die dritte aus Granada. Alle mit einer Vielzahl an nicaraguanischen Briefmarken und Stempeln versehen. Sie schaute wieder lächelnd auf die Tischplatte, wieder den Griff des Gehstocks vor sich umklammernd. »Das ist alles, was er all die Jahre geschrieben hat.«

Haddah beugte sich zu mir, um mitzulesen: Meine liebste Margret, Du musst mir verzeihen, dass ich auf und davon bin. Ich war nie glücklich an der Uni und nie glücklich in der Stadt, ich fange hier neu an. Ich danke Dir für alles, was Du für mich getan hast. Ich liebe Dich! Dein Pepi

Liebe Margret, es ist heiß hier, viel zu heiß, aber ich bin glücklich. Ich habe liebe Freunde gefunden und eine gute Arbeit und alles ist gut. Ich hoffe, Du bist gesund und vergisst Deinen Pepi nie.

Liebe Margret! Alles gut hier! Sorge Dich nicht! Ich lebe!!! Grüße alle von mir! Ich liebe Dich!

»Das war die letzte Karte.« Sie fuchtelte mit dem Zeigefinger, klein und krumm, um ihren Worten Nachdruck zu verleihen, und ihre Augen füllten sich mit Tränen. »Danach ist keine einzige mehr gekommen.«

»Haben Sie nie jemanden beauftragt? Der nach ihm suchen könnte?«

Sie lächelte traurig und starrte mich ungläubig an. »Ich habe doch kein Geld für so was. Wie hätte ich das bezahlen können?«

Ich schluckte trocken. Sah mich verstohlen in dem Wohnzimmer um. Sie war nicht nur klein, sondern auch spartanisch eingerichtet. Fast aus der Zeit gefallen. Die Frau hatte bestimmt keinen Cent übrig am Monatsende.

»Was ist mit Freunden und Verwandten? Haben Sie die nie kontaktiert?«

»Ich habe so vieles probiert. Ich habe alles probiert. Aber weitergekommen bin ich nicht. Alte Freunde suchen bis heute im Internet nach ihm. Aber auch da ist er nie aufgetaucht.«

»Sind Sie denn hundertprozentig sicher, dass das seine Handschrift ist?«, fragte Haddah.

Margarethe suchte schweigend in der Pralinenschachtel nach anderen Karten. Es dauerte lange, bis sie uns zwei reichte. »Die sind älter. Die hat er geschrieben, als er fünfzehn oder sechzehn war.«

Haddah und ich verglichen die Handschriften. Sie waren sich alle irgendwie ähnlich und irgendwie auch nicht.

»Danke.« Ich stand auf, Haddah blieb noch sitzen, sah mich trotzig an. »Danke, Frau Fiebach.«

Ich zuckte mit der Schulter, als wollte ich ihr sagen: Wir sind keine professionellen Ermittler. Wir wissen nicht, wie wir finden sollen, was wir vielleicht finden könnten.

Margarethe nahm die Brille von ihrer Nase, ihre Augen schienen nun winzig klein, auf ihrem krummen Nasenrücken befand sich eine tiefe, rote Mulde. »Es war einmal ein Mann von der Kripo hier. Viele Monate später. Er hat mich auch gefragt, ob ich etwas von meinem Pepi gehört hätte.«

Ich sah Haddah an und setzte mich zurück auf den Stuhl. »Hm. Hat er denn gesagt, warum ihn das interessieren würde?«

»Ihm ist das ja auch so komisch vorgekommen. Dass sich

der Pepi überhaupt nicht mehr meldet. Der hat ja auch gesagt, das sei sicher nicht normal, so was.«

»Und was war seine Vermutung?«, fragte ich.

Und Haddah: »Hat der Polizist gedacht, Ihr Adoptivsohn könnte tot sein?«

»Das weiß ich nicht.« Den Schmerz in dem Blick der Frau zu sehen, tat weh, die Erinnerungen schienen sie zu martern. »Das ist so lange her.« Leise sagte ich: »Komm, Haddah, wir haben genug Fragen gestellt.«

»Wie hat der Polizist ausgesehen?«, fragte Haddah schnell.

»Jögis.« Sie brauchte lange, ehe sie antwortete: »Ein flotter Bursch war es, das weiß ich noch, das hab ich mir gedacht. Aber mehr auch nicht.«

Haddah schien nun hellwach. »Hübsch also?« Sie sprang auf, ging zu Margarethe, legte ihr Handy auf den Tisch und flippte durch die Fotos der Kripobeamten, die sie dort gespeichert hatte, den harten Kern der Soko Reitmann. Aber Margarethe lachte nur. »Jögis, sell Maulverschieber«, als sie Edwin Karnhof sah.

Nur einer fehlte, Eduard, also suchte ich auf meinem Handy nach einem Foto von ihm und zeigte es ihr.

»Ha jo!«, rief sie. »Seller war's.«

»Sie sind sich sicher?«

»Der war bei mir. Ich weiß es! Der war's.«

»Eduard Veith«, sagte ich zu Haddah. »Da ist der flotte Bursch aber längst nicht mehr in der Stadt gewesen. Was hat der hier gewollt?«

»Vielleicht sein schlechtes Gewissen beruhigen«, sagte Haddah leise. »Er ahnt, die Wernicke ist eine Killerin« – und noch leiser, damit Margarethe sie auch wirklich nicht verstehen konnte – »Er weiß vielleicht nur nicht, wo Pepis Leiche ist.«

Ich schluckte. »Ich schreibe dem Eduard. Ich muss den unbedingt nochmals treffen.«

»Dieses Mal bin ich aber dabei.«

Ich zögerte. »Es ist besser, wenn ich das alleine tue.«

»Verstehe. Er mag keine schwarze Muslima mit Kopftuch?«

»Ich glaube, der Typ kann mich gut leiden. Sonst hätte der längst der Reitmann erzählt, was ich ihm gestanden habe. Und hätte er das getan, wäre sie wie Hannibal mit hundert Elefanten zu mir geritten gekommen und hätte mich vernichtet.«

»Du musst mich nicht anlügen. Ich weiß, was Sache ist. Ich lebe mit der Hautfarbe schon mein ganzes Leben. Aber ich komme mit dir. Du kannst mich nicht stoppen.«

»Ich weiß, Haddah. Ich weiß.«

Als Margarethe uns an der Tür verabschiedete, uns mit Weihwasser besprühte, woraufhin mir Haddah einen verzweifelten Blick zuwarf, meinte sie: »Ich hab gewusst, dass ihr beide kommen würdet.« Sie schlug mit dem Gehstock auf den Boden. »Ich hab's geahnt. Seit Wochen schon.« Sie lächelte. »Dass mich der Herrgott nicht sterben lassen wird, bevor ich nicht weiß, was mit dem Pepi passiert ist.«

Haddah machte ihr Gangsterzeichen und schloss die Augen. »Wenn Allah will, werden wir die Wahrheit herausfinden. Und ich bin mir sicher: Er will.«

Auf dem Heimweg textete ich Delma: seltsame dinge geschehen. ich wünschte, ich könnte dir von ihnen erzählen. wenn du schon keinen anruf magst, darf ich dir wenigstens eine sprachnachricht schicken?

Und Mekateko meldete sich noch einmal, fragte, ob ich

denn ein Problem oder Anliegen hätte oder ob ich nur so ein Treffen vorgeschlagen hatte.

hast du je was von sexpartys im bruno kahn heim gehört, meka?

Sie ließ sich zwei Stunden Zeit, zu antworten: ist die frage ernst gemeint oder ist das irgendein scherz?

sorry. dachte, du könntest was darüber wissen.

Ein kühler Herbstwind fegte über die Brücke ganz in der Nähe des Güterbahnhofs, auf dem die Lokomotiven lärmten. Es dämmerte bereits, ich zog den Reißverschluss der Jacke hoch und die Mütze weit über die Ohren. Vor der alten Bäckerei auf der anderen Uferseite traf ich Haddah, die leicht erkältet und nicht sehr gesprächig war. Sie war erst mal abwechselnd mit Taschentüchern, ihrem Handy und Niesen beschäftigt.

»Wir müssen ihn abholen«, sagte ich schließlich.

»Wen?«

»Den Eduard. Ich habe mir ein Auto geliehen.«

»Wem hast du das Geld dafür gestohlen?«

»Ich hab ein paar Scheine in der Wohnung gefunden.«

»Bald verscherbelst du den Riesenfernseher und nimmst Untermieter auf.«

»Es geht um eine gute Sache, Haddah.«

Sie tippte wieder eine Weile auf ihrem Handy, ehe sie aufsah und mich fragte: »Warum müssen wir den abholen?«

»Der wohnt außerhalb der Stadt. Am Waldrand. Fast schon in den Bergen.«

»Hast du überhaupt einen Führerschein?«

»Natürlich.«

»Siehst gar nicht so aus.«

Ich nickte. »Und du siehst krank aus.«

»Das ist eine Allergie.«

»Gegen was?«

Sie sah von ihrem Handy auf. »Gegen bleachshits.«

»Ich hoffe, du überlebst die Autofahrt.«

»Keine Angst. Ich überlebe euch alle.«

Als Eduard keuchend und umständlich vor seinem Gartentor in den kleinen, violetten Toyota stieg, wurde mir erst bewusst, wie massig der Mann war. Er wirkte wie ein Riese, der sich in einer Slapstick-Komödie in eine viel zu kleine Karre zwängte.

»Harrgott, ist das ein Auto für Zwerge?«, stöhnte er. »Warum kauft man sich so einen Scheiß?«

»Das ist ein Leihwagen.«

»Du hast kein Auto?«

»Nein.«

»Sapperlot, dann leih dir halt was Gscheites.«

»Ist nicht billig.«

»Kein Auto und kein Geld. Feine Partie bist du.«

»Ich brauch keine Karre.«

»Wie kann ein gestandener Kerl ohne Auto sein?« Er drehte sich zu Haddah um. »Oder? Was meinst du?« Dann schrie er: »Du bist ja auch nicht ganz einwandfrei, mach doch das Licht an! Du fährst ohne Licht, Harrgott, Kerle!« Er hielt die Hände vors Gesicht. »Licht! Licht! Wo bleibt das Licht?!«

»Sorry.« Ich schaltete hastig die Scheinwerfer ein, spürte, wie ich rot wurde, hörte, wie Haddah kicherte. »Und wohin fahren wir überhaupt?«

Er betrachtete mich von der Seite. Seine Nase sah aus der

Nähe noch monströser aus. Er hatte blaugraue Augen, seine Haare waren nur leicht ergraut. Er zog den Rotz geräuschvoll hoch und zog die Mundwinkel nach unten. »Ich hab heute Spieleabend.«

»Spieleabend?«

»Kartenspielen mit den alten Herren vom Bergsteigerverein.« Er rülpste leise. »Und keinen Chauffeur, weil mein Peugeot schon wieder in der Werkstatt ist.«

»O. k.«, sagte ich und holte tief Luft. »Wohin soll ich dich bringen?«

»Zum Strandwirt.«

»Strandwirt«, wiederholte ich leise.

»Jo, ich weiß.« Er tippte eine Nachricht auf seinem grauen, alten Nokia und brauchte für jeden Buchstaben eine halbe Ewigkeit. »Viele Dorftrottel dort. Aber der Fonzel ist zurzeit schlecht zu Fuß, und der wohnt nur zweihundert Meter entfernt.«

»Gut für den Fonzel«, sagte ich.

Die Straße führte den Abhang in breiten Schlangenlinien hinunter zu der Riesenkreuzung unter der größten Straßenbrücke der Stadt. In dem Verkehrsgewühl wurde ich nach all den Jahren Fahrabstinenz nervös, meine Hände zitterten, Schweiß rann mir über die Stirn, aber ich versuchte, mir nichts anmerken zu lassen.

Plötzlich tauchte Haddahs Kopf zwischen den Kopfpolstern auf. »Warum haben Sie sich bei Margarethe Fiebach nach Pepi erkundigt?«

Eduard gähnte. Er gähnte lang und laut. »Harrgottzack, ihr wollt also tatsächlich so alte Knochen ausgraben.«

»Ist er tot?«, fragte Haddah mit großen Augen. »Ist Pepi tot?«

»Keine Ahnung, wo der Kerl steckt. Ob er lebt oder nicht.

Das weiß ich nicht. Vielleicht weiß er's nicht mal selber. Der Allerhellste scheint der ja nicht gewesen zu sein.« Er dirigierte mich die Auffahrt hoch zur Brücke, über den Fluss, durch das Industriegebiet, bis er mich vor einem abgelegenen, finsteren Fabrikgelände parken ließ, auf dem jede Menge Müll verstreut herumlag. »Dass der Pepi verschwunden ist, das hab ich auch suspekt gefunden. Dass der sich überhaupt nicht mehr meldet bei der Alten nach den läppischen Postkarten und so. Das alles macht doch keinen Sinn. Irgendwas ist da passiert.« Eduard legte seine Hand auf den Türöffner, seine Nase in der Höhe. »Vielleicht ja nur ein Autounfall. Vielleicht ein Guerillero aus dem Hinterhalt oder ein Krokodil, das Hunger auf so einen jungen, knusprigen Burschen gehabt hat. Oder aber es ist ihm noch was in unserem Land geschehen.«

»Dann hätte also jemand seine Postkarten gefälscht?« Er zuckte mit der Schulter, also fragte ich weiter. »Könnte das Trio Infernale was mit seinem Verschwinden zu tun haben? Du bist nicht mehr im Dienst. Dir kann doch nichts mehr passieren jetzt. Du kannst frei reden.«

»Harrgott, Kerle. Dein Problem ist nicht die Wernicke oder das Trio Infernale. Dein Problem ist deine Lügerei im Fall Angelika Reitmann.« Er atmete schwer jetzt, er atmete laut. »Ihre Mutter, die liegt mir jetzt jeden Tag in den Ohren. Die ruft mich mitten in der Nacht an, mein Weib dreht ja schon am Rad. Die Reitmann glaubt, du könntest es gewesen sein. Jeden Tag glaubt die das mehr. Verstehst? Die hat Geld wie Heu, die kann einiges lostreten, die kann Bluthunde auf dich hetzen, ich sag's dir noch einmal in aller Freundschaft, aber zum allerletzten Mal: Das willst du nicht erleben. Triff dich halt mit der Alten, red mit ihr. Sag ihr, was du weißt, und gut ist.«

»Was soll sie schon tun?«, fragte ich.

Eduard reckte seinen Kopf in die Höhe. Er hatte immer noch vollen Haarwuchs, nicht einmal ein Anzeichen einer beginnenden Glatze. »Du bist ein komischer Kadett, du.« Er öffnete die Tür und stieg schwerfällig aus. »Aber wenn du's wissen willst, was die so alles schon erschnüffelt hat: Du warst anscheinend in München auf einem Literaturfestival und hast im Hotel die Nacht mit einer anderen Autorin verbracht.«

»Uuuuuuuuuuu!« Haddah formte ihren Mund zu einem O und schüttelte heftig ihre rechte Hand, als ich sie ansah. »Ui, ui, uiuiui!«

»Da ist nichts gelaufen«, protestierte ich. »Ich schwör! Wir haben bloß getrunken und gequatscht.«

»Die ganze Nacht?«, fragte Haddah.

»Wie hat die das bloß rausgefunden?«

»Geld kann einiges vergraben«, meinte Eduard. »Geld kann aber auch einiges zutage fördern.«

Ich stöhnte, Haddah lachte, klopfte mit flachen Händen gegen die Rücklehne des Vordersitzes. Eduard winkte und stapfte Richtung Strandwirt. Als wir schon wegfahren wollte, wankte er noch einmal zurück. Ich kurbelte die Fensterscheibe runter.

»Die werden eurem Zirkus nicht mehr lange zuschauen. Die werden euch bald auf die Pfoten klopfen, wenn ihr weiterbuddelt. Das ist gefährlich.«

»Wir haben keine Angst«, sagte Haddah und machte ihr Gang-Handzeichen. »Wir nicht.«

»Naja, dann holt euch von mir aus blutige Nasen.« Er hustete heftig, bekam sich kaum mehr ein. »Beschwert euch später bloß nicht, ich hätte euch nicht gewarnt.«

»Was, wenn dieser Pepi zufällig Zeuge geworden ist,

wie Biljana Wernicke Kwabena und Owusu getötet hat?« Sie klopfte nervös mit ihren Fingern auf dem Sitzpolster. »Könnte das sein? Dass die verdammte Gura den Pepi deswegen umgelegt hat?«

»Wer oder was ist Gura?«, fragte Eduard und sah mich dabei an. »Von was redet sie?«

»Sie meint Biljana Wernicke.«

»O-ha. Und wer sind Owuso und Kwabana?«

»Sie wissen nicht, wer Owusu und Kwabena sind?«, fragte Haddah.

»Ich weiß, wo die Copacabana ist, aber Kwabana?«

»Gehen Sie zu Ihrem Fonzel, Gura«, schimpfte Haddah. »Dann sind wir hier fertig.«

»Ja, sapperlot, du hast ja nicht nur im Internet eine große Goschen, du.«

»Kwabena und Owusu, merken Sie sich die Namen.« Haddah war in Fahrt jetzt, sie schlug mit der flachen Hand mit voller Kraft auf die Rücklehne. »Weil es Mord war am Ostring. Kaltblütiger Mord.«

Ich dachte, dass Eduard jetzt Kontra geben würde, aber er hustete nur laut und ausgiebig, ehe er mit gedämpfter Stimme sagte: »Meinetwegen, ihr Hornochsen. Wenn ihr unbedingt eine Spur wollt: Muss man sich nicht fragen, was für ein merkwürdiger Zufall das ist? Eine SMS auf das Handy eines Mordopfers aus Südafrika, zwei Kripobeamte fliegen nach Südafrika, und kurz darauf sterben zwei Studenten aus Südafrika am Ostring. Zufall? Alles kann Zufall sein. Auch, dass eine der beiden Ermittlerinnen in Südafrika Biljana Wernicke war.«

»Moment, Moment«, sagte ich. »Ich dachte, die SMS wäre aus England gekommen. Aus Newcastle. Das hast du mir gesagt, ich bin mir ganz sicher. Newcastle!«

»Ja, das ist korrekt. Aus Newcastle. In Südafrika. Und die Wernicke war dort unten, um herauszufinden, wer die SMS verschickt hat. Du musst mir schon aufmerksam zuhören.«

»Aber ...«

Da war er auch schon wieder weg. Haddah öffnete die Tür und stieg aus. »Halt! Stopp!« Er ignorierte ihr Rufen, ging stur weiter, aber Haddah gab nicht auf. »Wissen Sie was über Sexpartys von Drogenfahndern im Bruno-Kahn-Heim?«

Sie lief ihm hinterher, holte ihn ein. Ich sah, wie sie sich kurz mit ihm unterhielt, laut und gestikulierend, ich wollte gerade aussteigen, da kam sie zurück und setzte sich schimpfend wieder ins Auto.

Wir saßen noch lange in dem Auto auf dem Parkplatz beim Einkaufszentrum, wo sie sich etwas zu essen kaufen wollte. »Autofahren und Geographie sind nicht deine Stärke, was?«

»Ich habe noch nie in meinem Leben was von Newcastle in Südafrika gehört, du etwa?« Ich holte tief Luft. »Wenn wir das von Anfang gewusst hätten, wäre uns das sofort aufgefallen.«

»Wir müssen den Alten zum Reden bringen. Der weiß so viel mehr. Der weiß alles. Aber einmal Cop, immer Cop. Die halten zusammen, egal, was für eine Sauerei einer von ihnen begangen hat.«

»Verfickter Korpsgeist.«

»Behauptet, er hätte noch nie auch nur ein Gerücht über Bullenpartys im Bruno-Kahn-Heim gehört. Wer soll das glauben?« Sie seufzte. »Wenn wir nur diese Biljana Wernicke kontaktieren könnten. Aber die hat keinen Social Media Account. Jedenfalls nicht unter ihrem richtigen Namen.

Man findet absolut nichts von ihr. Die versteckt sich in Chile vor der Welt.«

In dem Moment kam eine Nachricht von Delma. Sie schrieb mir, ich könne so viele Sprachnachrichten schicken, wie ich wolle, sie werde sie jedoch nicht anhören, sie brauche etwas Zeit, etwas Abstand, ich müsse das jetzt einfach akzeptieren. Haddah blickte auf mein Display, dann meinte sie schmunzelnd: »Deine Frau wird es gar nicht freuen, von den wilden Nächten in Münchner Hotels zu hören.«

»Da war nichts.«

»Aye, aye, bleachshit. Aye, aye.«

»Da war gar nichts.«

Sie lachte. »O ja, das sagt Branko auch immer. Selbst wenn er den Slip der Geliebten zwischen seinen Zähnen hat.«

»Ich bin nicht Branko.«

»Ich weiß nicht, wer du bist. Du bist mir ein Rätsel.« Sie streckte ihre Zunge raus, lächelte, um dann sofort wieder ernst zu werden. »Es war Mord, Jan. Es war Mord. Sag mir bitte, dass du das jetzt auch glaubst. Sag mir, dass du das nicht für eine Verschwörungstheorie hältst.«

»Wir brauchen immer noch ein Motiv. Wir müssen eine Geschichte finden, die Sinn ergibt. Wir haben nichts als Vermutungen.«

»Keine Angst. Wir sind auf einem guten Weg. Sei nicht ungeduldig.«

»Wir?«

»Wir.«

»Moment.« Ich lächelte müde. »Ich bin raus. Hast du nicht gehört, was der Veith gesagt hat? Es ist gefährlich.«

»Uh, uh, Hosen voll?«

»Du hast deinen Branko als Bodyguard, aber wen soll

ich als Backup holen?« Und als sie ausstieg, sagte ich noch: »War trotzdem schön, deine Bekanntschaft gemacht zu haben, Fine Lady. Ich fahre nach Hause. Ich habe eine Frau, ich habe einen Job. Ich mache hier nur mehr kaputt, als ich zurechtbiegen kann.«

Haddah ging um das Auto, aber nicht Richtung Einkaufszentrum, nein, sie kam zur Fahrerseite und riss die Tür auf. »Du bleibst schön hier«, sagte sie leise. »Oder willst du, dass ich deiner Frau eine Nachricht schicke? Ihr von heißen Nächten in Münchner Hotels erzähle?«

»Drohst du mir?«

»Ja.«

»Du würdest das wirklich tun?«

»Ja.« Sie sah mich an, und ihr Gesichtsausdruck passte nicht, denn sie lächelte. »Nein.« Sie seufzte laut. »Natürlich nicht. Bitte bleib, Jan.«

»Ich muss nach Hause.«

»Bitte.«

»Nicht einmal deine Smoothies können mich mehr verführen.«

Sie nickte. »Dann gute Reise, Klabauter-Jan.«

Sie schlug die Tür zu, ich sah ihr noch nach, bis sie in der Menge vor dem Eingang verschwunden war.

Als ich am Bahnsteig auf meinen Zug wartete, suchte ich Maria aka Bloody Mary von Zimmer 118 auf allen möglichen Netzwerken. Ich fand sie erst, als der Zug die Stadt längst hinter sich gelassen hatte. Sie benutzte einen Fake-Namen auf Instagram, aber die Fotos ließen keinen Zweifel an ihrer Identität. Ich kam ihr nur auf die Spur, weil Haddah sie abonniert hatte, und Haddah hatte zwar tausende von Followers, aber selbst folgte sie weniger als zweihundert.

Ich schickte ihr also eine kurze Nachricht: hey maria ich bin's, jan aus dem rathenauer heim 😊 muss ganz dringend mit dir reden. bitte melde dich!

Ich scrollte durch ihre Fotos, es waren etwa dreißig, vierzig, nichts Spektakuläres, auch nichts, das viel über ihr jetziges Leben verraten würde. Sie hatte dieselbe Frisur wie früher, kurze, schwarze, glatte Haare, ja, sie sah aus wie damals, nur ein paar kleine Fältchen mehr waren da unter den Augen.

Zwanzig Minuten später kam schon ihre Antwort: hiiii jan-petzi. omg, sei nicht böse auf mich! ich habe fine lady nur die wahrheit über die mordnacht erzählt. ich musste das tun. sei nicht wütend. bitte. ich hab dich immer gemocht. nichts von dem was ich erzählt habe würde ich vor der polizei bestätigen. das verspreche ich dir. liebe grüße maria

hey, maria! ich bin dir nicht böse deswegen. wenn du mich gesehen hast in der mordnacht, hast du mich gesehen. es geht um eine andere geschichte: du hast doch auch ein paar semester im bruno kahn heim gewohnt, ja?

omg, ja, das ist eeeewig her, jan-petzi. warum??

hast du dort etwas von sexpartys mitbekommen?

ha ha, jan-petzi, war nicht jedes studentenheim in der stadt ein kleines bisschen sexparty??

angeblich sollen drogenfahnder studentinnen bezahlt haben.

warum interessiert dich das?

weißt du was darüber?

och, jan-petzi, immer die gleichen, alten geschichten.

können wir uns treffen, maria?

Die Antwort ließ über zwanzig Minuten auf sich warten: ich möchte das nicht, jan.

bitte, maria. es ist wichtig.

nicht böse sein.

Zwei Stunden vor Mitternacht stand ich vor der Eingangstür unserer Dachbodenwohnung, und Delma war weg. Ein Zettel an der inneren Doppeltür.

I'LL BE BACK

Dazu eine Zeichnung eines Mädchens, das den rechten Arm gehoben hat, die Faust geballt. In der Linken eine überdimensionale Wasserpistole. Ich stolperte in die Wohnung, riss den Kleiderschrank auf, aber ihre Klamotten waren noch da. Ich lief wieder hinaus und schaute, ob ihre Schuhe noch in dem Kästchen waren. Atmete tief durch, als ich sah, dass sie nicht weg sein konnte. Nicht für immer. Niemals ohne ihre Schuhe. Auf meinem Schreibtisch ein weiterer Zettel: Jan, ich bleibe für ein paar Tage bei Pia. Ich verstehe nicht, was vor sich geht, warum Du nicht nach Hause kommst, warum Du nicht mehr arbeitest, warum Du mich alleine lässt. Die Arbeit war doch immer Deine große Leidenschaft, Dein Ein und Alles. Nein, ich verstehe gar nichts mehr. Ich habe Angst, dass wir diese Krise nicht überstehen werden. Was immer Du verheimlichst, was immer Du mir verschweigst, es muss so schrecklich groß sein, dass es am Ende alles verschlingen könnte. Aber ich muss mich jetzt mit ganzer Kraft auf die Uni konzentrieren, darf mich nicht länger ablenken lassen. *Delma*

I'LL BE BACK

Meine Dummheit, meine Lügen, meine Sünden brachten das Einzige in Gefahr, das in meinem Leben so gut und groß und schön war. Dieses eine Glück.

Ich lag tagelang im Bett, bis zum Hals zugedeckt, starrte auf den Laptop, auf dem ohne Unterbrechung Filme und Serien liefen, stopfte Fastfood in mich rein und trank zu viel, ehe mich eines Abends Mekatekos Nachricht erreichte: morgen, 15.30. kunstkammer, schloss. dann erfährst du was über die »sexpartys«, aber nur, wenn du das, was da passiert ist, nie wieder so nennst. sei pünktlich, ich habe extrem viel um die ohren und nicht viel zeit. mekateko

5

MEKATEKO

Ich fuhr mit der Straßenbahn in den Westen der Stadt bis zum Fuß einer Anhöhe, auf der das Schloss stand, versteckt hinter einem Wall uralter, mächtiger Bäume. Ein Fußmarsch von etwa zwanzig Minuten führte auf einem steilen, engen Weg hinauf in den Schlosspark.

Eine Schatzkammer mit gesammelten und geraubten Kunstwerken aus der ganzen Welt war Prunkstück des Museums, das Hobby eines Herrschers vergangener Zeiten. Der Raum war düster, Holzboden, Holzdecke, Holzvitrinen, kleine vergitterte Fenster. Der Boden knarrte, als ich eintrat und mir dieser Geruch in die Nase stieg, den man nur von alten Bauernhäusern kennt.

Es waren nur eine Handvoll Besucher da, ich schenkte ihnen nicht weiter Beachtung, sah mir ein paar Vitrinen an, war aber in Gedanken ganz bei Delma, und hatte beinahe schon das Ende der ersten Reihe erreicht, als sich jemand neben mich stellte. Ich sah auf eine gutaussehende, großgewachsene, schwarze Frau in einem dunklen, schicken Hosenanzug. Haare perfekt gestylt, passende Ohrringe dazu, Stöckelschuhe, dezentes, aber wirkungsvolles Make-up, der Blick ernst. Ich kam mir verwahrlost vor neben ihr in meiner abgefuckten Levis, in den alten Doc Martens und der Lonsdale-Jacke, außerdem sah ich beschissen aus. Übermüdet und kaputt. »Hi, Jan«, sagte sie. »Keine herzliche Begrüßung vor all den Überwachungskameras. Tun wir besser so, als hätten wir nichts miteinander zu tun.«

»Ich habe eine Alkfahne, ich weiß.«

»Das auch, aber das ist nicht der Grund.«

In meiner Erinnerung hatte Mekateko gebrochen Deutsch gesprochen, jetzt sprach sie völlig akzentfrei. Ich nickte, senkte meinen Blick und betrachtete eine merkwürdige Skulptur aus roten Algen in einer Vitrine. »Danke, dass du es dir doch noch überlegt hast.«

Sie duftete nach einem unaufdringlichen Parfüm. »Warum hast du mich eben so angeglotzt? Hast du Meka aus Zimmer 110 erwartet? Barfuß in verwaschenem Peter-Tosh-T-Shirt, Blue Jeans und mit einer Zigarette im Mund?«

»Wenn man für eine der besten Kanzleien der Stadt arbeitet, muss man sich wohl ein bisschen anpassen. Ich lauf leider immer noch so rum wie früher.« Ich lächelte, ein Besucher schlich an uns vorbei, wir warteten, bis er weit genug entfernt war, dass er uns nicht mehr verstehen konnte. »Was weißt du über die Sache im Bruno-Kahn-Heim?«

Sie ging zur nächsten Vitrine. Ich sah hoch zur Decke, suchte die Kamera, fand sie, es war immer noch dasselbe Modell wie vor knapp zwanzig Jahren, und schon damals waren die Dinger altmodisch gewesen. Ich folgte ihr.

»1998 oder 1999 hat das angefangen, wahrscheinlich sogar schon früher.« Sie griff nach einer Haarsträhne, spielte damit. »So ein dubioses Kampfsport-Center beim Flughafen hat jeden Monat neue junge, hübsche Frauen gesucht, die Flyer in der Messehalle beim Siebziger-Fest verteilen. Wenn alle Flugblätter futsch waren, so gegen eins, zwei, hat es regelmäßig eine inoffizielle Afterparty gegeben. In demselben sechsstöckigen Häuserblock, in dem auch das Studentenheim ist.«

»Und dort ist Studentinnen und Frauen aus der Sozialstation Geld für Sex geboten worden?«

Sie nickte.

»Sind die Frauen misshandelt worden?«

»Es sind Grenzen überschritten worden.«

»Und da waren wirklich Bullen dabei?«

»Definitiv. Die haben in dem Kampfsport-Center trainiert. Das war ein großer Männerverein.«

Ich zögerte, ehe ich fragte: »Haben sie dir auch Geld geboten?« Mekateko ging weiter, ich folgte ihr wie ein aufgeregtes Hündchen. »Warst du auf einer der …?«

Sie blickte mich so scharf von der Seite an, dass ich verstummte. »Was soll die Frage? Würde das denn eine Rolle spielen?«

»Ich muss wissen, ob die Polizisten die Frauen bedroht haben. Oder zu etwas gezwungen, das sie nicht tun wollten.« Ich schluckte. »Ich mein, sprechen wir hier von Vergewaltigung oder …?« Mekateko reagierte erst nicht, ich wartete ein bisschen, aber sie wollte die Frage offenbar nicht beantworten, also stellte ich die nächste. »Waren die Frauen denn überhaupt alle volljährig?«

Sie zuckte mit den Schultern. »Ich glaube schon. Aber woher soll ich das mit Sicherheit wissen? In der Sozialeinrichtung waren auch Minderjährige untergebracht, deshalb waren ja auch die Drogenfahnder oft in der Straße unterwegs gewesen und sind da ständig im Innenhof rumgelungert. Haben die Jugendlichen aus dem Jugendzentrum oder der Sozialstation kontrolliert.«

»Ich habe gehört, es hätte eine Art Zuhälter im Bruno-Kahn-Heim gegeben. Einen Studenten, der die Mädchen angeheuert hat.«

»Oh, ja, der Dottore war der Heimpimp.« Sie lachte ein böses Lachen und schüttelte verächtlich den Kopf. »Merkwürdiger Kerl war das. Der hat mit mir studiert, wir haben sogar zwei Vorlesungen zusammen besucht, aber der Typ hat rein gar nichts auf die Reihe gekriegt. Nie im Leben hat der sein Studium abgeschlossen. Die Jungs im Heim haben den geliebt, haben sich um den geschart, als wär er ein Messias, aber ich habe vom ersten Moment an so etwas Ungutes gespürt bei dem. Irgendwann wollte er mich in der Gemeinschaftsküche überreden, dass ich auch auf dieser Siebziger-Party Flyer verteile, mit fünf, sechs anderen Studentinnen, verkleidet als Village People, un…«

»Warum Village People?«, unterbrach ich sie.

»Warum wohl? Die wollten die Mädels als sexy Soldatinnen, Cowgirls und Bauarbeiterinnen sehen. Als der Dottore mir erzählt hat, dass man nach der Party ordentlich was dazuverdienen könne und dabei auch noch so mit seinen Freunden geflüstert und dämlich gegrinst hat, da ist mir klar geworden, dass die mehr wollen, als dass ich mir ein Indianerkostüm anziehe oder mich in eine Polizeiuniform aus Leder zwänge.«

»Erinnerst du dich vielleicht noch an seinen richtigen Namen?«

Sie überlegte kurz. »Nein. Alle haben den nur Dottore genannt.«

»Warum Dottore?«

»Der hat viel gekifft und noch mehr gesoffen. Und wenn er gut drauf war, hat er in der Küche immer große philosophische Reden geschwungen. Ist auf der Flohmarkt-Couch gestanden und hat gelabert. Da hat ihn eine Studentin mal Dottore genannt. Das ist ihm geblieben.«

»Die Studentin warst du.«

»Natürlich.«

»Dottore klingt italienisch.«

»Der war auch Italiener, wenn ich mich recht erinnere.«

Ich fuchtelte mit meinem Handy in der Hand. »Wenn ich dir Fotos der Drogenfahnder zeige, glaubst du, du würdest sie wiedererkennen?«

Mekateko beugte sich ein wenig vor, über eine Absperrung, um das kleine Porträt von Vlad Țepeș an der Wand zu betrachten, das von einer an einem Seil von der Decke hängenden Minilampe beleuchtet war. »Wozu?«, fragte sie leise. »Wozu, Jan?«

Ich biss mir auf die Wangen. »Ich muss wissen, welche Bullen involviert waren.«

»Was spielt es für eine Rolle? Denen kann keiner was.« Ihre Stimme schien zu versagen, sie räusperte sich, Faust vor dem Mund. »Die Studentinnen aus dem Ausland waren leichte Beute. Da stehen nicht morgen die Eltern vor der Tür. Das Bruno-Kahn-Heim wird von öffentlicher Hand gefördert, ist nur für Studierende mit einkommensschwachen Eltern. Dahin verirrt sich so gut wie nie eine Tochter aus reichem Haus. Außerdem haben die die Frauen demütigen wollen. Ich bin mir sicher, dass solche Männer Frauen hassen, und ich wäre lieber tot, als mit einem von denen auch nur einen Tag verheiratet zu sein, aber am meisten hassen sie Frauen aus anderen Ländern.«

»Du meinst, die Polizisten waren Rassisten?«

Mekateko lachte und sah mich an, als wäre ich ein Vollidiot. Ihr Lachen erstarb und wich einem traurigen Bick. »Weißt du, wenn mir jemand sagen würde, Vlad Țepeș würde diese Männer jetzt gerade töten, auf seine ganz spezielle Weise. Ich würde kein Mitleid verspüren.«

Ich holte tief Luft. »Meka.« Ich korrigierte mich, weil es sich nach all den Jahren falsch anfühlte, immer noch die Koseform ihres Vornamens zu verwenden: »Mekateko. Ich verstehe, dass du die Frage nicht beantworten möchtest, aber ich muss das jetzt wissen: Haben die Polizisten die Frauen vergewaltigt?«

Sie schnaufte verächtlich, während ich auf dem Handy mit zitternder Hand nach den Kriminalbeamten suchte. »Es spielt keine Rolle. Es wird nie ein Richter zu entscheiden haben, verstehst du? So ist die Welt. Morgen ist sie vielleicht anders, wer weiß. Aber im Moment ist sie so. Die Männer haben viel Geld für Sex geboten, und für das viele Geld haben sie gedacht …« Sie schluckte, schüttelte den Kopf. »Die haben gedacht, sie dürften alles mit den Frauen machen.«

»Viel Geld?«

»Aber hey! Knausrig waren die Herren von der Kriminalpolizei ganz sicher nicht.«

»Was heißt viel?«

»Ein Mädchen aus Südkorea ist danach sofort ausgezogen und hat sich eine Wohnung in der Altstadt gemietet. Die hat aber auch mehrere Sessions durchgestanden.«

»Sessions?« Ihr Blick zeigte mir, dass sie nichts dazu sagen würde. »Wie oft hat's diese Partys denn gegeben?«

»Die Siebziger-Fete hat jeden Monat während der Vorlesungszeit stattgefunden. Im letzten Monat des Semesters zweimal.«

»Warte.« Ich hielt sie sanft am Arm fest, zeigte ihr mein Handy mit einem Foto von Edwin Karnhof, sie aber wandte sich sofort von mir ab. »Das ist ein toter Winkel. Hier werden wir von keiner Kamera erfasst.«

»Woher willst du das wissen?«

»Ich habe lange genug in diesem Schloss gearbeitet.«

»Oh, ja. Ich erinnere mich.« Sie schmunzelte. »Jan-Peter, der Schlossaufseher.« Sie nahm mein Handy, blickte auf den Display. Ich klickte durch die Fotos, Bogner, Heinzlmaier, Karnhof und noch ein paar andere Beamte, die damals im

Dienst gestanden und eine gewisse Zeit als Drogenfahnder tätig gewesen waren. Sie gab mir das Smartphone zurück. Ich sah sie fragend an, aber sie ging schweigend weiter.

Wir kamen zu Masken aus der Zeit der Türkenkriege. Der Gedanke, einer Horde von Kriegern auf Pferden zu begegnen, die solche Masken trugen, war furchteinflößend. »Wer von denen war dabei? Oder haben die etwa auch solche Dinger getragen? Wie in einem Horrorfilm?«

Sie stockte. »Ich muss in einer Dreiviertelstunde pünktlich beim Kindergarten sein. Und mein Auto steht im Parkverbot.«

»Das waren die Polizisten, ja?« Ich klopfte auf das Display meines Handys. »Das kannst du mir doch sagen, ob einer der Männer dabei war.«

»Ein paar von den Dreckskerlen haben Masken getragen. Der Rest nicht. Die waren sich alle sicher, dass ihnen nichts geschehen würde. Dass ihnen keiner was anhaben könnte. Ich werde dir aber sicher keine Namen nennen, Jan.«

»Ich will keine Namen. Ich möchte doch nur wissen, ob bei den Beamten, die ich dir gezeigt habe, welche dabei waren, d…«

»Ja. Zwei. Zwei von denen waren dabei. Eine Frau übrigens auch.«

Schnell suchte ich ein Foto von Biljana Wernicke. Mekatekos Miene verriet, dass ich einen Volltreffer gelandet hatte. Ich wischte zu einem Foto von Eduard Veith und sah sie fragend an. »Der nicht.« Sie schüttelte den Kopf. »Ich will nicht wissen, wie du auf die Geschichte gestoßen bist. Ich will nicht wissen, was du damit vorhast. Aber lass mich aus dem Spiel. Ich werde keine Aussage machen. Du wirst keiner Menschenseele meinen Namen nennen. Ich glaube nicht, dass du abschätzen kannst, wie mächtig die Leute im Hintergrund sind.«

Sie ging weiter. Ich stand vor einem riesigen Schlachtengemälde, bärtige Männer gegen bärtige Männer, Speere durchstachen Hälse, Muskeln und Augen, Schwerter zerfetzten Menschen, teilten Köpfe, trennten Körperteile. Für Augenblicke konnte ich mich nicht davon losreißen. Da kam Mekateko zurück. Musterte mich. »Hast du Kinder, Jan? Ich habe drei Kinder. Wäre ich alleine, wäre einiges anders. Es sind viele Jahre vergangen. Diese Männer haben mich einmal verletzt, ich werde nicht erlauben, dass sie es ein zweites Mal tun. Und schon gar nicht werde ich erlauben, dass sie meiner Familie wehtun, hast du das verstanden?«

Ich schwieg.

»Wenn man einem Menschen, der dringend Geld braucht, sehr, sehr viel Geld bietet und anfängt, diesen Menschen auf alle möglichen Arten zu erniedrigen, schreit so ein Mensch dann: Stopp!? Sagt eine junge Frau dann: Egal, was ihr zahlt, ich lasse das nicht mit mir machen, oder sagt sie: Jetzt habe ich schon zwanzig, dreißig Minuten durchgestanden, lieber nochmal dreißig Minuten Hölle, als leer auszusteigen. Und wie ich schon gesagt habe, diese Polizisten haben mit Geld nur so um sich geworfen.«

Und wieder ließ sie mich stehen und eilte davon. Ich starrte auf den geschnitzten Tod. Memento mori. Ich hörte ihre Stöckelschuhe auf dem Holzboden klappern, hörte, dass sie hinausging, konnte ihre Schritte noch auf dem Balkon vernehmen, von dem aus eine Treppe hinunter in die Kammern mit den Ritterrüstungen führte.

Ich suchte sie auf dem Gelände, auch in dem Nebentrakt und im Museumsshop beim Kasseneingang, und fand sie schließlich im Schlossgarten. Kies knirschte unter meinen

Schuhen. Sie stand vor dem großen, runden Brunnen, und ich fing an, von Haddah und Owusu und Kwabena zu erzählen. Und dass Wernicke diejenige war, die die beiden angeblichen Einbrecher in angeblicher Notwehr erschossen hatte.

Sie biss sich auf die Unterlippe. »Woher weißt du das alles nur?«

»Schon mal vom Trio Infernale gehört?«

Und dann plauderte ich alles aus, was ich wusste, alles, was Haddah und ich so spekulierten, alles, was Eduard Veith angedeutet hatte, und Mekateko hörte aufmerksam zu, stellte nur hie und da Fragen, wenn etwas unklar war. Als ich geendet hatte, sagte sie »Aha« und zog sich den dünnen Seidenschal vor den Mund. Ein Pärchen kam durch den Rundbogen, der mit Efeu bewachsen war, Mekateko sprach so, dass sie uns nicht verstehen konnten. »Wenn ihr die hochnehmen wollt, müsst ihr sie auf mehreren Ebenen attackieren. Dazu braucht ihr Vollprofis an eurer Seite, ist euch das klar? Überregionale Journalisten, die richtig was draufhaben und gut vernetzt sind und so weiter. Ansonsten habt ihr keine Chance, dass da was Gutes rauskommt. Und es ist auch gefährlich, ich hoffe, das ist euch bewusst.«

»Ich kann mich in einen Feind verbeißen«, sagte ich. »Du solltest mich nicht unterschätzen, nur weil ich keinen Topjob habe. Ich weiß, ich seh wie ein Loser aus und stink heut auch wie einer, ab...«

Sie legte ihre Hand auf meinen Oberarm. »Ich unterschätze dich kein bisschen, Jan. Ich bewundere dich dafür, dass du dein Ding durchgezogen hast und Schriftsteller geworden bist. Ich benötige aber auch keinen White Savior, verstehst du? Wir haben es nicht mit drei verdorbenen Früchten in einer hübschen, großen Schale Obst zu tun. Das sind nicht Einzelfälle, die man schnell aussortieren kann, und alles ist wieder gut. Vergiss das, vergiss das ganz schnell.« Ich sah sie fragend an, sie seufzte theatralisch, als wäre ich schwer von Begriff. »Unser System funktioniert. Uh, ja, wie geschmiert funktioniert es. Nur nicht für alle. Für manche ist es auch morsch und faul. Ist es verrottet.« Sie nahm ihre Hand wieder von mir. »Die haben alle davon gewusst in der Stadt. Von der Polizei über den Heimleiter bis zu den feinen Herren im Rathaus, alle. Und in dem Moment, da du anfängst, darüber zu erzählen, werden die sauberen Herrschaften stramm in einer Reihe stehen und dich zum Staatsfeind Nummer eins erklären. Du wirst der Nestbeschmutzer und die Täter werden Opfer sein. Und hinter vorgehaltenen Händen werden sie schmutzige Witze reißen über das, was damals abgelaufen ist, sich auf die Schenkel klopfen und nur auf die Gelegenheit warten, die Opfer von damals nochmals fertigzumachen. Sie nochmals zu demütigen und zu erniedrigen.«

»Das können nicht alle gewusst haben, das kann doch nicht sein, das d…«

»Die haben das vielleicht nicht alle gut gefunden«, unterbrach sie mich. »Einige mögen sogar geschimpft haben und sich geekelt, das kann schon sein, aber die Sache untersucht, etwas getan, nein, das hat niemand. Und warum nicht? Weil manche Menschenleben nichts wert sind und weil es sich ja gut lebt mit seinen Privilegien, wer gibt schon gerne was von seiner Macht und seinem Geld ab?« Sie hielt abrupt inne, sah zu Boden, holte tief Luft. »Es hat auch einen Selbstmord gegeben. Eine der Studentinnen, die auf der Party war, hat sich Monate später umgebracht. Lucia. Eine Pharmaziestudentin aus Bukarest. Ich w…«

Sie sprach nicht weiter, also fragte ich: »Und du bist dir sicher, dass da ein direkter Zusammenhang besteht?«

Sie zog die Mundwinkel nach unten. »Beweisen kann ich

das nicht. Aber alles, was ich über Lucia weiß, deutet darauf hin.« Sie sah auf ihr Handy. »Ich muss jetzt gehen. Viel Glück, Jan.«

Sie ließ mich stehen und machte sich auf den Weg zum Parkplatz. Selbst auf dem Kiesweg schritt sie noch problemlos auf den Stöckelschuhen. Dieses Mal folgte ich ihr nicht.

Sie drehte sich aber noch einmal um und rief: »Guiseppe!« Und weil ich fragend die Arme hob: »Der Name des Zuhälters war Guiseppe!«

Ich spazierte noch eine ganze Weile durch den Schlosspark, zu dem man über die beiden Haupttore der Schlossanlage gelangt, tief in Gedanken versunken. Ich schrieb Haddah und gab ihr eine Zusammenfassung meines Treffens mit Mekateko. Danach bat ich Maria von 118 so hartnäckig um ein Treffen, bombardierte sie mit Nachrichten, bis sich mich überall blockierte, wo sie mich nur blockieren konnte. Ich fand schließlich nach stundenlanger Suche ihre Mailadresse auf einer Tarot-Plattform, aber es war alles vergeblich, sie wollte mich nicht treffen, selbst als ich ihr hoch und heilig versprach, dass es wirklich nur um das Bruno-Kahn-Heim ginge, nicht um den Mord an Angelika: es ist einfach nicht gut, wenn wir zwei uns sehen, jan-petzi. bitte hör auf, mich zu stalken! ich werde dich nie wiedersehen.

Ich tippte eine Nachricht an Delma: du bist der boss. ich akzeptiere, was immer du vorschlägst. aber du musst wissen, dass ich dein lachen und deine stimme verdammt vermisse. dass ich hier feststecke, hat seine gründe. ich hoffe, dir eines tages alles erklären zu können. und ich hoffe, dass du mich dann verstehst.

Ich textete Eduard, als ich gerade vor meinem Frühstück im Wohnzimmer saß, während draußen die Sieben-Uhr-Straßenbahn vorbeirasselte: du hast haddah erzählt, dass du nicht wüsstest, was drogenfahnder im bruno kahn mit studentinnen aufgeführt haben, aber ich bin mir sicher, du hast damals irgendwas mitbekommen. treffen? sag mir wann und wo. nur du und ich.

harrgott, ruf doch den bogner an, der war damals in der abteilung! frag den! ich weiß darüber nix, jan. alles, was ich weiß: dass deine kopftuchfreundin ordentlich auf die tube drückt. findest du das gut?

??

im internet.

??

nicht gesehen? neues video von der feinen lady!!

Nicht schon wieder, dachte ich mir. Nicht schon wieder.

Dieses Mal stand Haddah auf der Spitze der Sprungschanze, allein der imposante Ausblick auf das Tal und die gegenüberliegende Bergkette machte enormen Eindruck. Alles in HD, der Wind blies so heftig, dass sie eine Hand auf ihren Kopf legen musste, damit das Kopftuch nicht davonwehte, trotzdem war der Ton einwandfrei, fast gänzlich ohne Rauschen, was ein kleines technisches Kunststück war. Branko stand neben ihr, mit ernster Miene, Sonnenbrille und verschränkten Armen, Kapuze über dem Kopf.

»Da unten im Tal liegt eine krasse Stadt, das kann ich euch sagen, Mann, Leute, es ist fast unwirklich, schaut euch doch um.« Sie schwenkt ihre Handykamera nach allen Richtungen. »Die gigantische Bergkette, die beeindruckende Altstadt, die schicken, kleinen Geschäfte, die unzähligen gemütlichen Cafés und geilen Lokale, und man kann am Flussufer so was von chillen und relaxen, dass einem das Herz nur so aufgeht dabei. Und ich sag's euch, der Fluss ist grün, so grün wie kein anderer Fluss im ganzen Land, leider darf man darin nicht schwimmen, aber manchmal sieht man illegale Surfer, o ja, Flusssurfer, ich schwör« – Cut, Haddah etwa in Höhe der Mitte des Anlaufs – »Aber jetzt kommt der Hammer, Leute, weil man ja glaubt, es wäre alles gut hier, schön hier, locker hier, mit einer Luft da oben auf den Almen, wie es sie nirgendwo sonst gibt, ich schwör.« Sie sitzt nun auf dem Schanzentisch, lässt die Beine baumeln. »Aber die Stadt birgt ein dunkles, böses Geheimnis. Auch nach über sechzehn Jahren weiß man nicht, wer der Mörder der Studentin Angelika Reitmann ist, und ich streife für euch durch die Stadt und höre Geschichten und suche Geheimnisse, die uns die Juninacht im Sommer 2000 am Flussufer erklären können. Und ich sag's euch, einiges ist so Hammer, dass mir jetzt das Herz klopft, und zwar richtig krass stark hämmert das vor Aufregung.« Sie flüstert mit theatralisch aufgerissenen Augen. »Jemand tötet eine junge Studentin, und vielleicht weiß ein Mann, der mittlerweile vierundvierzig Jahre alt ist, mehr, als er zugibt, ihr kennt ihn schon von meinem letzten Video, und ab heute nenne ich ihn nur Klabautermann, ja, einfach nur Klabautermann, und jetzt kommt mit mir mit, ihr Lieben.« Sie steht nun am Flussufer, hinter ihr kann man noch den obersten Stock des Studentenheims Rathenau sehen. »25. Juni 2000, große Outdoor-Heimparty, Angelika Reitmann überlebt sie nicht, es gibt in über sechzehn Jahren nicht eine einzige Festnahme, niemals auch nur einen Verdächtigen in U-Haft, alles mysteriös, undurchsichtig, nur Gerüchte, nur Off-the-record-Storys, aber jetzt verliert ein Mann, eben jener Klabautermann, sein Alibi, und wenn ein Mann sein Alibi verliert, muss er eine Menge Fragen beantworten, vor allem wenn er sich Stunden vor dem Mord einen heftigen Streit mit dem Opfer liefert.« Die Kamera wackelt, das Bild ist düster jetzt, viel dunkler als noch auf der Sprungschanze. »Der Klabautermann verbringt die Tatzeit angeblich mit seiner damaligen Freundin, aber die sagt jetzt, sie sei sich nicht mehr sicher, und wie soll man sich auch sicher sein, dass jemand etwas tut oder nicht tut, während man schläft, klaro. Eine Heimbewohnerin von damals behauptet gar, sie könne bezeugen, der Klabautermann sei raus auf den Parkplatz, ungefähr zur Tatzeit, wer mir folgt, weiß das alles schon vom letzten Video, wer Fine Lady noch nicht folgt, sollte das jetzt schleunigst tun, ihr seid nur einen Klick davon entfernt.« Sie lächelt. »Ich möchte auch gar nicht urteilen, warum jemand so etwas sechzehn Jahre verheimlicht, but here we go. Was man mit Sicherheit weiß: Ein mysteriöser Anruf erreicht den Klabautermann, kurz bevor er das Heim nochmals verlässt. Wer ruft ihn an? Was erzählt man ihm? Ich bleibe dabei: Ich glaube das Gerücht, dass es Angelika Reitmann ist, die ihn anruft, niemand anderer macht Sinn.« Sie ist nun bei der Tankstelle, sie geht den Weg, den Geli angeblich genommen hat bis zum Tatort, labert Zeug, wie unheimlich das alles sei, hardcore!, mysteriös!, ultrakrass!, bis ihr Video unterbrochen wird, weil nun mehrere Fotos erscheinen. »Und jetzt, meine Lieben, schaut euch die Fotos des Klabautermanns mit Angelika Reitmann an, wer von euch kann nicht sehen, dass zwischen den beiden was läuft? Dass da Funken sprühen?« Sie hat leider recht, die Fotos verraten alles. »Ihr Süßen, es ist mir wichtig, das zu betonen: Ich sage nicht, dass der Klabautermann der Täter ist, das ist wichtig, Leute, es gibt noch keinen Beweis, alles, was ich sage, ist, dass es nun ein paar gewichtige Indizien gibt, die in seine Richtung deuten, findet ihr nicht auch?«

Sie ist am Tatort jetzt, exakt an der Stelle, an der man Geli gefunden hat. »Genau hier ist Angelika Reitmann gestorben.« Man hört Haddahs Atmen, sie stellt eine Kerze auf den Boden. »Dass der Mörder noch frei rumläuft … dass er die Sonne genießen kann und feiern, ja, dass Angelika Reitmann tot ist und der Kerl ein Leben hat, Leute!« Sie dreht die Handykamera, Haddah hat Tränen in den Augen, eine besonders große kullert über ihre Wange. »Das killt mich, es killt mich, Leute, es killt mich« – Schnitt, Haddah in der Straßenbahn, Haddah flüstert – »Und jetzt kommt der Oberhammer, Fine Lady hat etwas für euch, und es ist so groß, dass deswegen eigentlich ein Cold-Case-Team eingesetzt werden müsste. Hört mir zu.« Sie hält die Kamera ganz nahe an ihren Mund, es wirkt weniger theatralisch, als ich es mir wünschen würde, es wirkt leider verdammt überzeugend und echt. »Angelika Reitmann hat vierundzwanzig Stunden vor der Heimparty mit ihrem Zürcher Freund Schluss gemacht. Das hat sie in der Mordnacht einer Heimbewohnerin erzählt. Ich habe die Aussage auf Tape, die Zeugin ist hundertpro glaubwürdig, zero doubts, aber echt. Aber warum macht Angelika Schluss laut der Zeugin?« – ihre Augen wieder so groß – »Weil sie eine Affäre mit dem Klabautermann hat, der seinerseits verspricht, mit seiner Freundin Schluss zu machen. Ha!« Sie schnippt vor Aufregung mit den Fingern. »Der Klabautermann und Angelika beschließen am Tag vor dem Mord, ihre Beziehungen – Angelika mit ihrem Freund aus Zürich, der Klabautermann mit seiner Freundin S. – zu beenden, weil sie ineinander verliebt sind. Irgendwas aber läuft an dem Tag nicht nach Plan. Irgendwas geht schief. Deshalb der heftige Streit in der Küche im ersten Stock, der in den Foren so viel diskutiert wird. Deshalb vielleicht ein Folgestreit draußen auf dem Parkplatz. Gegen zwei Uhr nachts. Kurz vor Angelikas Tod.« Ein Foto von Eduard wird eingeblendet, wie er gerade aus der Minikarre steigt, fetter Balken über den Augen. »Ich habe auch mit einem ehemaligen Kripobeamten, dem ersten Chefermittler, Rücksprache gehalten, er hat bestätigt, dass die Angelika sich von ihrem Freund am Tag zuvor getrennt hat. Es sei aber nie an die große Glocke gehängt worden, weil man keine Verbindung zu dem Mord gesehen hat. Den Freund hätte man wie sein Umfeld gründlich abgeklopft. Da hätte man absolut nichts gefunden.« Sie flüstert nur noch. »Ihr seht: Ich finde, was keiner sonst findet. Und bald mehr. Sehr bald mehr. Ich werde diesen Fall lösen. Versprochen.«

Das Handy glitt mir aus der Hand, ich lehnte mich zurück, schloss die Augen. Es dauerte, ehe ich mich wieder gefangen hatte und ich Haddah eine Nachricht schreiben konnte: du verdammte hure! dieses mal nehme ich mir einen anwalt, ich mach dich fertig, ich schwör!

Eine Sprachnachricht als Antwort. Haddahs Stimme so ruhig, als würde sie mir erzählen, was es heute im Supermarkt um die Ecke im Sonderangebot gibt. »Schreib mir, wenn du wieder relaxt bist. Und so pleite wie du bist, kannst du dir höchstens die Straßenbahnfahrt zu einem Anwalt leisten. Und noch was: Hör auf, Hure als Schimpfwort zu benutzen, du verunglimpfst damit Sexarbeiterinnen.«

Ich blockierte sie auf allen Apps. Ich blockierte ihre Nummer. Ich löschte sie von meinem Handy. Aber ich war so wütend, so aufgewühlt, dass ich den Kontakt aufs Neue speicherte und ihr doch wieder schrieb: warum?! ich verstehe dich nicht!

Zehn Minuten später schrieb sie: sikorsky-areal, 15.30

fuck off! wir sehen uns niemals wieder. ich schwör bei gott.

sikorsky-areal, 15.30

du glaubst nicht, dass ich es gewesen bin, aber verbreitest diesen scheißdreck.

sikorsky, 15.30

fiiiiiiick dich, biiiiiiitch!!!!!!! und woher hast du die fotos? woher?! die hat niemand außer mir!!! niemand!!!

es fehlt genau noch 1 ausrufezeichen zu 1 herzinfarkt. calm down. please.

Am Nachmittag, als ich mich etwas beruhigt hatte, rief ich Delma an. Aber sie drückte meinen Anruf mehrmals weg. Als Antwort nur eine Nachricht: du bist ein meister der schönen worte. aber du steckst immer noch in deiner alten stadt. du weißt nicht von meinem heimweh in diesen tagen, jan. ich vermisse meine familie, meine freundinnen, ich vermisse es, meine sprache zu hören, ich vermisse das essen. ps: ich gebe zu: das essen am allermeisten

Etwas später eine Nachricht von Mekateko. Ein etwas unscharfes Foto von einem Heimfest im Bruno-Kahn-Heim, eine Gruppe von acht Studenten, in der Mitte ein Mann, der über beide Ohren grinst, markiert mit einem dicken schwarzen Pfeil, bei dessen Anblick ich mir sofort dachte: Ich habe den schon einmal irgendwo gesehen. Ich schätzte ihn als klein bis mittelgroß ein, etwas zwischen einssiebzig und einsfünfundsiebzig, er war leicht korpulent, großer, runder Lockenkopf und Dreitagesbart. Über dem Pfeil stand: Dottore.

etwas unscharf, hast du vielleicht noch ein anderes foto?

vielleicht. wenn ich einmal zeit habe, suche ich danach.

Ich vergrößerte das Foto, was sein Gesicht völlig verschwommen erscheinen ließ. »Ciao, Dottore, hässliches Matschgesicht.« Ich winkte ihm. »Ich freu mich, deine Bekanntschaft zu machen. Du wirst dich weniger freuen, das verspreche ich dir.«

Haddah saß mit angezogenen Beinen auf einem Felsen am Ufer, viel zu nahe am trüben Wasser, ihre Jacke als Sitzpolster. Das Sikorsky-Areal war umgeben von Firmengeländen, die meisten abgeriegelt durch Maschendrahtzäune und Mauern, eine hässliche, feindliche Gegend. Unweit von hier, in südlicher Richtung, führte die Autobahn an der Stadt vorbei. Haddah sang lautstark, mit EarPods in den Ohren. Ich sah mich nach Branko um, aber wenn er sich nicht hinter einem der großen Steinbrocken am Ufer versteckte, war sie wohl alleine.

I fly like paper, get high like planes
If you catch me at the border I got visas in my name
If you come around here, I make 'em all day
I get one done in a second if you wait

Sie erschrak, als sie mich am Geländer oben bemerkte. Sie stoppte abrupt und riss die EarPods von ihren Ohren, vielleicht, weil ihr mein Blick verriet, wie wütend ich war. Sie stand auf, drehte sich zu mir, hob ihre Hände, als wolle sie mich beruhigen. »Ich weiß, du läufst heiß. Ich weiß, du würdest mich am liebsten erwürgen.«

»Wenn ich doch der Mörder von Angelika Reitmann bin, was für einen Unterschied macht's? Hm? Ich sollte dir in den fetten Arsch treten und dich im Fluss ertrinken lassen.«

»Du checkst es nicht. Du kannst meinen Plan einfach nicht verstehen.«

»Nein!« Ich hob die Arme. »Nein, Haddah! Deinen Plan verstehe ich nicht!«

»Du musst nicht so brüllen, ich kann dich sehr gut hören.«

»Du fickst mich jetzt schon zum zweiten Mal! Kapierst du das denn nicht? Du zielst ja nur auf mich! Warum bringst du nicht den Flo von 214 ins Spiel? Warum nicht die beiden mysteriösen Unbekannten, die die Altenpflegerin gesehen hat? Irgendwen. Von mir aus einen Alien oder Heimgeist. Du kannst deinen Fans doch alles verkaufen, die fressen dir aus der Hand! Warum wirfst du ausgerechnet mich den Wölfen zum Fraß vor?! Warum?!«

Sie hatte Mühe, das kleine Stückchen Böschung heraufzuklettern, aber ich bot ihr meine Hand nicht an. Als sie fast oben war, rutschte sie ab, drei, vier Meter, bis sie Halt auf den großen Steinen direkt am Wasser hatte. »Fokk me«, fluchte sie, stand auf und versuchte, den Dreck von ihrer Hose zu streifen.

Ich stieg über das Geländer aus Holz und rutschte runter zu ihr. Meine Schuhe versanken in feuchtem Morast, Haddahs sahen aber noch schlimmer aus. »Deine Sneakers sind am Arsch«, sagte ich, unverhohlen freudig.

»Deine Nerven auch. Krieg dich mal wieder ein, bleachshit, sonst kriegst du wirklich noch einen Herzinfarkt, alter Mann. Ich beatme dich nicht Mund zu Mund, ich mache keine Herzmassage, ich lasse dich hier sterben.«

»Fine Lady«, ich lachte höhnisch, »Fine Lady?! Fine Lady, my ass. Du bist eine hinterhältige, falsche Fotze.«

Sie schluckte. Starrte mich finster an. »Ich bin schuld? Bist du dir sicher? Warum lügst du so viel? Ein Mensch wird ermordet und du lügst. Und lügst. Und lügst. Und nach all den Jahren kommt langsam die Wahrheit ans Licht, aber du packst immer noch nicht aus. O nein, du bist nicht schuldig, nur weil du lügst. Aber ein Idiot. Denn Maria lügt nicht. Ich schaue in ihre Augen und ich weiß, sie lügt nicht.«

Ich holte tief Luft. Es stank hier draußen. Es stank nach verbranntem Plastik, Abgasen und der Brauerei in der Nähe. »Warum?« Ich hob verzweifelt die Arme. »Warum, Fine Lady? Ich versteh's einfach nicht. Ich helf dir bei dieser Scheißgeschichte vom Ostring«, ich schnippte mit meinen Fingern vor ihrer Nase, »und du gibst mir nicht einmal die Chance, mich zu verteidigen. Wenn du mich schon fertigmachen willst, dann tu's face to face. Dann schleich dich nicht von hinten an mich ran und ramm mir das Messer in den Rücken.«

»Ich sag doch immer, they never see me coming.« Sie machte trotzig ihr Gangzeichen. »Ich bin nicht so, wie du die kleine, junge Schwarze mit dem Kopftuch gerne haben willst. Du hast kein Problem mit mir, mit meiner Hautfarbe, meiner Religion, o nein, überhaupt nicht, aber nur, solange ich handzahm bin, solange ich brav das tue, was du dir wünschst.« Sie schüttelte den Kopf. »Ich bin auch nicht Mama. Ich kenne sie ja gar nicht. Ich bin ich. Und ich bin, wie ich sein will.«

Ich schmiss einen handgroßen Stein in das Wasser. »Wie bist du überhaupt an meine Fotos gekommen? Hm? Beantworte mir diese eine Frage, Haddah. Wann hast du meine Fotos gestohlen?«

»Bleachshit.« Sie klatschte in die Hände. »Was laberst du? Was laberst du über Nichtigkeiten? Es gibt eine Verbindung. Die Vergewaltigungen im Bruno-Kahn-Heim, wer ist dabei? Das Trio Infernale. Zwei ermordete Studenten am Ostring, wer ist dabei? Biljana Wernicke vom Trio Infernale. Der Mordfall Angelika Reitmann, wer ermittelt?« Sie hob theatralisch ihre Arme. »Biljana Wernicke und Dushan Bogner.

Überall tauchen diese verdammten Guras auf. Überall, wo es stinkt, sind sie an der Front. Trio Fokking Infernale!«

»Nein, nein, es geht jetzt nicht um die Bullen, Haddah. Es geht im Moment nur um uns. Du postest geklaute Fotos. Fotos, auf denen ein Mordopfer zu sehen ist. Das ist ehrenvoll, Haddah.« Ich applaudierte höhnisch. »Bist eine echte Ehrenfrau, Fine Lady. Glaubst du, deine Mutter wäre stolz auf dich? Die wü...«

»Lass Mama aus dem Spiel, du Scheißkerl!«

»Antworte mir. Wäre sie sto...«

»Halt deine Klappe!« Dann wandte sie sich dem Wasser und den Bergen zu, sie atmete schwer, ihre Oberlippe zitterte. »Es ist nicht voll korrekt, ich weiß. Es ist vielleicht gar nicht korrekt, o. k.? Willst du das hören? Aber ich habe ein Ziel. Und das werde ich erreichen, koste es, was es wolle.« Sie zupfte an ihrem Kopftuch, sodass ich von der Seite nicht länger ihr Gesicht sehen konnte. »Es kommt der Tag, an dem ich in einem Video die Geschichte von Kwabena und Owusu erzähle, und dann wird die Welt schweigen und mir zuhören. Verstehst du? Ich rede, und sie hören zu. Ich mach sie bloß geil, ich mach sie scharf mit der Angelika-Reitmann-Story, bleachshit. Nur so kriege ich, was ich will. Nur so werden die Mächtigen nicht länger ignorieren, was ich zu sagen habe, nur so kommen sie nicht länger durch mit ihren Lügen.«

»Aber du bringst mich damit in Gefahr, Haddah.« Meine Stimme war schon ein bisschen heiser vor lauter Schreien. »Verdammt nochmal, du bist doch eine kluge Frau, warum kapierst du das nicht? Was denkt sich die Reitmann nach so einem Video, hm? Was, wenn die sich jetzt sicher ist, dass ich es war, und mich mit einem Auto überfahren lässt? Was, wenn sie Delma von der Nacht in München er...«

Sie grinste. »Also doch!«

»Nein! Nein, Haddah. Da war nichts.«

»Ich glaube schon.«

»Nein, verdammt nochmal! Aber wie soll ich das meiner Frau beweisen? Die ist eh schon im Vollkrisen-Modus.«

»Wenn da nichts läuft auf dem Hotelzimmer mit der Süßen, dann kann sie's ja deiner Frau erzählen. Dann hast du ja die perfekte Zeugin. Was machst du dir in die Hosen?«

»Die Reitmann ist reich. Die ist schweinereich. Die kann Beweise fälschen. Die kann der Frau etwas zahlen, damit sie irgendwas behauptet. Die kann mich fertigmachen, hast du denn nicht gehört, was der Veith uns erzählt hat?«

»Aye, lass dir mal Eier wachsen, Jan. Und zwar schnell, du hast ständig Angst, bist permanent in Panik, was bist du für ein Kerl, sag mal?« Sie zog ein Fläschchen aus ihrer Jackentasche und schüttelte es. »Nog hilft beim Wachsen.« Sie öffnete es, nahm große Schlucke, reichte es mir. »Das hilft dir, ein bisschen runterzukommen.«

Ich nahm ein paar Schlucke, wollte ihr das Fläschchen zurückgeben, aber sie lehnte ab, also trank ich es leer. Ich verschluckte mich beinahe, als sie sagte: »Das ist ja so typisch Mann.« Sie wandte sich zu mir und deutete mit ihrem Zeigefinger auf mich. »Warum könnt ihr nie mit einer Frau zufrieden sein? Warum braucht ihr immer mehr? Immer noch einen Flirt? Immer noch eine Affäre, einen One-Night-Stand?« Ich wollte Einspruch erheben, aber sie war nun auch laut. »O. k., o. k. Du verliebst dich in die Geli. Das passiert. Dafür kannst du nichts. Aber dann geh zu deiner Stella und sag ihr ins Gesicht: Mein verfickter Schwanz möchte jetzt eine andere Pussy, mach's gut, es war schön, jetzt ist's vorbei, und tschüss.«

»Mein verficktes Herz wollte eine andere, Haddah. Mein

Herz.« Ich hob kapitulierend die Arme. »Ich wollte der Stella nicht wehtun. Sie hat mir an dem Tag so leidgetan, ich hab's nicht geschafft, Schluss zu machen. Ich hab's einfach nicht geschafft. Ich bin vier-, fünfmal vor ihrem Zimmer gestanden, wollte klopfen, aber ...« Ich hielt inne. »Die Geli hat mit ihrem Freund Schluss gemacht, wie's ausgemacht war. Und ich sitz da in der Küche mit der Stella. Sie ist ausgeflippt, aber hat mich nicht verraten. Sie hat mich vor allen fertiggemacht, weil sie so frustriert war. Und ich Trottel habe volle Pulle Kontra gegeben. Nicht wegen ihr. Wegen mir. Ich war wütend auf mich selber. Wütend über meine Feigheit.«

»Du weißt nicht, ob du der Mörder bist.« Sie lächelte traurig. »Du hast Zweifel an deiner Unschuld. Das macht dich kaputt. Das macht dich total kaputt, bleachshit. Meine Videos haben damit gar nichts zu tun.«

»Aber du weißt doch, dass ich es nicht war«, sagte ich, beinahe verzweifelt. »Du glaubst doch gar nicht, was du deinen Fans erzählst.«

»Ich weiß, wozu du fähig bist«, sagte sie. »Ich kenne die Geschichte von der Unterführung. Dass ein Mann einen Schneidezahn weniger hat dank dir. Glorreiche Heldentaten, von denen Maria da erzählt.«

»Das wa...« Ich verstummte, weil ich nicht verstand, wie Maria von der Geschichte wissen konnte, ich war mir doch so sicher gewesen, nie jemandem davon erzählt zu haben. »Der Kerl hat mir grundlos ins Gesicht gespuckt.«

»Dann spuck zurück. Schlag ihm keinen Zahn aus.«

In dem Moment spielte ihr Handy eine Melodie und sie nahm den Anruf an, sprach leise, sodass ich sie nicht verstehen konnte.

Ich glotzte müde in das Wasser. Dreckig schien es hier

draußen. Grau, nicht grün wie in der Innenstadt und im Osten. »Auf Nimmerwiedersehen, Fine Lady«, sagte ich schließlich, aber sie ignorierte mich, tief in ihr Gespräch versunken.

Ich mühte mich den rutschigen Abhang hoch, da rief sie nach mir. »Jetzt warte doch, Jan.« Ihre Stimme war laut, bestimmend, ich stieg schnaufend über den morschen Holzbalken, der als Geländer diente. »Deine Frau fliegt nach Amerika.«

Ich war mit einem Bein über dem Balken, setzte mich auf das Holz und drehte mich zu ihr. »Was soll das denn heißen?«

»Sie hat es mir gerade erzählt. In drei Stunden fliegt ihre Maschine.«

»Du hast Kontakt mit Delma?«

»Ist das schlimm?«, fragte sie lächelnd.

Schon war ich wieder auf der anderen Seite. Haddah sah hoch zu mir und erkannte wohl die Gefahr. »Jetzt schalt mal schnell wieder einen Gang runter, du zorniger alter Mann. Ich erzähle ihr ja, dass ich nicht glaube, dass du der Mörder bist. Ich sage ihr, dass ich glaube, dass du ein bisschen kompliziert und schräg bist, aber im Grunde ein lieber Kerl, verstehst du? Nichts anderes.«

Ich stolperte und rutschte den Abhang hinunter, wir stießen zusammen, weil ich nicht rechtzeitig bremsen konnte. Dass Delma das Land verlassen wollte, war ein schlechtes Zeichen. Sie hatte Vorlesungen, Seminare und Prüfungen, sie konnte jetzt unmöglich eine Pause einlegen. Es konnte nur bedeuten, dass es ihr nicht gutging. Dass es ihr richtig dreckig ging. Wegen mir. Wegen was denn sonst?

Haddah erschrak, wir hielten uns beide an uns fest, um nicht das Gleichgewicht zu verlieren und ins Wasser zu stürzen.

»Hast du ihr erzählt?«, fragte ich, außer Atem. »Von der Nacht im Hotel in München? Hast du ihr irgendwas davon erzählt?«

»Spinnst du?« – ihre dunklen Augen groß – »Warum sollte ich?«

»Du hast ihr's erzählt. Sonst würde sie nicht abhauen.« Ich packte sie grob am Arm. »Du hast es ihr erzählt. Du verfickte Schlange.«

»Fokk you!« Sie schubste mich von sich weg, ohne dass sie sich von meiner Hand befreien konnte. »Fokk you, bleachshit! Finger weg! Greif mich nicht an! Greif mich niemals an!«

Ich ließ sie los, entriss ihr aber das Handy, wollte den steilen, kurzen Hang wieder hoch, aber Haddah boxte mich, unerwartet hart und grob, ich rutschte aus und fiel auf die Knie in den nassen Dreck, und da war dieser Gestank, der einem bis ins Hirn zog, sich dort festklammerte, dieser gotterbärmliche Gestank, ich sprang auf und schubste sie, nicht besonders fest, aber doch heftiger als gewollt, sie machte einen kleinen Schritt zurück, und da war nichts mehr, kein Stein, kein Sand, kein fester Boden, sie stürzte rücklings in den Fluss, und selbst an der Stelle unmittelbar am Ufer war das Wasser so tief, dass sie keine Chance auf Halt hatte. Geistesgegenwärtig sprang ich sofort auf den großen Stein, der ihr am nächsten war, versuchte, ihr meine Hand zu reichen, aber sie war wohl so schockiert, dass sie gar nicht reagieren konnte.

»Hey!« Ich griff panisch nach einem längeren Ast, der dort lag, aber er brach schon entzwei, als ich ihn bloß ein wenig anhob. »Haddah!«

Ich sprang von dem Stein rechts in ein Stückchen Sandbank, um sofort tief im Sand zu versinken, also ließ ich mich ruckartig zurückfallen, um nicht steckenzubleiben, konnte mich so im letzten Moment befreien.

Haddah trieb für ein paar Sekunden in einem Strudel, bewegte sich kaum von der Stelle, obwohl nur wenige Meter von ihr entfernt eine starke Strömung herrschte, das Wasser fast lautlos, aber in hoher Geschwindigkeit floss. Ihr Hijab löste sich von ihrem Kopf, dann tauchte sie unter, nur für einen Moment, aber es reichte, mir klarzumachen, dass jede Sekunde, die verging, sie ihrem Tod näher brachte.

Ich war zurück auf den Beinen und hätte ins Wasser sollen, versuchen, Haddah zurück ans Ufer zu bringen, aber ich war zu feig. Ich wusste, sie würde es alleine niemals schaffen, ans Ufer zu kommen, aber ich sprang nicht. Ich war ein ordentlicher, aber kein guter Schwimmer. Stieg ich jetzt in den Fluss, würden wir ihn beide als Leichen verlassen.

Und dann trieb die Strömung sie auch schon davon, und obwohl sie überhaupt nicht zu schwimmen schien, blieb ihr Kopf doch über Wasser.

Ich hetzte den schmalen Streifen am Ufer entlang, kam dabei manchmal knietief in seichtes Gewässer, aber ich verlor Haddah schon nach wenigen Metern aus den Augen. Äste und undefinierbarer Müll, der sich dort verfangen hatte, zerkratzten mein Gesicht, am Ufer befanden sich riesige Gesteinsbrocken, ein künstlich errichteter Wall gegen Hochwasser, der mir das Fortkommen erschwerte.

Nach etwa vierzig, fünfzig Meter mühsamem Hindernislauf sah ich flussabwärts eine der uralten Eschen, die am Uferrand umgestürzt war und halb im Wasser lag. Wenn es noch eine Rettung für Haddah gab, dann dieser fette Baumstamm mit seinen mächtigen Ästen, die aus dem Wasser ragten.

Ich befand mich ungefähr zwanzig Meter vor der Esche,

als ich sah, dass Haddah sich an einem der Äste festhielt, aber sie wirkte kraftlos, sie schien mehr in dem Astwerk gefangen zu sein, als dass sie sich aus eigenen Kräften halten und der Strömung widersetzen konnte.

Ich erreichte den Baum, Haddah hing noch an dem Ast, aber ich konnte nicht erkennen, ob sie überhaupt noch bei Bewusstsein war, denn sie rührte sich nicht. Wenn sie gegen einen der mächtigen Steine, die es in Ufernähe zu Hauf gab, geprallt war, war sie vielleicht schwer verletzt, konnten Knochen gebrochen sein.

»Haddah!«, brüllte ich. »Ey!« Sie reagierte nicht, ich leerte meine Taschen, schmiss unsere Handys auf den Boden. »Halt durch! Haddah!!!«

Der Stamm der Esche schien morsch zu sein und konnte jeden Moment abbrechen und abtreiben, aber ich fühlte mich trotzdem sicher hier, ich konnte mich mühelos an ihm entlang Richtung Haddah bewegen. Erst als das Wasser Brusthöhe erreichte, traute ich mich nicht mehr weiter. Das Wasser war von solch brutaler Kälte, die Strömung von einer Kraft, dass ich sofort wieder ans Ufer wollte.

Der Gestank war noch intensiver jetzt, ein Mix aus Morschem, Faulem und Verwestem, von schmutzigem Flusswasser und Uferschlamm, vermischt mit den Auto- und Industrieabgasen der Gegend. »Haddah!« Ich war etwa drei Meter von ihr entfernt. »Gottverdammt nochmal, Haddah!«

Sie reagierte nicht, und eine große, finstere Angst stieg in mir auf, und ich schrie verzweifelt ihren Namen, ich brüllte mir die Seele aus dem Leib, ich brüllte im Dialekt meiner Kindheit, ich schrie gegen die Wellen, die Strömung, die Berge, den Himmel, die gottverdammte Kälte. Ich wollte, dass sie unter dem Ast durchtauchte und sich zu mir treiben ließ. Sie durfte nicht sterben. Haddah durfte nicht sterben.

Als ich heiser war und schon kapitulieren wollte, bewegte Haddah ihren Kopf und sah zu mir. Sie strich sich mit der linken Hand übers Gesicht, als wolle sie so die Kälte abstreifen.

»Komm hierher, Haddah«, flehte ich. »Komm zu mir!«

Ihre Lippen bewegten sich, als würde sie beten. Ihr Blick verriet mir, dass sie mit der Welt abgeschlossen hatte. Ihr Körper hatte keine Kraft mehr.

»Nein! Nein, Haddah!«

»...«

»Haddah ...«

»...«

»Haddah!« Keinen Ton brachte ich mehr heraus, aber ich bewegte meine Lippen. »Komm zu mir! Komm zu mir, ich halte dich!« Meine rechte Hand winkte ihr. Komm zu mir. »Ich halte dich fest! Ich halte dich fest!«

In dem Moment zog mich etwas unbarmherzig in die Tiefe. Es mag die Strömung gewesen sein oder ein treibender Ast, jedenfalls verlor ich den Halt und mein Kopf tauchte unter, ich wehrte mich mit letzter Kraft, und als ich wieder hochkam, schnappte ich nach Luft, hustete, und meine Lungen brannten. Und wieder tauchte ich ab, und wieder tauchte ich auf, als hätte ich Gewichte an den Füßen, nicht schwer genug, mich zu versenken, aber schwer genug, um mich zu foltern.

Haddahs Kopf verschwand, und in dem kurzen Augenblick, da sie unter Wasser war, griff ich nach einem der beiden fetten Äste, die senkrecht nach oben standen. Das war unser Glück, denn ihr Körper stieß so heftig gegen meinen, dass wir sonst vielleicht unter den Baumstamm gezogen worden wären.

Ich weiß nicht, woher sie die Kraft nahm oder wie sie

es anstellte, aber es war Haddah, die mich ein, zwei Meter Richtung Ufer bewegen konnte. Ich war der Ertrinkende, der sich in Todesangst an die Rettungsschwimmerin klammerte. Unsere Köpfe berührten sich, Wange an Wange näherten wir uns langsam dem Ufer, und ich spürte, dass ich völlig erschöpft von der Kälte des Wassers war, dass ich kaum noch Kontrolle über meinen Körper hatte.

Am Ufer würgte ich auf allen vieren, als hätte ich die Mutter aller Darmgrippen erwischt, aber nichts kam hoch, es war nur ein schmerzhafter Reflex, es war der Schock. Danach wimmerte ich sekundenlang und klang dabei bestimmt mehr nach Tier als nach Mensch. Haddah lehnte mir gegenüber an einem moosbewachsenen Felsbrocken und hustete sich die Seele aus dem Leib. Die Kälte ließ meine Lippen zittern, ich konnte nicht sprechen. Haddah keuchte Unverständliches, hustete, rülpste, furzte, keuchte wieder. Der letzte Rülpser war der lauteste. Dann machte sie Geräusche, als würde sie gleichzeitig lachen und weinen.

»Es tut mir leid«, sagte ich. »Scheiße, scheiße, scheiße. Es tut mir so leid, Haddah. Ich wollte dich nicht schubsen. Ich wollt dich wirklich nicht schubsen.«

»Sei einfach still jetzt, sonst ...«

»Ich schwör bei Gott, ich wollte das nicht.«

»Sei still.«

»I...«

»Lass mich beten!«

»Oh? O. k. O. k., ha...«

»Shhhhhh«, sagte sie, nach Luft japsend, ihre Hand immer wieder nervös über ihren Mund streifend. Dann kniete sie sich auf den Boden und versuchte, ihre Atmung zu beruhigen.

»Ich wollte das nicht«, wiederholte ich.

Ihre Lippen bewegten sich, ihr Oberkörper wippte vor und zurück, ihre Augen waren geschlossen. Nach einiger Zeit hielt sie inne.

»Alles o. k.?«, fragte ich. »Bist du o. k.?«

»Nein, ich bin nicht o. k.! Ich pinkle gerade in die Hosen, damit mir wärmer wird. O shit, o shit, mir ist so kalt, ich glaube, mein Arsch stirbt gerade ab. Ich spür den nicht mehr. Kann ein Arsch erfrieren? Muss man den amputieren?«

»Was macht ihr da unten?« Die Stimme kam von oben. »Was ist passiert?«

Branko sprang über das Geländer, kam den Abhang runter.

»Nach was sieht es denn aus?«, fragte Haddah mit einer weinerlich-wütenden Stimme und zerrte an ihren nassen Klamotten.

»Was ist passiert?« Er fixierte mich mit seinem Blick. »Hat er dir was getan? Sag mir, ob er dir was getan hat?«

Haddah schüttelte den Kopf. Ich war überrascht, wie anders Haddah ohne Kopftuch aussah. Sie hatte kurzes Haar, viele kleine Löckchen, sie sah jünger aus.

Branko musterte mich misstrauisch, aber er glaubte Haddah. »Los, ich fahr euch nach Hause, ihr nassen Hunde. Ihr müsst euch schnell aufwärmen, sonst liegt ihr in ein paar Tagen mit Lungenentzündung flach.«

»Ich brauche erst mein Handy«, sagte Haddah und dann ganz hysterisch: »Wo ist mein Handy, Jan?«

Ich stand auf und hielt wankend Ausschau nach unseren Smartphones. Ich fand sie schließlich, und Haddah war beruhigt.

Haddah und ich saßen auf den Rücksitzen, eine orange Picknickdecke unter unseren nassen Hintern, eine Wolldecke mit Katzen- oder Hundehaaren auf unserem Schoß. Haddah nutzte eine von Brankos Boxershorts als Kopftuch. Der wiederum fuhr rasant und ließ Rage Against The Machine so laut aus den Boxen knallen, dass wir uns kaum unterhalten konnten. Haddah machte einen apathischen Eindruck. Es war so schnell dunkel geworden, auch weil Regenwolken aufgezogen waren und es angefangen hatte zu nieseln. Mir war schwindlig, eine Euphoriewelle schwappte über mich, ich musste lächeln.

Wir waren in den Fluss gestürzt und hatten überlebt.

Wir hatten überlebt.

»Du hast ganz blaue Lippen«, sagte Haddah. »Und rote Augen.«

»Und du eine Männerunterhose auf dem Kopf.«

»Das ist eine kurze Hose, du Idiot.« Sie machte ihr Gangzeichen und versuchte zu lächeln. »Und? Sind wir quitt jetzt?«

Ich nickte. »Ich glaube, das sind wir.«

»Nein, sind wir nicht.« Sie streckte ihre kleine Zunge heraus. »Ich könnte tot sein. Aber ich bin zu müde, mit dir zu streiten. Du bist anstrengend. Ich habe keine Zeit für so was. Keine Zeit, keine Kraft.« Sie betrachtete ihre Hände, die zitterten. »Willst du nicht wissen, wer mein Vater ist?«

»Kenne ich ihn?«

»Weiß ich doch nicht.«

»Ich habe gedacht, die Wahrscheinlichkeit, dass ich ihn kennen könnte, ist ziemlich gering. Also warum fragen?«

»Dich interessieren andere Menschen nicht.«

»Ich will nicht aufdringlich sein.«

»Du bist vielleicht ein Weirdo«, sagte sie.

»Jetzt sag mir aber, wie du an die Fotos von mir und Geli gekommen bist. Die waren auf meinem Handy. Niemand sonst auf der Welt hat die.«

»Hm.« Sie zuckte mit der Schulter. »Unsere Zugfahrt? Weißt du noch?«

»Da hast du mich ja noch gar nicht gekannt.«

»Naja. Ich seh dich und denk mir, das ist so ein abartiger Nazi mit dem abartigen Nazi-Adler auf dem abartigen Nazi-Schal, also lasst uns mal checken, was der Mann so auf seinem Handy hat.«

»O shit«, sagte ich leise. »Du hast mir mit Absicht das Zeug im Zug gegeben? Damit ich einschlafe und du mein Handy durchsuchen kannst?«

»Sleeping Beauty. Fällt die stärkste Eiche. Und erst recht so ein Klabauterjänchen.«

»Du hast einen Knall, Haddah. Aber echt.« Ich schüttelte den Kopf. »Wie hast du mein Handy entsperren können?«

»Branko hat Adleraugen.« Sie boxte mich auf den Oberschenkel. »Branko und ich sind ein gutes Team.« Sie biss sich auf die Unterlippe. »Keine Videos mehr über den Klabautermann, Klabauter-Jan. Versprochen. Keinen Krieg mehr zwischen uns.« Sie formte ihre Augen zu Schlitzen. »Aber sieh mich nie wieder so an, hörst du?«

»Wie an?«

»So böse und voller Hass. Wie am Fluss. Schau mich nie mehr so an.«

»Ich weiß nicht, wie ich geschaut habe.«

»Tu's einfach nicht.«

»Tut mir leid.«

Sie hob ihren Zeigefinger. »Sonst könnt ich doch noch auf den Gedanken kommen, du könntest ein Mörder sein.«

»Tut mir leid, Haddah. Aber als ich gehö...«

»Shhhhhhh.« Sie machte abermals ihr Handzeichen. Ich lächelte und kopierte das Zeichen, aber es wirkte dermaßen unbeholfen und peinlich, dass wir beide lachen mussten.

Zwei verdächtige Männer lungerten vor dem Hauseingang. Als sie mich bemerkten, verschwand einer der beiden. Ich zögerte kurz, überquerte dann doch die Straße, ich musste in die Wärme, ich würde mir hier draußen den Tod holen, da erkannte ich Dushan Bogner. Er sah fast genauso aus wie vor sechzehn Jahren, hatte sein Gewicht gehalten, die Haare waren kein bisschen angegraut, selbst seine Markenzeichen, teure Designerbrille und riesige Armbanduhr, fielen mir sofort auf, weil er seine linke Hand auf dem Türknauf liegen hatte.

Er schmunzelte, als ich vor ihm stand, pitschnass, Brankos Hundedecke auf meinem Rücken. »Seitdem diese Bloggerin im Internet so schöne Geschichten über dich verbreitet, scheinst du jeden Boden unter den Füßen zu verlieren, Chacho.«

»Chacho?«

»Ist das etwa nicht dein Spitzname, Klabautermann?« Er erwartete gar keine Antwort. »Siehst jedenfalls aus wie ein Chacho.«

Ich öffnete die Haustür, ging die sechs Stufen hoch zur Wohnungstür, wollte den Schlüssel einstecken, da stand er auch schon neben mir. »Dass Chacho aus Zimmer 204 gelogen hat, dass sich die Balken biegen. Das weiß jetzt die ganze Welt. Vor allem aber weiß es Angelikas Mama. Ich möchte dir ja keine Angst einjagen. Aber die Frau hat einen Ex-Söldner aus Libyen engagiert. Für was auch immer.«

Der Schlüssel fiel zu Boden, ich bückte mich, er trat mit

seinem rechten, blitzblank geputzten Schuh auf den Anhänger, den ich von Delma zum Geburtstag bekommen hatte.

»Dushan Bogner.« Ich richtete mich auf, ohne den Schlüssel aufzuheben, und grinste blöde. »Ich schwör, es ist eine Ehre für mich, so hohen Besuch von der Kriminalpolizei zu bekommen. Aber ich habe einen solchen Scheißtag hinter mir, dass ich ihn bis ans Lebensende nicht mehr vergessen werde. Ich will jetzt nur noch duschen und mich dann hinlegen. Ich bin so was von am Arsch und kaputt. Also, bitte.« Meine Stimme war heiser, kraftlos. »Vertschüss dich.«

Bogner blieb ganz relaxt, sein Mundwinkel schmatzte, seine Armbanduhr hing so lose um sein Handgelenk, dass sie bei jeder Bewegung auf- und abrutschte. »Das ist ein Spiel, Chacho. Ein Spiel. Du musst deine Rolle spielen. Jeder muss eine Rolle spielen. Der eine ist König. Der andere Läufer. Viele sind Bauern. Ein Bauer kann nicht Dame sein. Ein Läufer nicht König.« Er bückte sich, hob den Schlüssel auf, steckte ihn ins Schloss und öffnete die Tür, er wollte, dass ich voraus in die Wohnung ging, aber ich fühlte mich sicherer hier draußen. »Die Leute meinen immer, alle seien gleich in dem Land. Alle hätten dieselben Chancen.« Er gluckste. »Man trichtert's ihnen ein und sie fressen's.« Er lachte verächtlich. »Das größte Unglück kommt daher, dass die Menschen ihren Platz nicht kennen. Das ist das Grundübel der Welt. Eine dahergelaufene Muslima aus einem Ghetto in Mannheim kann nicht mir nichts dir nichts hier auftauchen und sich aufspielen.« Mit einer wirschen Handbewegung wollte er mich abermals in die Wohnung weisen, aber ich ignorierte ihn, woraufhin er einfach selbst voranschritt und mir nichts anderes übrig blieb, als ihm zu folgen. »Nur weil ihr im Internet eine Schar von Unterschichts-Teenies mit Migrationshintergrund zu Füßen liegt. Unsere Stadt, wie sie ist, ist gut so. Wenn also so eine junge Revoluzzerin kommt und zündelt und den Frieden stört. Wenn so eine Revoluzzerin glaubt, sie hätte ein Recht auf irgendetwas. Dann juckt's mich am After. Und wenn's mich am After juckt, bin ich schlecht drauf. Am Morgen. Am Mittag. Am Abend. Und in der Nacht.« Er schluckte und schüttelte nervös sein Handgelenk mit der Uhr. »Sag, Chacho. Wollt ihr beide wirklich mein Afterjucken sein?« Der Arschclown stand schon im Flur und betrachtete die Fotos an der Wand. »Ich kann dir garantieren. Du kommst niemals wegen Mordes an Angelika Reitmann in U-Haft. Es wird nie ein Cold-Case-Team geben, das dich ins Fadenkreuz nimmt. Unter einer einzigen Bedingung.« Er wartete vergeblich auf eine Reaktion. »Liefere mir Fine Lady ans Messer.« Er umfasste meine Schulter, drückte mich und zog dabei eine theatralische Grimasse. »Hast du eine Art masochistischer Beziehung mit der? Die macht dich fertig im Netz. Aber du triffst sie immer noch.«

Ich grinste wieder. Es tat weh, das Grinsen. »Ich hab sie heute in den Fluss geschmissen. Aber die Frau ist unkaputtbar.«

»Du hast da ein paar ordentliche Kratzer im Gesicht, Chacho. Bist du nicht viel zu alt für die Kleine?«

»Die ist nicht kleinzukriegen, die Haddah. Die hat auch keine Angst vor euch Scheißbullen.«

»Ist das so ein Fetisch? So eine kleine, schwarze Muslima mit großem Hintern und Kopftuch?«

»Die Kleine hat mehr drauf als ihr alle.«

»So so.«

»Wenn ich du wäre, würde ich langsam nervös werden.«

»Das glaubst du?« Er wollte etwas sagen, verkniff es sich, meinte dann: »Hör auf, so blöd zu grinsen.«

Ich hörte nicht auf.

»Chacho!«

Ich grinste noch breiter, noch höhnischer. Es machte den Bogner fuchsteufelswild.

»Hör auf, mich so anzugrinsen.«

Aber ich grinste.

»Das ist respektlos.«

Ich hörte nicht auf. Da ohrfeigte er mich. Er schlug mir mit der flachen Hand voll auf die Backe. Es tat weh, aber ich grinste immer noch.

»Sie handelt mit Drogen, Fine Lady. Und ich weiß, sie gibt auch dir fleißig was ab. Wir wollen das nur fotografieren. Hinter dem Einkaufszentrum auf der Brücke zum Park. Übermorgen. Nachdem sie wie immer am Donnerstag beim Mexikaner gegessen hat. Wir müssen freie Sicht darauf haben, das ist wichtig. Mehr will ich nicht. Mehr brauch ich nicht. Und dir wird nichts passieren. Du gehst nie in U-Haft. Keinen Tag. Keine Nacht. Eine Garantie auf Lebenszeit, Chacho.«

»Und das krieg ich schriftlich, oder was? Was soll das für eine Garantie sein?«

»Mein Wort ist die Garantie. Mein Wort ist die beste Garantie in der Stadt.«

»Glaubst du, ich bin blöd?«

»Wenn ein Cold-Case-Team angeheuert wird, werde ich meine Meinung zu dem Fall abgeben. Du kannst jetzt und hier bestimmen, was ich erzähle.«

»Warum sollte ich dir trauen?«

»Warum solltest du riskieren, mir nicht zu trauen? So wie ich das einschätze, steht dir das Wasser bis zum Hals. Bist du wirklich scharf darauf? Dass ein Söldner dir ein paar Zähne zieht, um die Wahrheit rauszufinden, oder ein Cold-Case-Team jeden Stein umdreht? Ich kann jederzeit ein Interview zum Fall Reitmann geben. Irgendeiner Zeitung deiner Wahl. Oder einer feministischen Bloggerin. Sagen, dass ich dich nicht für einen Verdächtigen halte. Das würde deine Frau doch bestimmt am allermeisten freuen.«

Mein Kopf fühlte sich heiß und schwer an, obwohl ich fror, und erst jetzt wurde mir bewusst, dass ich immer noch die nassen Klamotten trug. »Weißt du was, Dushan? Ich würde eher Scheiße fressen als mich mit dir einlassen.«

Er hob die Hände. »Mensch, Chacho. Ich will doch nichts von dir. Alles was ich will: diese schwarze Hexe aus Mannheim.« Er pustete Luft aus, seufzte. »Wir müssen keine Freunde werden. Aber hilf du mir. Und ich helfe dir. Winwin.«

»Dushan, Dushan.« Ich atmete schwer, hatte das Gefühl, ich erklimme einen Gipfel, der Sauerstoff wird knapp, aber ich will da rauf, ich muss da rauf. »Haddah ist keine Kriminelle. Kwabena und Owusu sind keine Kriminellen. Wenn hier in der Stadt wer Dreck am Stecken hat, dann seid ihr das. Ihr Scheißbullen und die Mächtigen, die euch decken. Aber euer Untergang steht bevor.«

Bamm! Ein brutaler Schlag, der mich für Sekunden lähmte und mein rechtes Ohr klingeln ließ. Ich musste mich an der Wand abstützen, um nicht hinzufallen, ein paar Fotorahmen krachten dabei zu Boden.

»So?« Er ging in die Hocke, hob die Bilder auf und befestigte die Rahmen seelenruhig wieder an den kleinen Nägeln in der Wand. »Willst du mir drohen? Weißt du, wer ich bin? Weißt du, was ich kann?«

Ich fühlte mich berauscht und lebendig und verspürte keine Angst, nur Wut. »Versuch nicht, mich zu ficken, du Scheißbulle«, flüsterte ich, der Grinser aus meinem Gesicht war verschwunden. »Sonst zerfick ich dich, Dushan. Ich zerfick dich in Millionen Teile, und dann fick ich jedes dieser Teile nochmals.«

Für einen Augenblick glaubte ich, so etwas wie Faszination in seinen Augen zu sehen. Weil ich es wagte, so mit ihm zu reden. Wo doch alle Macht bei ihm lag. Wo er mich doch schlagen konnte, wie er wollte. Mich fertigmachen, wie es ihm beliebte. Aber ich war heute dem Tod entronnen. So knapp. So glücklich. Ich hätte den Teufel am Schwanz gepackt und daran gezogen, bis er schrie. Nur aus Übermut. Vor lauter Glück.

Er schüttelte sein Handgelenk mit der großen Armbanduhr, sein Mundwinkel zuckte. »Du weißt nicht, was du tust, Chacho.«

Ich grinste wieder. Ich konnte nicht anders. »Du hast Ähnlichkeit mit dem Kerl auf Angelika Reitmanns Himmel-und-Hölle-Spiel, Dushan.«

Er hatte eine nasse Aussprache, als er fluchte: »Du bist ein dummer Hund, wie ich selten einen erlebt habe. Und deine Dummheit wirst du bitter bereuen. Das verspreche ich dir.«

Er verließ die Wohnung, ohne die Tür hinter sich zu schließen. Ich schloss ab und schrieb Delma zwanzig Nachrichten und flehte sie an, mir zu erzählen, was sie vorhabe: wo zum teufel steckst du?! du bist auf dem weg nach hause? ohne mir ein wort zu sagen? shit, delma. antworte mir. bitte.

Danach zog ich mich aus und duschte zum ersten Mal seit Jahren nicht kalt, sondern heiß, nicht kurz, sondern so lange, bis der große Boiler im Badezimmer leer war und aus der Leitung kein einziger Tropfen warmes Wasser mehr kam. In der Nacht bekam ich Schüttelfrost und Fieber, aber beides verging rasch wieder.

6

EDUARD

Am nächsten Tag versicherte mir Delmas Vater, dass seine Tochter o. k. sei, aber nicht mit mir reden wollte. Werner, der Riese und politischer Linksaußen aus Zimmer 216, rief mich spätabends an, und nach zehn Minuten Blödeleien und dem Austausch von den ewig gleichen Heimanekdoten kam er auf den Punkt. »Hör zu, Jan. Die Mutter von der Angelika bombardiert uns mit Mails, und wer nicht antwortet, bekommt Anrufe oder Hausbesuche. Die kontaktiert alle aus dem zweiten Stock. Und sie hat nur eine Frage.« Er hielt kurz inne. »Ob wir dir einen Mord zutrauen. Verstehst? Die glaubt felsenfest, du warst's. Ohne Scheiß. Die lässt sich das gar nicht mehr ausreden.«

Ich schluckte. »Glaubst du das auch, Werner?«

»Na«, antwortete er ohne jedes Zögern. »Du bist ein bisschen speziell, das ja.« Er lachte laut. »Da sind wir alle einer Meinung, aber ein Messerstecher? Nein, das bist du nicht.«

»Hm.«

»Auf jeden Fall will Angelikas Mama jetzt, dass die Bloody Mary vor der Polizei wiederholt, was sie Fine Lady schon erzählt hat. Aber die Bloody Mary weigert sich. Die hasst die Bullenschweine. So wie sich's gehört.«

»Die Bloody Mary? Kann mir gar nicht vorstellen, dass die jemanden hasst. Die war doch immer so friedlich und gutmütig.«

»Denkst du, aber nein, nie im Leben redet die mit den Bullen.«

»Bist du dir sicher?«, fragte ich und versuchte, die Hoffnung in meiner Stimme zu verbergen.

»Ja, da gibt's nämlich voll die krasse Vorgeschichte. Die Bullen haben ihre Familie in ihrer alten Heimat schikaniert. Und außerdem hätten sie mal so ein paar verfickte Drogenfahnder in der Stadt angesprochen. Die Meka, die Geli und sie. Hätten sie gefragt, ob sie auf ner Party in der Messehalle Flyer verteilen. Weil die Geli nein gesagt hat, wären die voll affig geworden. Ungute Geschichte. Jedenf...«

»*Moment!*« Aber er redete unbeirrt weiter. »Moment!« Er hörte nicht auf, ehe ich anfing zu schreien. »Werner! Weeeeeeeeeeeeeeeeeeeeeerner! Stopp!«

Er verstummte schließlich, und ich fragte: »Wann und wo haben die Drogenfahnder die drei angesprochen?«

»Weiß ich nicht. Musst die Bloody Mary fragen. Oder Meka.«

Mein Herz hämmerte. »Scheiße, Werner. Du weißt gar nicht, was du da behauptest.«

»Hey! Vergiss jetzt mal so alte Kamellen. Die Mama von der Geli, die ist dein Problem. Das ist nicht mehr normal, was die aufführt. Versteh mich nicht falsch, ist voll o. k., dass sie den Mörder finden will, ich wäre genauso, ich wäre schlimmer, aber ich mach mir echt Sorgen, dass die irgendwas anstellt, weißt? Ich mach mir Sorgen um dich. Die hat auch so einen Ex-Söldner bei sich, ich mein, warum?«

In meinem Kopf tobte das Chaos. Was, wenn das wahr war? Was, wenn die Bullen versucht hatten, Maria, Geli und Mekateko als Village People anzuheuern? Für die Afterparty? Meka war dunkelhäutig, Maria war Südländerin und Geli? Schwarze Haare, braune Augen. Die drei passten also perfekt in das Beuteschema, wie es Meka beschrieben hatte. Was also, wenn das Trio Infernale Geli vor ihrer Ermordung gekannt hatte? Wenn es da irgendeine Verbindung zwischen diesem Treffen und dem Mord gab?

»Wann hat dir die Bloody Mary das erzählt mit den Drogenfahndern?«

»Die Story erzählt sie gern, Jan. Und immer wieder.«

»Gib mir alle Details.«

»Frag sie doch selber.«

»War bei den Fahndern eine Frau dabei?«

»Ich weiß nicht, Jan. Ruf sie doch an. Ich muss jetzt den Kleinen ins Bett bringen. Mach's gut, und bitte nimm das ernst mit der Reitmann. Die ist im Jagdfieber.«

Ich verabschiedete mich und starrte wie paralysiert aus dem Fenster. Ich musste endlich mit Maria aus 118 reden. Face to face. Musste ihr so viele Fragen stellen. Das alles konnte kein Zufall mehr sein.

Ich schrieb sofort Meka. Fragte, ob sie sich an die Geschichte erinnerte. An Angelika Reitmann und Maria aus 118 und die Drogenfahnder. Ich schrieb Haddah. Dass wir uns dringend treffen müssten.

Am frühen Morgen, so gegen halb sechs, weckte mich eine Nachricht von Mekateko. Ich las sie im Halbschlaf: ja, ich erinnere mich an die geschichte, jan. ich hatte die völlig verdrängt und absolut keine ahnung, dass die dritte person damals angelika reitmann war. ich weiß nicht mehr, wer uns angesprochen hat, auf jeden fall polizisten in zivil, das ist korrekt, wir standen vor dem bruno kahn heim, da tauchten die plötzlich auf. ist aber alles so lange her, und ich habe das meiste aus jener zeit eiskalt verdrängt und vergessen wollen. falls es sich tatsächlich um angelika reitmann handelte, was soll ich sagen? was soll ich dir raten? ich hoffe, du weißt, was du tust, und passt gut auf dich auf. ps: ich könnte mich täuschen, aber ich glaube, der dottore ist damals aufgetaucht, hat den fahndern gesagt, wir wären nicht zu haben; hatte das gefühl, der dottore hatte interesse an der frau, von der du glaubst, es hätte sich um angelika reitmann gehandelt; nicht als zuhälter, ich hatte das gefühl, er stand auf sie, deshalb hat er die polizisten abgewimmelt und sich auf unsere seite gestellt. pps: warum sucht ihr nicht mal in den zeitungsarchiven der universität nach berichten und fotos von der siebzigerparty von damals? die lokalen blätter haben immer groß davon berichtet. mit partyfotos auf vielen seiten. vielleicht stoßt ihr ja da auf etwas, das euch weiterhelfen kann.

Ich stopfte gerade Rucksack, Jacke, Mütze und Fußballschal in den Spind, der sich im Erdgeschoss des Zeitungsarchivs in der alten Uni-Bibliothek befand, als Haddah zur Tür hereingestampft kam. Sie stapfte etwas missmutig die paar Stufen hoch, schob ihren Rucksack ebenfalls in mein Fach und sagte: »Es schneit! Es schneit, Jan!« Sie schüttelte ihre Mütze. »Kleine bleachshits, die vom Himmel fallen.« Und als ich sie zu lange musterte: »Was guckst denn so?«

»Du siehst verdammt lustig aus mit der Riesenmütze über dem Kopftuch. Und du hast weiße Creme auf deiner Nase.«

»Der Schnee ist mein Freund, die Kälte mein Feind.« Sie streifte die Mütze vorsichtig ab, stopfte sie in den Rucksack, um danach mit beiden Zeigefingern über ihre Nase zu streichen. »Meine Nase tut weh, jedes Mal, wenn ich einatme. Meine kleine Nase ist nicht gemacht für dieses böse Wetter. Ich muss die dick mit Fett eincremen, sonst friert sie mir ab.«

Haddah verstaute ihre Klamotten, zog den Schlüssel ab,

nachdem sie eine Pfandmünze eingeschmissen hatte, und schrieb noch schnell ein paar Nachrichten auf ihrem Handy, ehe wir die Treppe hoch zum fensterlosen, riesigen Lesesaal gingen, der bis auf den allerletzten Platz mit Studentinnen und Studenten gefüllt war. Wir kamen, vorbei an endlosen Regalen voller alter Bücher, zum Eingang des Zeitungsarchivs. »Dushan Bogner hat mir Amnestie im Fall Reitmann angeboten, wenn ich ihm deinen Arsch liefere«, sagte ich.

»Warum tust du's nicht?«

»Wofür Amnestie? Wer, glaubt der Bulle, dass er ist?« Ich flüsterte, trotzdem trafen mich ein paar finstere Blicke, es war ein heiliges Gesetz, dass hier drinnen absolute Ruhe zu herrschen hatte. »Der ist fest der Überzeugung, du würdest mit Drogen dealen.«

Haddah sah mich an, belustigt, etwas spöttisch. »Nicht wahr.«

Wir traten in den Raum, in dem sich das Archiv befand. Ich hielt sie am Arm fest, sie blieb stehen. Leise fragte ich: »Rate, wen die Drogenfahnder damals versucht haben für ihre Orgien zu rekrutieren.«

»Überrasch mich.«

»Angelika Reitmann.«

»Fokk me!«, rutschte es ihr raus in einer Lautstärke, dass sich alle Blicke im Archiv auf sie richteten, woraufhin sie noch lauter wurde und mich dabei an ihre Mutter erinnerte, die sich inmitten von Menschen nie darum scherte, was andere dachten: »Ist das sicher?«

»Yep.«

»Warum erfahre ich das erst jetzt?«

»Ich wollte unbedingt dein Gesicht sehen, wenn ich's dir erzähle.«

Sie biss an ihren Fingernägeln. »Das ist hardcore. Das ist verdammt krass, Jan.«

»Es wird noch unheimlicher. Mekateko glaubt, der Dottore wäre auf die Geli gestanden.«

Haddah sah mich mit großen Augen an. »Das ist creepy. Dass der sie gekannt hat.«

Ich zuckte mit der Schulter. »Habe ich mir erst auch gedacht. Aber die Stadt ist ja nicht so groß. Über ein paar Ecken hat irgendwie jeder jeden gekannt auf der Uni.«

Wir setzten uns vor den letzten freien Computer, ich erzählte ihr im Flüsterton von Bogners Auftritt, Werners Anruf und Mekatekos Nachricht. Ich konnte sehen, wie es in ihrem Kopf arbeitete. Wie sie versuchte, die Puzzleteile zusammenzusetzen. »Deshalb schwitzt der Gura so am Arsch. Der weiß genau, dass wir nahe an was ganz Großem sind.«

Ich nickte, presste die Lippen aufeinander. Ich zitterte, obwohl es heiß war in dem gut beheizten Raum. Haddah zog hastig ihre Moonboots aus, setzte sich mit angewinkelten Beinen auf den Stuhl und tippte danach für eine Zeitlang ununterbrochen auf ihrem Handy. Als sie dann doch einmal aufsah, meinte sie: »Du zitterst. Warum zitterst du?«

Ich zuckte mit der Schulter.

»Du hast Angst.« Sie lachte leise. »Du hast die Hosen voll.«

»Die könnten Beweise fälschen. Mir den Mord anhängen. Bogner ist ein hohes Tier jetzt.«

»Das hohe Tier bewegt sich auf dünnem Eis. Wir müssen jetzt nur gut sein und dafür sorgen, dass es einbricht.« Sie ballte ihre Faust. »Das Eis muss brechen, Jan. Das Eis muss brechen jetzt.«

Wir fingen an, Ausschau nach Artikeln und Meldungen zu den Ereignissen am Ostring zu halten. Außerdem suchten wir, wie uns Mekateko empfohlen hatte, nach Berichten über die Siebziger-Party in der Messehalle. »Ich glaube nicht, dass die Geli sich auf so etwas eingelassen hätte«, sagte ich. »Aber vielleicht hat sie irgendwas mitbekommen, was sie in Gefahr gebracht hat.«

Haddah biss abwechselnd auf ihre Fingernägel, kaute auf den Wangen oder leckte sich die Lippen. Ich hatte sie nie so aufgewühlt, so nervös erlebt.

Wir bestellten jede Menge Zeitschriften und Magazine, die noch nicht digitalisiert worden waren, und holten sie an der Ausleihtheke ab. Es gab viel mehr lokale Wochenblätter und Monatsmagazine in der Region, als ich in Erinnerung gehabt hatte.

In den ersten beiden Stunden glaubte ich zweimal, auf ein Foto von Geli gestoßen zu sein, beide Mal machte ich ein Foto mit dem Handy, schickte es an Becky, die aber verneinte, dass es sich um ihre Freundin handelte. Zu den Toten vom Ostring fanden wir erst gar nichts. Als wäre nichts geschehen. Als wären nicht zwei junge Menschen brutal aus dem Leben gerissen worden.

In der dritten und vierten Stunde waren wir so frustriert, dass wir zu den Blättern und Magazinen wechselten, die gescannt worden waren, noch ehe wir mit den Papierausgaben durch waren.

Ich rieb mir die Schläfen, mein Kopf fing an zu schmerzen. »Vielleicht sollten wir uns drauf konzentrieren, den Dottore zu finden. Den italienischen Heimzuhälter. Der könnte uns viel erzählen über das Trio Infernale.«

»Na, aber klaro!« – ihr Tonfall spöttisch – »Das würde so ein Menschenfreund bestimmt tun.«

»Dann lass uns Maria treffen. Heute noch. Los. Ruf sie an.«

»Sie will nicht mehr mit mir reden.« Haddah holte tief Luft. »Und mit dir schon tausendmal nicht.«

»Ich glaube aber, dass die noch einiges mehr weiß.«

»Ich werde sie nicht zwingen, mir Fragen zu beantworten.«

»Aber wenn sie uns weiterhe…«

»Maria kennt die Hölle. Du denkst, sie sei verrückt, aber was weißt du von ihrer Vergangenheit? Massaker, Vertreibung, Flucht, in einem fremden Land zu sein ohne Freunde, ohne die Sprache zu sprechen? Ich werde sie nicht quälen. Und du hältst dich von ihr fern, hörst du?« Als ich etwas entgegnen wollte, machte sie nur eine schroffe Handbewegung. »Du hältst dich von ihr fern, capisci?«

Ich strich mir mit beiden Händen über das Gesicht, sie zwickte mich in die Seite, ich nickte artig.

Lange Zeit verging, ehe wir etwas fanden. Ein Artikel, in dem die beiden getöteten Studenten aus Südafrika abgebildet waren. Haddah starrte lange auf die Fotos der beiden Männer. Die Journalistin schrieb, dass ihre Eltern 1994 aus Ghana nach Südafrika ausgewandert seien und sie nur dank eines Leistungsstipendiums ihrer Heimatuniversität in Europa hatten studieren können. Beliebt seien sie gewesen, meinte eine Professorin. Und dass keiner sich vorstellen könne, dass sie in kriminelle Geschäfte verwickelt gewesen wären. Ausgeschlossen sei das.

Der erste Artikel überhaupt, den ich zu Gesicht bekam, in dem versucht wurde, die Geschichte aus der Sicht der Opfer zu beleuchten, und das ausgerechnet in einer popeligen Lokalzeitung. Die Lüge, dass man bei ihnen eine große Menge Cannabis gefunden habe, war hier allerdings genauso zu lesen wie die Notwehr-Story, weil die beiden angeblich eine Schusswaffe bei sich gehabt hätten.

Haddah legte die Hand auf meine Hand, die die Computermaus bewegte, holte tief Luft. »Und?« Sie sah mich von der Seite an. »Glaubst du immer noch, dass sie Einbrecher, Drogendealer und Vergewaltiger waren? Glaubst du immer noch, dass diese verfluchte Gura unschuldig ist?« Ihre Hand war feucht. »Marihuana findet die Bitch, angeblich verdammt viel, am Ende sind es ein paar Gramm, und ich würde wetten, die haben dem Vermieter gehört. Und selbst wenn! Zwei Studenten rauchen ab und zu einen Joint. Warum der Terror? Das tun fast all meine Freundinnen in Mannheim.« Sie lachte höhnisch, sie biss sich auf die Lippen, sie sprach zu laut. »Sie haben doch schon alles. Alles haben sie. Das Land, die Häuser, die Autos, die Privilegien, den Urlaub, den Spaß, den Himmel, warum wollen sie den Armen auch noch ihre Träume nehmen?« Sie boxte mich in die Rippen. »Wenn man da unten ist und auch noch Kanake, dann ist das Leben beschissen genug, aber wenn jemand in seine Träume flüchtet, wenn jemand aussteigen will, ganz allein seinen Scheiß durchziehen, dann hassen sie dich nur noch mehr und jagen dich erst recht.« Sie hob ihren Oberkörper. »Hunde wie Bogner wünschen sich, Menschen wie Owusu oder Kwabena, Menschen wie ich würden gar nicht existieren. Die wünschen sich, wir wären tot.« Sie machte ihr Handzeichen, da war ein Wille, ein Trotz in ihrem Blick, der mir imponierte. »Ich sag dir eines, Klabauter-Jan. Wir Kanaken sind da. Und wir bleiben da.«

»Du bist nicht weniger deutsch als ich, Haddah.«

Sie schüttelte traurig lächelnd den Kopf. »Ich werde in tausend und einem Jahr nie so deutsch sein wie du.« Sie seufzte. »Aber das verstehst du nicht, bleachshit. Komm, suchen wir weiter. Ich bekomme Kopfweh hier drinnen.«

Kurz darauf stießen wir auf einen weiteren Artikel in einem lokalen Blatt: »Auch vier Monate nach den tödlichen Schüssen am Ostring gibt es jede Menge Merkwürdigkeiten. Nicht gerade auskunftsfreudig gibt sich die Polizeidirektion samt Pressesprecherin, und auch sonst erfährt man wenig aus deren Umfeld. Der Südtiroler Student Josef G. (22), der die Wohnung gemietet hatte, ist nicht mehr auffindbar. Er hat offenbar das Land verlassen, nach Angaben engster Freunde und Studienkollegen ohne jede Verabschiedung und nur mit einer dürftigen Erklärung per SMS, die viele Fragen aufwirft. Der Mann reise oft, wurde von Behördenseite erklärt, daran sei überhaupt nichts Außergewöhnliches. Josef G. habe sich wohl eine Auszeit von der Uni genommen und halte sich im Moment in einem Land in Mittelamerika auf. Ob die Bluttat am Ostring der Grund für diese ›Flucht‹ und den Abbruch des Studiums ist, kann nur spekuliert werden. Die beiden Studenten aus Südafrika, die ghanaische Staatsbürger waren, sollen, wie wir bereits mehrmals ausführlich berichtet haben, die Kripobeamtin in der Wohnung von Josef G. mit einer Schusswaffe bedroht, von ihr sexuelle Handlungen verlangt und, als sie sich wehrte, diese schwer verletzt haben. Eine Merkwürdigkeit, auf die Angehörige aus Südtirol mittlerweile gestoßen sind: Josef G. hatte neben der Wohnung am Ostring auch noch ein Zimmer im Studentenheim Bruno Kahn gemietet. Warum er das tat und warum er es geheim hielt, kann sich im Moment noch niemand erklären. Vor allem, weil der Student Stipendienbezieher war und sich kaum eine Wohnung und ein Extra-Zimmer hätte leisten können. Freunde und Mitbewohner des Studentenheims bestreiten jedoch vehement, dass er jemals etwas mit Drogenhandel oder anderen illegalen Aktivitäten zu tun gehabt hätte wie die beiden Todesopfer. ›Das ist absurd‹, sagt Franz O., sein Zimmernachbar im Bruno-Kahn-Heim. ›Er hat mit Drogen nichts am Hut gehabt.‹

Fragen bleiben also und werden hoffentlich bald beantwortet. Das ist man den Angehörigen schuldig.«

Haddah biss nun gar auf ihrem Zeigefinger herum, dann aber hielt sie abrupt inne und packte mich am Unterarm. »Südtirol gehört doch zu Italien, nicht wahr?«

»Yep.«

»*Fokk*«, flüsterte sie. »Zwick mich in' Arsch.«

»Hm?«

»Zwick mich in' Arsch!«

»Ich fick d...«

»Zwick, nicht fick!!«, schrie sie, woraufhin empörtes Gemurmel im Raum folgte. »Checkst du das denn nicht? Siehst du es denn nicht?«

Mit einer Handbewegung versuchte ich, sie zu beschwichtigen. Leise sagte ich: »Nicht wirklich.«

»Denk schneller!« Sie wartete. »Denk schneller, Jan! Der Pepi war Italiener und hat ein Zimmer im Bruno-Kahn-Heim gehabt.«

Ich faltete die Hände und berührte mit den Zeigefingerspitzen meinen Mund. »Und Pepi ist eine Abwandlung von Josef«, flüsterte ich fast andächtig. »Meka hat doch gemeint, der Dottore hätte mit richtigem Namen Giuseppe geheißen. Giuseppe ist Josef ist Pepi.«

»Könnte das Zufall sein?«

»Natürl...«

»Falsch!«, fuhr sie mich an. »Der Pepi vom Ostring ist der Dottore aus dem Bruno-Kahn-Heim.«

»Möglich.«

»Nein, sicher. Und ich werde es dir sofort beweisen.« Und so nahm sie ihr Handy trotz eindringlichem Verbot auf vielen Hinweistafeln und tippte hastig. Ich wusste, wen sie anrief. Aber Margarethe Fiebach ging nicht ans Telefon. Haddah ließ das Handy geräuschvoll über den Tisch gleiten. Biss sich wieder nervös auf die Wangen. »Weißt du, was das bedeutet? Weißt du …«

»Ich muss das erst verdauen, Haddah«, flüsterte ich. »Mein Kopf kann das nicht so schnell verarbeiten.«

»Fokk, Jan. Fokk.«

»Wir müssen jetzt ganz cool bleiben. Nicht durchdrehen, Haddah. Nicht durchdrehen.«

Sie nickte. »Suchen wir weiter. Die schmeißen uns noch knallhart raus, wenn wir weiter so laut sind.«

»Wir?!«

»Pst!«

Ich klickte mich durch eine Reihe von Fotos von Unifesten, Studentenfesten, Heimfesten. Partypeople. Gaudeamus igitur. Jede Müdigkeit war gewichen. Wir waren hellwach. Wir standen unter Strom, wir wollten mehr.

Eine halbe Stunde später ging die zweite Bombe hoch. Ein Foto von Geli tauchte auf dem Bildschirm auf, ich erkannte sie sofort, und es war mir, als würde sie mich direkt anschauen. Ich war für Sekunden gar nicht fähig zu reagieren, aber als Haddah nichtsahnend weiterklickte, entriss ich ihr die Computermaus und holte das Bild zurück auf den Bildschirm.

»Das kann nicht sein.« Ich erhob mich, schob den Stuhl zurück, richtete mich auf, alles wie in Zeitlupe. »Das kann doch nicht sein.«

Auf dem Foto, das fast die halbe Seite abdeckte: Geli und zwei weitere junge Frauen.

»Das ist sie, ja?« Haddah beugte sich so weit vor, dass ihre Nase beinahe das Display berührte. »Das ist Angelika?«

Ich war nicht fähig zu antworten. Ich konnte nicht einmal nicken. Haddah streckte ihren Kopf vor, um näher am Bildschirm zu sein. Ich vergrößerte das Bild, zoomte auf Angelika. Und alles stand still. Alles war leise.

Angelika Reitmann als Cowgirl der Village People.

»Sie ist so verflucht jung.« Haddah stupste mich. »Wie ein Teenager sieht sie aus. Und du bist so alt. Sorry, aber ich kann mir dich nicht jünger vorstellen. Du hast etwas an dir, das ist einfach alt.«

Ich starrte gebannt auf das Bild. Ich klickte auf den Zoom, wieder und wieder. Fokussierte Gelis Gesicht, klickte wieder zurück zum Gruppenbild. Sie posierte lächelnd mit zwei anderen Mädchen, einer Asiatin und einer Schwarzen. Im Gegensatz zu den beiden anderen sah sie glücklich aus. Kein erzwungenes Lächeln. Sie hatte keine Ahnung, was sie erwarten würde. Und weil ich mich so auf Geli konzentriert und die beiden anderen erst kaum beachtet hatte, fiel mir erst nach einiger Zeit auf, dass ich die Frau in dem billigen Indianerkostüm kannte. »Die Frau im Lendenschurz«, sagte ich. »Das ist Mekateko.«

»O Mann, ich hasse sie.«

»Was?«

»Sie ist so schön. Wie kann man so schön sein? Das ist doch nicht fair.«

»Speichere das Foto.«

Haddah musterte mich. Sie holte tief Luft. Sie sprach mit sanfter, leiser Stimme. »Das Foto ist noch kein Beweis, Jan. Vielleicht hat Angelika wirklich nur Flyer ausgeteilt. Vielleicht ist sie nicht auf die Pornopartys der Guras gegangen. Wenn der Dottore verknallt in sie war, warum sollte er sie dorthin schicken? Das passt nicht zusammen.«

»Haddah …«

»O shit.« Jetzt sah sie mich fassungslos an. »Weinst du?«

»Mir ist schlecht«, stammelte ich. »Mir ist so schlecht gerade.«

»Wir finden alles heraus. Ich sage dir, jetzt kann uns nichts und niemand mehr stoppen. Wenn Josef G. der Dottore ist und Angel...«

»Ich habe das Gefühl, verrückt zu werden, Haddah.«

»Was redest du denn da?«

»Ich kann nicht mehr, Haddah. Ich werde verrückt.«

»Manno. Jetzt reiß dich aber zusammen. Fünf Minuten wenigstens. Lass uns alles speichern, dann hauen wir ab, ja?«

Aber speichern war nicht mehr, denn ich war schon auf dem Weg nach draußen, torkelte durch den Raum, stieß an Stühle und Tische und Computerbildschirme, rempelte einen Studenten mit Rollkragenpulli an, der mich Arschloch schimpfte, hetzte durch den großen Lesesaal, durch die Garderobe zum Haupttor. Und hinaus, nur hinaus in Dunkelheit und Kälte und Schnee. Sie oder ich.

Sie oder ich. Entweder die Bullen. Oder ich. Alles war darauf zugespitzt. Es konnte keine dritte Möglichkeit mehr geben, ich konnte mir keine dritte Option mehr vorstellen. Es waren die Bullen, das verfluchte Trio Infernale, das Geli ermordet hatte. Oder der Mörder war ich. Niemand sonst kam jetzt noch in Frage. Niemand sonst konnte der Täter sein.

Vor lauter Aufregung pinkelte ich an das Kriegerdenkmal, das etwas abseits und unbeleuchtet neben dem Hauptgebäude stand.

Als Haddah kurz darauf auf dem Vorplatz auftauchte, mit ihren viel zu großen Moonboots und einer riesigen Kapuze mit falschem Pelz über Hijab und Wintermütze, lachte ich. Ich lachte laut und übertrieben, ich konnte nicht anders.

»Ich bin ein Sommerkind«, sagte sie mit trotziger Miene und reichte mir meine Jacke, meine Mütze und meinen Rucksack. Meinen Fußballschal trug sie um ihren Hals.

»Mir kann's nicht kalt und dunkel genug sein«, sagte ich.

Sie klopfte mir auf die Schulter. »Musst jetzt keinen auf harten Hund machen, ich vergesse deine Tränen nicht.«

»Ich habe nicht geheult.«

»Du darfst weinen.« Sie stockte. »Ist mir lieber als der irre Blick vom Flussufer. So möchte ich dich nie wieder sehen. Dann lieber heulend, Jan.«

Schneeregen peitschte vom Himmel, und Haddah stapfte vor mir schweren Schrittes in ihren Moonboots durch den Matsch. Die Leute eilten an uns vorbei, der heftige Wind verhinderte, dass sie ihre Regenschirme aufspannen konnten.

»Der vierte Mann auf Angelikas Himmel-und-Hölle-Papier sieht aus wie Bogner.« Sie blieb stehen und hakte sich in meinen linken Arm ein, nachdem sie beinahe ausgerutscht war.

»Quatsch. Jeder Typ mit Locken und Brille sieht aus wie der Mann auf der Zeichnung.«

»Trotzdem. Die Brille ist exakt dieselbe, und so viele Männer mit solchen Brillen gibt es nun auch wieder nicht.«

Ich dachte darüber nach, hielt es aber für so gut wie ausgeschlossen, dass Geli irgendwas mit Bogner gehabt haben könnte. Ja, ich hielt es geradezu für abwegig. Geli und ich hatten zwar unsere Affäre vor dem Rest des Heims und vor allem vor Becky verheimlichen können, und auch die Kripo hatte sie ja nie aufgedeckt, aber das war keine Meisterleistung, sondern pures Glück, purer Zufall gewesen. Und dass es da jetzt noch einen weiteren Mann hätte geben sollen, von dem keiner etwas mitbekommen hatte? Bullshit.

»Wenn Kriminalbeamte in den Mord an Geli involviert waren«, sagte ich, »dann werden sie erst recht versuchen, es mir in die Schuhe zu schie...«

»Du verstehst mich falsch.« Sie unterbrach mich mit lauter Stimme und erhobenem Zeigefinger. »Ich sage nur, dass Bogner so aussieht wie der Mann auf der Zeichnung. Ich sagte nicht, dass er Gelis Mörder ist. Bullen würden niemals eine Einheimische mit weißer Hautfarbe töten.« Haddahs Augen waren gerötet, ihre Lippen feucht, sie wirkte immer noch aufgewühlt, aufgeregt, aber auch völlig erschöpft, genau wie ich. »Bullen töten einen Owusu oder einen Kwabena, aber eine Angelika töten sie nicht.« Sie nestelte an ihrem Hijab. »Die sind doch nicht blöd. Glaubst du, die sind blöd?« Sie zog die Mütze fast über die Augen. »Nein, eine Angelika Reitmann stechen die nicht mit einem Messer ab.«

»Und wenn doch? Dann bin ich am Arsch, Hadd...«

»Jan!«, unterbrach sie mich wieder, nahm den Eintracht-Schal vom Hals und reichte ihn mir. »Ich bin müde. Ich muss schlafen. Und du musst das auch. Du musst runterkommen von dem Trip. Sonst bist du so was von reif für einen Kollaps, Alter.«

Ehe wir die Altstadt erreichten, blieb Haddah plötzlich in einer Hofeinfahrt stehen. Sie zog ein Taschentuch heraus und schnäuzte sich. Erst dachte ich, es wäre die ihr verhasste Kälte, aber dann sah ich, dass da Tränen waren.

»Haddah?«

»Sie sind tot.« Sie schnappte nach Luft. »Es war Mord. Und es ist den Menschen egal. Niemand in der Stadt gibt einen Fick drauf. Niemand kümmert sich darum. Als wären ihre Leben nichts wert.«

Haddah musterte mich, aber sie war gar nicht da, war in Gedanken weit weg, und dann tat Haddah etwas, das ich nicht erwartet hatte: Sie plumpste auf den Hintern und fing an zu weinen. Sie weinte laut, hemmungslos, sie, die toughe, energische, polternde, zornige junge Frau, die scheinbar so cool reagiert hatte, als ich Gelis Village-People-Foto gefunden hatte, weinte wie ein kleines Kind. Ich wusste nicht, wie ich reagieren sollte, und schaute nur betreten drein.

»Du frierst dir den Hintern ab«, meinte ich schließlich und streckte ihr meine Hände entgegen. »Steh auf.«

Sie hörte nicht auf mich. Ich ging in die Hocke, um mit ihr auf Augenhöhe zu sein. »Manchmal schäme ich mich, am Leben zu sein«, sagte sie. »In Omas Land ist Bürgerkrieg. Ich könnte immer noch dort leben und qualvoll verhungern oder von einer Bombe verstümmelt werden.« Ich wollte eine Hand auf ihre Schulter legen, aber ich schreckte sofort zurück, sie hielt mir ihr Handy vor die Nase. »Ich habe hundertfünfundneunzig neue Nachrichten in der Inbox. Und trotzdem.« Sie lachte und weinte gleichzeitig, zog den Rotz hoch. »Ich fühle mich so einsam und verloren manchmal.« Sie wischte sich mit dem Handrücken über Mund und Nase. »Owusu und Kwabena haben das nicht verdient. Nicht den Tod. Nicht, dass man ihre Namen, ihre Geschichten vergisst.«

»Dann gib du ihnen Namen. Dann erzähle ihre Geschichten. Das macht sie nicht mehr lebendig, aber vielleicht ist es ein bisschen Trost für ihre Lieben. Wir kriegen das gebacken, wir zwei, wir haben gute Arbeit bisher geleistet, nicht wahr?«

Ich lächelte, machte ihr Handzeichen. Zeige- und Mittelfinger ausgestreckt, legte sie auf die Stelle, wo mein Herz schlug, aber sie erwiderte den Gruß nicht. Sie lächelte nur traurig. Sie erhob sich mit viel Mühe und ohne meine Hilfe. »Glaubst du, Mama könnte noch leben, wenn ...«

»Ich bin mir sicher, dass es ihr höllisch wehgetan hat, dass Kwabena und Owusu getötet worden sind. Ich glaube nicht, dass ihr Herz deshalb aufgehört hat zu schlagen.«

Sie sah mich traurig und verloren an. »Ich glaube schon, Jan. Ich glaube schon.«

Ich trat gerade aus der Dusche, als mein Handy auf der Waschmaschine ein Geräusch von sich gab. Eine Nachricht von Eduard: bin im krankenhaus. komm vorbei. morgen vormittag. block II, zi. 503. ist wichtig.

was ist passiert?

die greifen von allen seiten an.

wer sind »die«?

meinen körper attackieren sie. bin 1 alter, kranker mann.

mach sie alle, eduard. das schaffst du.

Und kurz darauf die Nachricht von Haddah: habe endlich margarethe fiebach erreicht.

und??!!

Haddah liebte das Drama. Und ließ mich fünf Minuten warten. Schließlich die Nachricht:

JOSEF G. (vom ostring) = der DOTTORE (aus bruno kahn heim) = GIUSEPPE (war nur 1 spitzname um ihn als deutschsprachigen südtiroler zu ärgern) = PEPI (so nannten ihn freunde & familie)

wir müssen jetzt verdammt auf der hut sein, schrieb ich.

ich weiß, klabauter-jan. branko ist bei mir. wer ist bei dir?

ich trage immer ein messer. das genügt.

Obwohl ich saumüde war, kochte ich mir etwas, setzte mich danach an den massiven Holztisch im Wohnzimmer, hörte Howlin' Wolf, genoss das Essen und ein bisschen Wein und fühlte mich für kurze Zeit nicht mehr im Ausnahmezustand. Fühlte mich zurückversetzt in die Zeit, bevor Elisabeth Reitmann mit dem Himmel-und-Hölle-Spiel an unsere Tür geklopft hatte.

Ich wusste, es war die Ruhe vor dem Sturm, aber ich konnte an diesem Abend endlich wieder einmal durchatmen. Als ich das Geschirr in die Küche brachte, erreichte mich eine Nachricht von Delma: ich habe es nicht mehr ausgehalten. ich musste weg. aber keine angst. ich komme wieder. ich bin keine, die davonrennt, wenn's mal nicht so gut läuft. du bist mein mann. du bleibst mein mann.

Ich schlief gut in dieser Nacht. Seit so langer Zeit wieder einmal. Tief und fest. Ich tankte Kraft für das, was jetzt bevorstand.

Eduard war nicht mehr auf Zimmer 503. Als ich mich am Empfang nach seiner neuen Zimmernummer erkundigte, erfuhr ich, dass er in der Nacht verstorben war.

»Sind Sie sicher, dass keine Verwechslung vorliegt? Eduard Veith?« Ich buchstabierte. »V wie Vogel, E wie Eule, I wie Igel, T wie Taube, H w...«

»Es tut mir leid. Keine Verwechslung.«

»Aber ich hab ...«

»Keine Verwechslung, das dürfen Sie mir glauben. Es steht bereits im Internet.«

Ich stapfte planlos durch das Erdgeschoss, ein bisschen wie in Trance, fand schließlich, nachdem ich schon von einer misstrauischen Securityfrau angesprochen worden war, einen freien Stuhl vor einem Behandlungsraum. Es dauerte fast eine halbe Stunde, ehe ich fähig war, meine Gedanken zu ordnen und wieder zu funktionieren.

»Verdammte Scheiße«, fluchte ich, stand auf und verließ das Krankenhaus.

An der Bushaltestelle gegenüber von der Geisteswissenschaftlichen Fakultät erhielt ich eine Nachricht von Branko: drogenfahndung hat haddah festgenommen. du kennst 1 anwältin? schick nr oder mail oder whatsapp oder was dir einfällt, aber beeile dich, jan! please & thank u, branko

Ich leitete Branko Mekatekos Kontaktdaten weiter und schrieb: bogner will haddah mit allen mitteln zum schweigen bringen.

Zehn lachende, rote Teufelssmileys mit Hörnern: keine 10 000 bullen können 1 haddah stumm schalten, nicht einmal ich kann das.

Ich fand stundenlang keine Ruhe, ging flussabwärts, überquerte den Fluss nach dem Rathenauer Heim auf der großen mehrspurigen Brücke und fand mich schließlich im Gewerbegebiet wieder. Ging weiter, immer weiter, den Trampelpfad hoch zur Kapelle auf dem Hügel.

Ich war hier oben gewesen mit Geli. Am Tag vor der Party. Es war ein schwüler, heißer Samstag gewesen. Ein heimliches Treffen, kurzfristig vereinbart, hastig flüsternd in zwei, drei Sätzen im Flur des ersten Stockes, mehr ein Befehl aus ihrem Mund: »Kapelle! In einer Stunde. Wir treffen uns oben.«

Genau hier, wo ich jetzt stand und Nog trank, unter der Birke vor der Kapelle, waren wir gestanden und hatten vereinbart, dass wir Schluss machen würden. Ich mit Stella.

Sie mit Manuel, ihrem Freund, dem Zürcher Informatikstudenten.

»Vor der Heimparty noch muss es sein«, sagte sie. Sie schien aufgekratzt, nervös und nicht bei bester Laune.

»Warum vor der Hei…«

»Bist du dir nicht sicher?« Sie lächelte spöttisch. »Dann lassen wir's.«

»Ich bin mir sicher.«

»Hundertpro?«

»Hundertpro.« Ich holte tief Luft. »Aber warum innerhalb von vierundzwanzig Stunden?«

»Warum nicht?«

»Möchtest du es deinem Freund nicht persönlich sagen?«

Sie nickte. »Keine Sorge. Das werde ich.«

»Er kommt heute noch?«

»In vier Stunden.«

»Bleibt er über Nacht?«

»Morgen früh ist er wieder fort.«

»Er bleibt also über Nacht.«

Sie verdrehte die Augen. »Jetzt komm, mach bloß kein Theater.«

»Wo schläft Becky, wenn er da ist?«

»Bei Sandra.«

»Du schläfst also alleine mit ihm in einem Zimmer?«

»Was soll die Frage?«

»Schlaft ihr in einem Bett?«

»Ich weiß, wer morgen nicht in meinem Bett schläft, wenn er so weiterfragt.«

»Und wenn er dich umstimmt, Geli?«

»Ich habe meine Entscheidung getroffen. Ich möchte wissen, ob du das genauso hast.«

Meine Erinnerungen an dieses Treffen vor der Kapelle

waren so lebendig noch. Die untergehende Sonne im Westen blendete mich. Die Blüten und Gräser dufteten. Der Gedanke, in einem Tag mit Geli zusammen zu sein, mit ihr alles, was jetzt noch verboten war, endlich tun zu können, erfüllte mich mit so viel Glück, dass ich der Sache kaum zu trauen wagte. Und da war auch dieser Schatten, dieses Widerstreben davor, mit Stella zu reden, ihr alles zu beichten. Aber jetzt war es so weit. Es musste passieren.

Die Erinnerung alleine pumpte Adrenalin in meinen Körper.

»Ich will dich, Geli, es hat sich nichts für mich geändert.« Ich wandte mich ihr zu, wollte ihr eine Haarsträhne aus dem Gesicht streifen, aber sie wich zurück.

Sie zögerte. »Ich will dich auch. Aber ich will dich morgen Nacht. Ich brauch dich morgen Nacht. Du und ich, wir müssen auf der Heimparty ein Paar sein.«

»Hm. Verstehe.«

»Nein, du verstehst nicht.« Sie verdrehte wieder die Augen, nie zuvor hatte ich sie so nervös und gereizt erlebt. »Ich habe meine Gründe. Und Eifersucht ist nicht dabei. Ich ticke nicht so wie du.«

»Was für Gründe dann?«

»Meine Sache.«

»Hey. Sag's mir.«

»Ist meine Sache ganz allein.«

»O. k.«

»Schau nicht so zerknirscht.«

»Weiß Becky von uns?«, fragte ich sie.

»Keiner weiß von uns.«

»Nicht einmal Becky?«

»Nicht einmal Becky.«

»Wirst du deinem Freund von mir erzählen?«

»Nein.«

»Nein?«

»Nein, werde ich nicht.«

»Er wird's irgendwann aber erfahren.«

»Ich weiß.« Sie seufzte. »Aber nicht heute Nacht. Dass ich Schluss mache, ist erst mal genug.« Sie hob fragend die Arme. »Was ist jetzt?«

Ich nickte und lächelte. »Wir ziehen das durch, Geli.«

»Ja«, sie legte ihre Hand auf meinen Unterarm. »Wir ziehen das durch.« Ich wollte sie küssen, aber sie hielt mich zurück. Sie nahm mich bei der Hand. »Alle Küsse der Welt, wenn wir es ihnen gesagt haben.«

»Küss mich, Geli.«

»Erst machen wir Schluss. Das wird schwer genug.«

»Küss mich.«

»Hör auf.«

Ich holte tief Luft. »O. k.«

»Bis zum Heimfest morgen Abend, ja?«

Ich nickte. »Bis zum Heimfest morgen Abend.«

Sie drückte meine Hand fester. »Alle Küsse der Welt. Am Fluss dann. Bei der Party.«

»Die ganze Bergkette wird Zeugin sein.«

»Die Sterne auch.«

»Und Malle und Andi und Genf.«

Sie lachte. »Unbedingt« – und dann –, »du sagst es Stella, ja?«

Ich stockte. »Ich möchte mit dir zusammen sein. Auch wenn's ihr wehtun wird.«

»Yep«, sagte Geli leise. »*Breaking up is never easy, I know, but …*« Sie verstummte. »Wenn sie trotzdem auf die Party kommt, gibt es keine Küsse, dass das klar ist. Ich küsse dich nicht vor ihr, so was mach ich nicht.«

»Sie wird nicht auftauchen, wenn ich mit ihr Schluss mache. Da bin ich mir hundertprozentig sicher. Außerdem hat sie die wichtigste Prüfung des Jahres am nächsten Morgen.«

»O. k. O. k., Jan.«

Ich betrat die Kapelle und schloss die Tür hinter mir. Ich war ganz allein. Der Altar war spartanisch, winzig, das Holz der Bänke uralt. Ich war so zugedröhnt, dass ich mich in die letzte Bank setzen musste. Mein Herz schlug zu schnell und zu hart, und ich versuchte konzentriert, langsam und tief zu atmen.

Als Mekateko anrief, drückte ich sie dreimal aus Versehen weg. Erst draußen, vor der Kapelle, konnte ich den Anruf annehmen.

»Diesen Drogencocktail, auf den ihr so fliegt«, sagte sie. »Hast du davon was bei dir?«

»Hm?«

»Hast du das Zeug bei dir?«

»Warum?«

»Hast du Nog bei dir?«

Ich gab einen Laut von mir, ein irres Kichern. »Ich habe Nog in mir.«

»Wenn du noch welches hast, schmeiß es sofort weg.«

»Was ist los?«

»Euer Kratom-Kava-Hustensaft-Mix ist verboten.«

»Hustensaft?«

»Was auch immer da drinnen ist. Seit heute 00.00 Uhr ist die Droge bei uns illegal. Besitz, Verkauf, das ganze Programm.«

»Warum?«

Sie stockte. »Was ist los mit dir? Jetzt frag nicht so blöd und schmeiß es weg. Sofort.«

Ich stöhnte. »Scheiße, scheiße. Deshalb hat der Bogner gedacht, ich könnte ihm helfen, Haddah was anzuhängen.«

»Muss ich das verstehen?«

Ich erzählte von Bogners Angebot, Mekateko war verärgert, dass Haddah ihr kein Wort davon erzählt hatte. Ich fragte, ob Haddah in U-Haft bleiben müsse. »Vorerst nicht«, sagte sie. »Aber ich weiß nicht, was da noch kommt. Ungut ist das alles bei so einer Menge. Und sie zeigt sich nicht sehr kooperativ, die junge Frau. Die nervt, um es noch milde auszudrücken.«

»Sie ist wütend. Und das zu Recht.«

Wieder stockte sie. »Ich muss das nicht machen, das weißt du schon?«

»Was musst du nicht machen, Mekateko?«

»Mich um deine Freundin kümmern.«

»Ich weiß«, sagte ich. »Aber wir brauchen dich, Haddah und ich. Wir sind verloren ohne dich. Wir haben Dinge über die Bullen rausgefunden, da schlackern dir die Ohren. Und wir schaffen das nicht alleine.«

»Du kennst meinen Standpunkt, ich habe mich doch im Schloss klar und verständlich ausgedrückt, Jan.«

»Es ist fett, Meka. Richtig fett.« Sie schwieg kurz, dann erklärte ich ihr, was wir zu wissen glaubten.

Sie schimpfte. »So was darfst du mir doch nicht am Handy erzählen. Wer weiß, ob die dich abhören, wenn deine Freu…«

»Wir brauchen eine Anwältin in unserem Team.«

Sie lachte. »Team?«

»Bitte. Du hast dich doch längst entschieden«, sagte ich leise. »Dem Pack von damals in den Arsch zu treten. Das hast du längst beschlossen. Bevor du mich überhaupt wiedergesehen hast, war dir klar, dass der Tag kommen würde. Jetzt ist er da.«

Sekundenlang war es still. Dann Mekateko: »Lass mich darüber schlafen.«

Haddah und ich standen vor einer Gruppe Kinder, die in Reih und Glied auf dem Jahrmarkt ein Lied darboten. Zwei der Mädchen waren dunkelhäutig. Eins davon sah aus wie eine Miniausgabe Mekatekos.

Bunt sind schon die Wälder

Gelb die Stoppelfelder

Mekateko trug einen dunkelgrünen, schicken Wintermantel. Einen dazugehörigen Schal. Sie sah besonders hübsch aus heute.

Und der Herbst beginnt

Sie schenkte uns keinen einzigen Blick, hatte nur Augen für ihre Kleine, ihre Stimme klang erkältet. »Dass das Cowgirl damals auf der Siebziger-Party in der Messehalle Angelika Reitmann war, habe ich genauso wenig gewusst wie die Tatsache, dass sie dabei war, als uns die Drogenfahnder angesprochen haben. Es war eine böse, dunkle Zeit für mich, ich war zu sehr mit mir selbst beschäftigt, als dass ich mich für andere interessiert hätte.« Sie hielt kurz inne. »Ich habe so viel wie möglich verdrängt, einfach gelöscht, aber eines kann ich mit Gewissheit sagen: Das Cowgirl ist nicht mit zu der Afterparty in dem Studentenheim. Jedenfalls nicht in jener Nacht, in der ich den Fehler gemacht habe, hinzugehen.«

»Bist du dir ganz sicher?«, fragte ich.

»Ich bin mir ganz sicher«, sagte sie, etwas gereizt. »Weil

einer der Typen ständig nach der heißen Südländerin im Cowboy-Kostüm gefragt hat.«

Sie kramte in ihrer Jackentasche und reichte mir ein paar Fotos. »Mehr Bilder vom Dottore. Partyfotos aus dem Bruno-Kahn-Heim. Maria ist auch dabei. Scheint mit dem Dottore befreundet gewesen zu sein.«

Mekateko wollte zu ihrer Tochter, als die Kindertruppe das letzte Lied beendet hatte. Haddah sah mich an, nervös, aufgewühlt, dann rief sie ihr hinterher: »Meka!«

Sie drehte sich um und sah Haddah fragend an. »Du lügst!«, sagte die. »Du lügst, weil du Angst hast.«

Mekatekos Blick wechselte von Haddah zu mir. »Was will sie mir sagen?«

»Dass du genau gewusst hast, dass das Cowgirl Angelika Reitmann war«, sagte ich. »Du aber mit der Sache nichts zu tun haben wolltest und es deshalb nie jemandem gesagt hast.«

»Ich hatte nicht die geringste Ahnung, o. k.?«

»Warum hast du uns dann auf die Spur geführt? Mit den Fotos im Uni-Archiv? Du hast gewusst, dass wir was finden würden.«

Mekateko lächelte. »Wenn ihr zwei das glaubt, werde ich kaum was tun können, um euch zu überzeugen.«

»Ich habe auch Angst«, rief Haddah. »Ich habe eine Riesenklappe, ich weiß, aber das ist nur Show. Ich habe eine Scheißangst vor den Bullen.« Sie hob resigniert ihre Arme. »Ich schulde es Kwabena, ich schulde es Owusu, darum mache ich es. Ich schulde es allen Cowgirls und Indianerinnen, die auf der Afterparty in dem verfluchten Studentenheim waren.«

In dem Augenblick fing eine Gruppe von jungen Männern mit Blasinstrumenten an, lautstark ein Gassenhauermedley zu schmettern, und jede Unterhaltung ohne Schreien war unmöglich. Ich sah mir die Fotos an, die mir Meka gegeben hatte, und mein Gefühl, dem Dottore schon einmal begegnet zu sein, verstärkte sich. Es kam mir vor, als würde sich die Lautstärke der Bläsergruppe steigern, bis nur mehr ohrenbetäubender Lärm zu vernehmen war und ich mir kurz mit beiden Handballen die Ohren zuhalten musste. Die Fotos fielen auf den feuchten Boden, ich bückte mich, sortierte sie auf meinen Oberschenkeln, sodass ich sie fotografieren konnte. Als die Taschenlampe des Handys die Fotos erhellte, erkannte ich den Dottore wieder.

Vier Fotos und kein Zweifel. Das war er. Das war der Kerl.

Ebenfalls zu sehen: Maria aus 118. Einmal hatte er sogar seinen Arm um sie geschlungen.

Bloody Mary und Dottore.

Ich kauerte da am Boden, registrierte nicht mehr, was um mich geschah. Erst als mich Haddah stupste und fragte, was los sei, endete das Dröhnen, und ich stand wieder auf, gab Mekateko wortlos die Fotos zurück.

Beide sahen mich mit besorgten Blicken an. »Manno, alles klar?«, fragte Haddah. »Siehst ja richtig fertig aus.«

»Alles o. k.«, sagte ich. »Alles gut.«

»Hast du was Besonderes auf den Fotos gesehen?«, hakte Mekateko nach.

Ich schüttelte den Kopf. Bevor Mekateko sich verabschiedete, fragte ich: »Du hast gesagt, du hättest das Gefühl gehabt, der Dottore würde auf die Geli stehen, ja? Als euch die Bullen angesprochen haben vor dem Bruno-Kahn-Heim?«

»Ja. Der Typ hat sich total zum Clown gemacht.«

»Hm.«

»Deswegen glaube ich auch nicht, dass die Geli auf einer Afterparty war. Der hätte sie gewarnt.«

»Und wenn sie seine Liebe nicht erwidert, und er rächt sich, indem er sie zu dem Job überredet?«, fragte Haddah.

»Ja«, flüsterte ich. »Was, wenn sie seine Liebe nicht erwidert?«

»Du hast was gesehen auf den Fotos«, sagte Mekateko. »Du hast ihn erkannt, Jan.«

Ich schüttelte den Kopf. »Leider nein.«

»Du lügst.«

»Nein, Mekateko.«

»Ich habe den Kerl noch nie im Leben gesehen.«

Als Haddah und ich schließlich zur Straßenbahnhaltestelle spazierten, sagte sie: »Halte dich von Maria fern. Ich werde noch einmal mit ihr reden. Ich. Hast du verstanden? Du kommst nicht in ihre Nähe.«

Ich nickte.

»Gib mir ein Ja, Jan. Ein lautes, deutliches Ja.«

»Ja.«

»Was ist los? Du bist ein bisschen neben der Spur.«

»Bin ich doch immer, Haddah. Bin ich immer.«

»Du hältst dich von Maria fern?«

»Ja, verdammt.«

Sie musterte mich misstrauisch, sie schien zu ahnen, dass ich log. Nichts und niemand auf der Welt würde mich davon abhalten können, mit Bloody Mary zu reden, jetzt, da ich wusste, dass der Radfahrer, der mich damals bei der Unterführung nach dem Hanikafest angespuckt hatte, zehn Tage vor Gelis Tod, der Dottore gewesen war. Das konnte kein Zufall sein. Er hatte es mit Absicht getan. Er war mir nach der Party gefolgt. Und ich ahnte, warum.

O ja, ich würde Maria treffen, und ich wusste auch schon, wo der perfekte Treffpunkt sein würde.

7

MARIA

Ich betrat das Rathenauer Heim durch die Schiebetür des Haupteingangs, bog vor der gläsernen Tür des Büros der Heimleitung nach links ab zur Stiege, die hoch in den ersten Stock, den Wohntrakt für Studentinnen führte.

Alles sah noch genauso wie damals aus. Auch der eigene Geruch, den fast jedes Gebäude innehat, war derselbe geblieben. Im ersten Stock kam ich mit Herzklopfen an Zimmer 101 vorbei.

Gelis Zimmer.

Wie in Trance ging ich den Gang entlang, es war nicht viel los, nur aus einigen Zimmern und der Küche waren Stimmen zu hören. Vor der letzten Tür der Nordseite blieb ich stehen. Zimmer 118. Marias Zimmer. Ich holte tief Luft, klopfte und trat ein. Sie saß auf dem giftgrünen Schreibtisch links, die schwarzen Stiefel wippten den Stuhl vor ihr. Ihre Miene gefror, als sie mich sah. »Du?!« Ihr Ton war scharf, beinahe feindselig. »Was soll das jetzt werden?« Sie stieß den Stuhl mit den Füßen weg. »Ich habe gedacht, Haddah wollte mich se…«

»Maria!«, rief ich, so herzlich wie möglich, und ging auf sie zu, wollte sie theatralisch umarmen oder ihr wenigstens die Hand geben, aber ihr wütender Blick hielt mich davon ab. Verdammt gut sah sie aus, viel besser, als ich erwartet hatte. Sie roch nach dezentem Parfum und kaltem Zigarettenrauch.

»Also echt!« Sie stemmte ihre Arme in die Hüfte. »Ich

lass mich nicht verarschen. Du hast mich unter einem falschen Namen hierhergelockt.« Sie hüpfte vom Tisch und wollte an mir vorbei, aber ich versperrte ihr den Weg.

»Ich muss mit dir reden, Maria. Ich muss.«

»Jan-Petzi, du nervst. Lass mich in Frieden, ich bitte dich.« Ihre Stimme klang noch genauso verraucht wie früher. »Ich verbreite keine Lügen über dich, ich will dir nichts Böses, ich habe Had…«

»Gib mir fünf Minuten, Maria. Bitte.« Ich berührte sie vorsichtig am Oberarm, sie stieß mich weg, aber nur halbherzig, nicht grob, nicht entschieden genug. »Um der alten Zeiten willen.«

»Nein, Jan-Petzi. Um keiner Zeiten willen. Du machst mir Angst. Ich möcht nicht alleine mit dir sein. Schon gar nicht in meinem alten Heimzimmer.«

»Wir schulden Gelis Mama die Wahrheit. Nicht der Polizei. Nicht dem Richter. Nicht Gott. Nur ihr.«

»Ich schulde keinem was! Niemandem!« Maria war laut jetzt, richtig laut. »Du hast immer auf mich runtergeschaut! Ich hab dich gemocht, aber für dich und die anderen Kerle im Heim war ich immer nur die Bloody Mary, die, über die man Witze reißt, weil sie nicht richtig tickt.« Sie war außer Atem, imitierte eine Männerstimme. »Uh, uh, uh, toller Arsch und pralle Titten, aber sonst leider etwas kaputt im Kopf, ein bisschen meschugge, die Bloody Maria, deshalb ein-, zweimal betrunken abschleppen bei einem Heim- oder Unifest, aber sonst bloß Abstand halten, schön Abstand halten.« Ihre Pupillen flitzten hin und her, als müsste sie beobachten, was links und rechts von ihr geschah. »Wenn man über jemanden lacht, Jan-Petzi, dann verachtet man ihn, un…«

»Maria, ich h…«

Sie klatschte vor meiner Nase in die Hände, ich verstummte, sie sagte: »Ihr seid ja alle so verdammt tolerant, so offen, so liberal, das glaubt ihr doch, dass ihr das seid?« Sie schüttelte den Kopf. »Aber wenn ihr jemanden seht, der nicht so hübsch ist, der nicht so schlank ist, dessen Hautfarbe nicht so weiß ist, wenn ihr jemanden trefft, der nicht so astreines Schriftdeutsch spricht, oder jemanden, der Probleme hat, ernste psychische Probleme, und ja, die habe ich gehabt, aber es war nicht meine Schuld, dass ich krank war ... es war ni...«

»Ich weiß, ich war ein Arschloch.« Ich griff nach ihren Händen, hielt sie, und sie ließ es geschehen. »Verzeih mir, Maria. Ich weiß, ich war kein guter Mann.«

»Bist du es denn jetzt?« Ein gequältes Lächeln machte sich breit auf ihrem Gesicht, ganz langsam, ihr Kopf kam noch näher an meinen, ja ihre Brüste berührten mich beinahe, was mich irritierte. »Jan-Petzi, Jan-Petzi. Ich glaube nicht, dass du dich wirklich geändert hast.«

Sie ging wieder auf Distanz, nahm ihr Handy und schrieb flink mit beiden Daumen. Ich wusste, an wen die Nachricht ging. Haddah würde stinksauer sein. Haddah würde sofort ein neues Video auf der Flugschanze drehen.

Ich hielt ihr mein Handy vor die Nase. Das Foto von ihr und dem Dottore auf dem Heimfest. Sein Arm um ihre Schulter. »Was weißt du über den Typen?«

Ihre Augen groß. »Woher hast du denn das Foto?«

»Das ist Josef G. Der Dottore. Guiseppe. Pe...«

»...pi«, vervollständigte sie. »Niemand hat ihn Giuseppe nennen dürfen. Da ist er so böse geworden.«

»Du weißt, wo der steckt?«

»Er ist in Mittelamerika verschollen.«

»Wann hast du das letzte Mal Kontakt gehabt mit ihm?«

Sie stockte. »Warum?«

»Ist er tot? Ist der Pepi tot?«

Sie überlegte lange. »Ich hoffe nicht.«

»Ihr seid befreundet gewesen?«

Sie nickte. »Gute Freunde sogar. Bis er verschwunden ist.«

Ich nickte. »Warst du jemals auf dem Siebziger-Fest in der Messehalle und hast in so einer Village-People-Truppe Flyer für ein Kampfsportzentrum verteilt?«

»Nein.«

»Nein?«

»Nein.«

»Aber sie haben versucht, dich anzuheuern, ja? Die Bullen?«

Maria stockte. »Die wollten nie, dass wir Flyer verteilen. Die wollten was ganz anderes.«

»Was ganz anderes?«

»Aber sicher.«

»Woher weißt du das?«

»Pepi hat mich gewarnt.«

Wir sahen uns in die Augen. Lange. »Weißt du denn, warum der Pepi gewusst hat, was passiert, wenn man Flyer verteilt auf dem Fest und danach mit auf die Afterparty geht?«

»Ich verstehe deine Frage nicht«, sagte sie.

»Dass der Pepi Studentinnen an die Bullen vermittelt hat, hast du gewusst?«

Sie sah jetzt verunsichert aus. »Ich versteh dich wirklich nicht.«

Ich nickte. »Sag mir eins, Maria: Wo warst du, als du mich draußen auf dem Parkplatz gesehen hast in der Mordnacht? Kurz vor dem Mord? Das hast du Haddah erzählt und Haddah hat's der Welt erzählt. Also: Wie hast du mich sehen können?«

»Ich war auf der Baustelle«, sagte sie. »Ich hab dich mit der Geli auf der anderen Seite des Zauns gesehen. Du hast versucht, sie zu küssen. Sie ist ausgeflippt deswegen.«

Ich streifte mir mit der linken Hand übers Gesicht. »Du warst auf der Baustelle? Wie zum Teufel bist du da denn reingekommen?«

Sie wandte ihren Blick ab. Schüttelte lächelnd den Kopf. »Ist das jetzt ein Verhör, Jan-Petzi?«

»Um die Baustelle war ein hoher Zaun, Maria. Keiner von uns hätte da drüberklettern können.«

»Wir sind über'n Balkon den Baum runter.«

»Das ist doch lebensgefährlich.«

Sie lachte. »Weißt du nicht mehr, wie es war, in dem Rathenauer Heim zu leben, Jan-Petzi? Wie wir damals drauf waren? Was wir alles angestellt haben?«

»Moment«, sagte ich. »Was heißt wir? Mit wem bist du zur Baustelle?«

»Mit Pepi.«

»Mit Pe...«

»Pepi ist erst um Mitternacht zur Party gekommen, weil da ein Unfall am Südring war. Wir haben noch Tequila in der Küche getrunken und sind dann raus auf die Baustelle.«

Ich hatte das Gefühl, ein Sturm würde von der Bergkette ins Tal ziehen. Da war ein Rauschen in meinen Ohren, so laut, dass ich Schwindel verspürte. »Du warst mit dem Pepi kurz vor dem Mord auf der Baustelle? Hat denn auch der Pepi gesehen, wie ich versucht habe, die Geli zu küssen? Oder hast du ihm etwa davon erzählt, dass ich versucht habe, sie zu küssen?«

Die Stille, die folgte, sorgte dafür, dass wir den Lärm des Güterzugs hörten, der auf der anderen Flussseite zwischen Ufer und Straße dahinrauschte. Ich zählte die Wagons, um ruhig zu bleiben. Um jetzt nicht auszurasten. Eins, zwei, drei ... Siebzehn, achtzehn, ... Fünfundzwanzig, sechsundzwanzig ... Fünfunddreißig ... Vorbei ...

Sie drehte den Kopf zu mir. Sah mich an mit einem Blick, den ich nicht deuten konnte. Kein Ja, kein Nein. Dann fing sie an zu lachen. Ein leises Wiehern, das kaum zu hören war, weil sie sofort die Hand vor den Mund hielt. Da war Spott und ein bisschen Verachtung in ihrem Blick, als sie sagte: »Du musst die Vergangenheit hinter dir lassen. Die Geli ist tot. Nichts und niemand auf der Welt kann das noch ändern.«

»Du warst mit dem Pepi in der Nähe des Tatorts zur Tatzeit.«

»Du doch auch.«

Ich hob beschwörend die Hände. »War der Pepi in den Monaten nach dem Mord mal in Südafrika? In einer Stadt namens Newcastle?«

»Das weiß ich doch nicht mehr.«

»Bitte denk nach. Es ist wichtig. Denk nach, Maria.«

»Ich weiß das nicht mehr.«

»Aber es könnte sein?«

»Möglich ist es. Er war mit Studenten aus Südafrika befreundet.« Sie fuhr sich durchs Haar. »Warum ist das wichtig? Warum sind wir in diesem blöden Zimmer in diesem blöden Heim?«

»*Ich liebe dich immer noch, Angelika.* Das ist in der SMS aus Südafrika gestanden. W...«

Sie hielt sich mit ihren Händen die Ohren zu und rief: »Hör auf! Hör bitte auf! Mich interessiert das alles nicht. Ich möchte damit nichts mehr zu tun haben.« Erst als ich verstummt war, sprach sie wieder in Zimmerlautstärke. »Die Kripo hat auch auf einmal diese idiotische Idee gehabt, die

Zeugin vom Hochhaus hätte mich und den Pepi gesehen. Dabei hat diese Altenpflegerin doch immer klipp und klar gesagt, es wären zwei Männer gewesen. Schau mich an, Jan-Petzi: Ist mein Busen so winzig? Mein Arsch so klein? No, no, no. Mich verwechselt niemand mit einem Typen, oder? Ich me…«

»Moment.« Ich war so perplex, dass ich mich auf der Fensterbrüstung abstützen musste. »Die Kripo hat also gewusst, dass ihr auf der Baustelle gewesen seid?«

»Die haben sogar eine Zeitlang geglaubt, der Pepi könnt's gewesen sein, ja. Aber sie haben's dann wieder aufgegeben.«

»Die haben was?« Ich holte tief Luft. »Und warum haben sie's aufgegeben?«

»Weil er's nicht war, du Dummie.«

»Die haben dich dazu befragt?«

»Ja. Aber von mir haben sie nichts erfahren.«

»Wann war denn das?«

»Monate, nachdem die Geli gestorben ist.«

Ich stellte mich vor Maria. Ich legte meine Hände auf ihre Wangen, sah ihr so verdammt tief in die Augen, als würde ich ihr jetzt gleich einen Antrag machen. »Ich glaube, der Pepi ist in die Geli verliebt gewesen. Er muss gesehen haben, wie ich sie auf dem Hanikafest geküsst habe, zehn Tage, bevor sie gestorben ist, verstehst du? Er hat es gesehen, ist mir gefolgt und hat mich in der Unterführung angespuckt un…« Ich strich mir mit meiner linken Hand abermals übers Gesicht, als würde mir das helfen zu denken. »Du selbst hast ja Haddah die Geschichte erzählt. Du kennst sie ja. Mensch, Maria, der war verliebt in die Geli. Der war eifersüchtig.«

»Und wenn?« Sie lachte. »Du warst auch ständig verliebt. Du warst auch krank eifersüchtig, alle sagen das! Die größte Dramaqueen im ganzen Stock, das warst du! Keiner im zweiten Stock hat einen größeren Zirkus aufgeführt als du.«

»Der Dottore war eifersüchtig genug, um mich nach dem Hanikafest auf dem Rad zu verfolgen und anzuspucken, weil ich sie geküsst habe. Das war zehn Tage vor dem Mord. Und er war am Tatort.« Ich ließ sie los, sie wich zurück. »Er war zur Tatzeit am Tatort, Maria.«

»Jan ...«

»Verstehst du denn nicht, was das bedeutet? Kapierst du denn nicht?«

»Die Polizei hat ermittelt. Er war es nicht.«

»Maria, hör mir jetzt gut z...«

»Ja, der Pepi war verliebt in die Geli. Und ja, er war wütend, weil du eine Freundin gehabt hast und dich trotzdem an sie rangemacht hast.«

»Ab...«

»Klappe! Hör du mir jetzt zu!« Sie unterbrach mich, wich noch weiter zurück, um Abstand zu mir zu halten. »Du hast versucht, die Geli in der Nacht zu küssen, und sie hat das nicht gewollt, ich habe das gesehen. Die hat ja auch einen Freund gehabt, die Geli, einen lieben Kerl aus der Schweiz, den Manuel.«

»Maria, i...«

»Das war so eine klassische Jan-Petzi-Aktion. Du warst doch immer unglücklich verliebt, du hast das gesucht und gebraucht und dich dann gesuhlt in deinem Liebesschmerz. Hast romantische Gedichte und Briefe geschrieben, hast dich zum Affen des ganzen zweiten Stocks gemacht.«

»Die Geli hat mit Manuel Schluss gemacht. Die war nicht mehr glücklich mit dem.«

»Das weiß ich doch. Das hat mir die Geli ja in ihrer letzten Nacht anvertraut. Aber es ist trotzdem typisch irgendwie. Dass du dich in eine Frau verliebst, die einen Freund hat.«

»Erzähl mir alles von der Nacht.« Ich machte einen Schritt auf sie zu. »Alles, was du von der Baustelle aus gesehen hast.«

»Komm bitte nicht näher.« Sie starrte mich finster an. »Bleib stehen, ja?«

»Maria ...«

»Bleib stehen, du!«

»O. k. O. k.!« Ich trat zurück, hielt Abstand, hob entschuldigend die Hände. »Ich komme nicht näher. Versprochen.«

»Hast du eine Waffe bei dir?«

»Hä?«

»Ein Messer. Du hast immer ein Messer bei dir.«

Ich zog mein Messer aus der Hosentasche. Ich reichte es ihr. Da war Furcht in ihrem Blick. Die Frau hatte Angst vor mir. Ich war ein Arschloch, dass ich mich nicht an Haddahs Aufforderung gehalten hatte, mich von ihr fernzuhalten. Ich war ein Arschloch, dass ich sie jetzt so in die Mangel nahm, ja sogar angefasst hatte. Aber niemand hätte mich stoppen können.

»Jan-Petzi, Jan-Petzi, du hast doch nichts zu fürchten.« Sie betrachtete das Messer in ihrer Hand, wankte ein wenig im Stehen, die Schultern wippten, eine alte Angewohnheit, die einen manchmal glauben ließ, sie wäre ein wenig betrunken. »Ich hab versprochen, nichts der Polizei zu sagen. Warum traust du mir denn nicht? Warum bedrängst du mich so? Warum die Lügen, um mich hierher zu locken?«

In dem Moment startete der Klingelton meines Handys, *Men in Black*, der Song, der Haddahs Anruf ankündigte, aber auch zufällig der Song war, den Maria und ich so oft im Heim gesungen hatten. Und wir sahen uns an und mussten lachen und schlossen damit so was wie einen Waffenstillstand. Maria ging zum Fenster, ich folgte ihr, nachdem ich Haddah stumm geschaltet hatte. Sie stand da und ließ ihren Blick über die Gegend schweifen, als würde sie in Erinnerungen schwelgen, da war etwas Zärtliches in ihrem Blick, da war ein Lächeln auf ihren Lippen. Und ihre Augen waren nie dunkler und schöner gewesen. »Der Fluss hat immer noch seine grüne Farbe. Und die kleine Kapelle steht immer noch auf dem Hügel. Auch die Berge sind genau gleich. Sie haben nur viel weniger Schnee. Das ist traurig.«

Ich versuchte, so sanft wie möglich zu reden. »Ihr habt den Felix auf der Baustelle gesucht, stimmt's?« Ich nickte. »Deinen kleinen Kater.«

»Das war mein Zimmer, Jan.« Sie sah sich um. »Warum wohnt eigentlich keiner hier?«

»Das Zimmer steht seit Jahren leer. Zu nah an der Küche. Zu laut. Die Heimleitung vermietet es nicht mehr.«

»Woher weißt du denn das?« Sie lachte. »Bist du wieder eingezogen?«

»Ich habe immer noch Kontakt zu ein paar Jungs von früher. Der Heimtratsch hat nie aufgehört.« Ich holte tief Luft. »Ihr habt Felix gesucht, Maria?«

»Ja. Der Felix war mal wieder ausgebüxt.«

»Und der Pepi war die ganze Zeit über bei dir, ja? Den hast du keine Sekunde aus den Augen verloren, oder? Der hätte die Geli nicht ermorden können, weil er immer bei dir war?«

»Nein, nein. Wir haben uns natürlich getrennt, die Baustelle war ja so groß. Ich habe den Pepi nicht die ganze Zeit gesehen.«

»O mein Gott«, flüsterte ich. »O mein Gott, o mein Gott, o mein Gott.«

»Beruhig dich wieder, der Pepi war das nicht mit der Geli. Da liegst du total daneben.«

Auf einmal kam mir die Bergkette mit den Gipfeln im Schnee viel größer vor. Als wäre sie näher gerückt. Unwirklich wie das, was ich auf Zimmer 118 zu hören bekam.

»Die Bullen haben's rausgefunden, Maria.« Ich hyperventilierte beinahe. »Vielleicht wegen der SMS aus Südafrika. Vielleicht wegen sonst was. O ja, die haben rausgefunden, dass der Pepi der Mörder von der Geli ist. Ausgerechnet der Kerl, der dem Trio Infernale junge Studentinnen aus dem Ausland für ihre Orgien vermittelt hat. Und die wollen nicht, dass der auspackt, wenn er verhört wird oder vor Gericht steht wegen des Mordes an der Geli. Deshalb taucht die Bitch Wernicke in seiner Wohnung am Ostring auf. Deshalb. Nur deshalb war die in der Wohnung.« Ich stöhnte. »O mein Gott, da ist was aus dem Ruder gelaufen, bei dem Versuch, den Mann, der die Geli ermordet hat, zum Schweigen zu bringen. Deshalb sind Owusu und Kwabena gestorben. Nur deshalb.«

»Du redest solchen Unsinn, ich verstehe ja nur Bahnhof. Warum hätte der Pepi so was Schreckliches tun sollen?«, fragte sie. »Weil er eifersüchtig war? Weil die Geli ihn nicht wollte? Das ist lächerlich. Jetzt glaub mir doch, so einer war der nicht.«

»Der Mann hat den Bullen junge Frauen für deren Orgien vermittelt, Maria! Der hat mich angespuckt, weil ich die Frau geküsst habe, in die er verliebt war. So einer war das. Lösch das Bild aus deinem Kopf, das wäre ein guter Kerl gewesen.«

Sie stemmte ihre Hände in die Hüfte. »Deine wilden Fantasien, Jan-Petzi. Deshalb bist du Schriftsteller geworden.«

»Es war dein Pepi oder ich. Einer von uns beiden. Wir

waren beide am Tatort. Zur Tatzeit. Hast du gesehen, wie ich die Geli ermordet habe?«

»Nein, hab ich nicht.« Maria öffnete einen Fensterflügel und steckte sich eine Zigarette in den Mundwinkel, das Messer legte sie vor sich auf das Fenstersims. »Aber du liebst Messer. Das weiß jeder.«

»Mein Messer hat die Polizei untersucht.«

»Messer kann man reinigen, Jan-Petzi.«

»Dann erzähl's doch der Polizei. Alles, was du Haddah erzählt hast, kannst du denen stecken.«

»Zum tausendsten Mal: Ich red nicht mit der Polizei«, sagte sie mit fester Stimme nach einer kurzen Pause, in der sie mehrere Züge genommen hatte. »Es waren Polizisten, die meine Großmutter ermordet haben. Es waren Polizisten, die meine Familie vertrieben haben. Das Einzige, was ich jemals zur Polizei sagen werde: All cops are bastards.« Sie musterte mich. »Ich war betrunken in der Nacht. Ich hätte nicht trinken dürfen, weil ich Medikamente hab nehmen müssen. Hab's trotzdem getan. Ich hab am Ende kaum mehr stehen kön…«

Da kam Haddah ins Zimmer gestürmt, wutentbrannt, sie verfluchte mich tausendfach und in donnernder Lautstärke, wir lieferten uns ein Wortgefecht, in dem ich ihr erklärte, was Maria über Dottore erzählt hatte, von seiner Anwesenheit in der Nähe des Tatorts bis zum Verdacht der Polizei, alles sprudelte aus mir raus, aber Haddah war trotzdem nicht zu beruhigen. Als uns beiden die Luft ausging, entschuldigte sie sich bei Maria. Dann sagte sie: »Der Kerl weiß nicht, ob er der Mörder ist. Das ist sein Problem. Das fickt ihn richtig übel.«

»Du weißt es nicht?«, fragte Maria. »Was heißt, du weißt es nicht?«

Die beiden sahen mich an. Die beiden warteten. Ich gab keine Antwort. Es gab keine Antwort.

Maria wandte sich an Haddah. »Ich habe etwas gehört.« Jedes Wort schien ihr nun schwerzufallen, denn sie sprach ganz langsam jetzt. »Ich hab gehört, wie ein Mann mit ihr gesprochen hat. Sie ist auf dem Zaun gesessen, die Geli. Ganz oben. Auf dem Eckpfosten zwischen Baustelle und Parkplatz. War richtig gefährlich. Das Letzte, was der Mann gerufen hat.« Sie schloss die Augen. »Aber ich liebe dich! Dann war da ein Schrei. Vielleicht war's auch nur der Felix, ich weiß es nicht. Und dann Stille. Ich glaub, so still war's nie auf der Welt. Ich hab noch nie so eine Stille erlebt.«

Ich sah Haddah an und schlug mir die Hände vors Gesicht. Meine Stimme klang ganz verzweifelt, ganz weinerlich: »Und das fällt dir heute ein? Nach über sechzehn Jahren? Ja, willst du uns verarschen?« Ich ging auf sie zu, aber Haddah stellte sich dazwischen, hielt mich am Arm fest. »Das gibt's doch nicht. Dass du gehört hast, wie der die Geli umgebracht hat und nie was gesagt hast. Nie! Das ist doch krank, so was! Völlig krank!«

»Lass sie«, herrschte mich Haddah an, schubste mich zurück, schubste mich weg von Maria. »Du musst grade reden. Ausgerechnet du. Lass sie erzählen.«

»Das ist alles«, sagte Maria. »Mehr war da nicht.«

»Ich liebe dich?« Haddah wandte sich Maria zu, kam ihr nahe, ganz nahe, sie schien sie fast zu umarmen und in ihr Ohr zu flüstern: »Du bist dir sicher?«

»Ich habe nur gehört, wie ein Mann sie angefleht hat: Aber ich liebe dich.«

»Warum zum Teufel hast du das nie erzählt?« Ich wollte Maria wieder auf die Pelle rücken, aber Haddah hielt mich abermals mit ausgestrecktem Arm auf Distanz. »Warum?

Das ist doch der Beweis, dass der verdammte Pepi die Geli erstochen hat.«

»Oder du«, sagte Haddah.

Haddah dirigierte mich mit einer Handbewegung noch ein paar Schritte zurück. Ich fragte Maria: »Ihr habt euch getrennt, um die Katze zu suchen. Wann ist der Pepi denn wieder aufgetaucht? Sofort nach dem Schrei? Eine halbe Stunde später? Wie seid ihr denn wieder von der Baustelle gekommen? Ist dir was aufgefallen? Blut an seinen Klamotten vielleicht? Hat er ein Messer bei sich gehabt? Sonst einen spitzen Gegenstand? Hat er verstört gewirkt?«

»Ich weiß nicht. Ich weiß gar nichts mehr. Du machst mich ganz verrückt mit deiner Fragerei. Ich sage nichts mehr. Kein Wort mehr zu dem Mord. Ich werde niemals mit der Polizei reden. Ich wollte es damals nicht, und ich will es heute nicht.« Maria und Haddah umarmten sich jetzt, drückten sich. »Die werden nicht mit mir reden. Solange ich atme, nicht mehr. Nie mehr. Ich hasse die. Ich hasse die alle.«

»Ich verstehe dich«, sagte Haddah. »Ich bin auf deiner Seite.«

Maria ließ Haddah los, drehte sich zu mir, strich sich mit der Hand über ihre Lippen, Daumen- und Zeigefingerspitze zusammengepresst, alles verschlossen, alles versiegelt. »Ich habe nie jemandem von euch erzählt. Weil ich nicht glauben will, dass es einer von euch war. Das darf nicht sein. Das kann gar nicht sein.«

Sie legte ihre Hand kurz auf Haddahs Schulter, stapfte aus dem Zimmer, ihre schwarzen Stöckelschuhe machten solchen Krach, als würden sie Löcher in den Linoleumboden tackern. Weder Haddah noch ich hielten sie davon ab zu gehen. Ich wusste, Maria würde niemals wieder mit uns reden. Ich nahm mein Messer von der Fensterbank und steckte es wieder ein. Haddah schwieg, aber ihr Blick verriet, was sie dachte. Stumm verließ auch sie das Zimmer.

Beim Fahrradstall, unterhalb des Balkons des ersten Stocks, dort wo die alte Föhre stand, über die Maria und der Dottore zur Baustelle geklettert sein sollen, stellte sich Haddah mir in den Weg. »Arschloch«, sagte sie leise. »Was bist du für ein dummes Arschloch.«

Ich hob entschuldigend meine Hände. »Ist doch egal jetzt. Wir haben unsere Antwort. Er war's. Der Dottore war's.«

Sie schubste mich gegen das Gitter, hinter dem die Fahrräder standen. »Fokk you.«

»Der Pepi ist Gelis Mörder, Haddah.«

»Fokk you!«

Ich zuckte mit der Schulter. »Ich verstehe, dass du böse bist. Es tut mir leid. Ab...«

Sie boxte mich auf den Oberarm. »Du Arschloch. Maria hat Angst vor dir, verstehst du das nicht? Sie will dich nicht in ihrer Nähe haben, aber was macht bleachfokkingshit? Du lockst sie in das schreckliche Studentenheim, in meinem Namen! Du bist so ein Arschloch. Arschloch, Arschloch, Arschloch!«

»Sorry, Fine Lady. Aber ich habe gedacht, wenn ich mit ihr in dem Heim rede, würden sie die Erinnerungen überwältigen. Dann würde sie vielleicht alles ausplaudern, und irgendwie hat das doch geklappt, nicht wahr?«

»Überwältigen? Geht's noch? Welche Erinnerungen?«

»An Geli. An die Mordnacht. Ich wo...«

»Leck mich.«

Ich sah an ihr vorbei zu dem hohen Zaun, der immer

noch den Parkplatz von dem Gehweg am Fluss und dem Block nebenan trennte. »Da oben, auf dem Eckpfosten des Zauns ist Marias Katze gesessen und hat so herzzerreißend miaut«, sagte ich. »Und die Geli, die wollte rauf und den Kater runterholen. Ich hab ihr die Räuberleiter gemacht, und die ist dann da oben mit der Katze gesessen. Deshalb hat sie mich zuvor angerufen von der Telefonzelle bei der Bushaltestelle.« Ich schluckte. »Damit ich ihr helfe, da raufzukommen. Ich Idiot habe gedacht, sie hätte mir verziehen. Wenn die mich schon anruft. Wenn die schon will, dass ich rauskomme. Darum habe ich sie sofort küssen wollen, da ist sie furchtbar böse geworden.« Ich seufzte. »Und wie die Geli auf dem Zaun sitzt, haben wir wieder angefangen zu streiten, und es ist wieder eskaliert.«

»Was heißt eskaliert?«

»Ich habe ihr unschöne Dinge gesagt.«

»Unschöne?«

»Ich frage sie, was sie mit Florian auf dem Zimmer gemacht habe, ob sie's jetzt mit jedem im Heim treibe, da sagt sie, sie hätte die Schnauze jetzt voll von mir, sie rufe die Stella und erzähle ihr alles.« Ich sprach wie auf Autopilot jetzt. »Ich flehe sie an, Haddah. Erst im Spaß, erst noch ganz im Scherz, aber dann immer ernster, weil sie ihr Handy ans Ohr hält. Ich bitte sie so sehr, aber sie ...«

»Ja? Red weiter.«

»Ich habe sie doch so angefleht, die Stella nicht anzurufen ...«

»Aber?«

»Der Kater fängt an rumzuspinnen, kriegt wohl Angst, krabbelt auf ihre Schulter, die Geli wär fast runtergefallen, hat versucht, den zu beruhigen, aber das Tier war ganz panisch. Da rutscht der Geli das Handy aus der Hand, ich hebe es auf und schlendere seelenruhig über den Parkplatz zurück ins Heim.« Ich wunderte mich, wie leicht es mir fiel, mich daran zu erinnern, jetzt, da ich beschlossen hatte, alles zu beichten. »Ich habe sie da oben auf dem Scheißzaun sitzen lassen und bin hoch in ihr Zimmer. Wollte ja nur pinkeln, mich kurz umsehen, dann sofort zurück zu ihr, um ihr vom Zaun zu helfen, denn allein wäre die niemals mehr heruntergekommen. Aber als ich vom Gang aus hinaus zum Parkplatz schaue, sehe ich, dass die Geli gar nicht mehr auf dem Zaun sitzt. Ich habe mir gedacht, o. k., hat ihr halt jemand vom Zaun geholfen.«

»Die Polizei muss doch Katzenhaare auf ihren Klamotten gefunden haben. Wie können sie so was übersehen haben? Niemand erwähnt so was im Internet.«

»Die Geli hat an dem Abend lange mit dem Kater in der Küche gespielt. Die Katzenhaare haben niemanden misstrauisch gemacht.«

»Du bist im Gang? Was geschieht dann?«

Ich zögerte kurz. »Ich bin nochmal in ihr Zimmer. Das Handy auf ihren Schreibtisch legen. Und ich habe gedacht, wenn ich schon mal da bin, kann ich mir ja mal …« Ich biss mir auf die Lippen. »Kann ich mir ja mal ihr Bett genauer anschauen. Die hat ja immer alles blitzblank aufgeräumt, und wenn das Bett durcheinander wäre. Oder Kondome im Mülleimer liegen würden …«

Haddah zog eine Grimasse. »Nein, nein, nein, Jan, das ist übel. Du schnüffelst, ob das Bett nach Männerarsch riecht?«

»Ich wollte wissen, ob sie was mit dem Flo gehabt hat. Ich musste das wissen.«

»Und dann? Was dann, Jan?« Sie schloss die Augen. »Sag es mir.«

Ich beugte mich vornüber. Ich bedeckte mein Gesicht mit

beiden Händen. Haddah beugte sich ebenfalls vor. »Ich weiß nicht. Ich schwör bei Delmas Leben, ich weiß es nicht, da ist nur ein großes Schwarzes Loch.« Wir richteten uns synchron wieder auf.

»Du hast auf dem Tape schon beim Leben deiner Mutter geschworen und gelogen.«

»Der Dottore ist der Mörder, Haddah. Es muss so gewesen sein. Alles, was wir herausgefunden haben, macht doch jetzt perfekt Sinn.«

»Warum erinnerst du dich so genau an die Katze, ihr Zimmer und das Handy, aber danach ist alles schwarz?«, fiel mir Haddah ins Wort. »Das ist es, was für mich eben nicht«, sie zog eine Grimasse, »perfekt Sinn macht.«

»Ich habe ja noch Wodka getrunken im Zimmer. Mit Stella. Drei große Gläser in kurzer Zeit, das sagt die Stella doch auch auf der Tonbandaufnahme, das hast du doch selbst gehört. Der hat halt etwas später nochmal so richtig krachend eingeschlagen.«

»Aber ich liebe dich doch. Das klingt so verdächtig nach dir.«

Ich legte drei Finger auf mein Herz. »In tausend Jahren hätte ich niemals zu der Geli ›Ich liebe dich‹ gesagt. Ich habe mit der Geli nur im Dialekt gesprochen. Und in unserem Dialekt gibt es kein ›Ich liebe dich‹. Es existiert nicht.«

Haddah lachte. »Ihr seid traurige Menschen.«

»Vielleicht. Aber ich hab die Geli nicht umgebracht. Scheiß auf das Schwarze Loch, das meine Erinnerungen gefressen hat. Ich war's nicht. Ich kann's nicht gewesen sein. Nie! Nie! Nie würde ein ›Ich liebe dich‹ über meine Lippen kommen.«

Ein Fahrzeug parkte hinter meinem Rücken am Straßenrand. »Guras«, sagte Haddah.

»Vielleicht hat jemand gemeldet, dass wir da als Externe im Heim rumhängen.« Ich packte sie am Arm und führte sie schnellen Schrittes an der Parkplatzschranke vorbei, die Beamten einfach ignorierend. »Besser wir verschwinden.«

Wir gingen Richtung Bushaltestelle, Haddah blickte sich kurz um und grunzte. »Glotzen wie blöd.«

»Wie tief steckst du in der Scheiße?«, fragte ich. »Der Bogner wird versuchen, dich fertigzumachen.«

»Ich habe schon einen Plan. Lass das mal meine Sorge sein.«

»Wie konnten wir nur verpennen, dass die das Zeug verbieten?«

»Manchmal bin ich überheblich«, sagte Haddah, als wir die Bushaltestelle erreichten. »Manchmal glaube ich, mir könnte keiner was. Manchmal bin ich einfach dumm.«

»Mekateko meint, da wäre auch noch was wie Hustensaft in dem Smoothie. Bio und Fair Trade hast du gesagt.«

»Ist doch jetzt egal.«

»Ich könnte mit dem Bogner reden«, sagte ich. »Behaupten, du hättest noch mehr Dreck am Stecken, und ich könnte ihm helfen, dich zu überführen. Das würd ihn vielleicht interessieren. Und könnte uns Zeit bringen.«

»Nope.« Sie hob eine geballte Faust. »Ich übernehme das Kommando jetzt. Du zerstörst mir nicht mein kleines Empire. Du zerstört mir nicht das Video, das kommen wird.« Sie schnippte mit ihrem Finger vor meiner Nase. »Du hältst dich von allen fern, die was mit dem Rathenauer Heim, dem Bruno-Kahn-Heim oder dem Ostring zu tun haben. Du bist raus aus der Sache, bis ich das Video online stelle, ja? Geh auf den Berg oder fahr nach Hause. Flieg deiner Frau hinterher. O ja. Aber halt dich bloß raus jetzt. Verschwinde aus der Stadt und meinen Augen.«

Da kam das Polizeiauto an uns vorbei, im Schritttempo, ich dachte schon, sie würden anhalten, aber sie sahen nur finster zu Haddah, die ihnen freundlich zulächelte.

Im völlig überfüllten Bus schrieb ich Delma, dass ich heute noch meine Sachen packen und nach Hause fahren würde. Dass ich nicht wieder weggehen würde. Dass ich auf sie warten würde. Egal, wie lange es dauern würde. Voller Schreck dann eine Nachricht von Eduard Veiths Nummer, aber schnell kapierte ich, dass es sich um seinen Sohn Daniel und keinen Untoten handelte: ich habe etwas für sie, hr. halder. ich kann es per post schicken, oder wir können uns treffen. papas beerdigung ist freitagvormittag.

ich komme zur beerdigung, schrieb ich.

8

DUSHAN

Der Trauergottesdienst fand in der viel zu kleinen Schlosskapelle statt. Viele Gäste fanden keinen Platz, mussten in der Kälte ausharren. Danach standen die Leute Schlange, um Eduard Veiths Gattin, seinen beiden jüngeren Schwestern und seinem Sohn ihr Beileid auszusprechen. Ich stellte mich etwas abseits des Eingangs, Kopf gesenkt, konzentriert die Trauergäste beobachtend. Ich wartete auf eine Gelegenheit, Daniel Veith zu sprechen, aber es war unmöglich bei dem Trubel. Dafür erblickte ich Bogner und versteckte mich sofort hinter dem Torbogen.

Nach der Zeremonie standen die Leute in kleinen Grüppchen im Innenhof, manche gingen ins Schlossrestaurant, das sich innerhalb der Hauptanlage befand. Die Trauerschar war riesig, niemals zuvor war ich auf so einer großen Beerdigung gewesen, was mir kurios vorkam, weil es doch den Anschein gehabt hatte, Eduard hätte seinen Ruhestand zurückgezogen außerhalb der Stadt am Fuß der Bergkette auf einem gottverlassenen Hügel verbracht. Und nun all die Menschen, viele davon in Uniform, manche gar mit lächerlichen Orden dekoriert. Da war aber auch eine Abordnung von einem Bergsteigerverein, einem Kirchenchor und einem Fußballverein, offenbar war Eduard in allen dreien einmal aktives Mitglied gewesen. Sogar die Bürgermeisterin und ihr Gatte waren erschienen. Ein Fotograf mit einer Kamera, die aussah, als würde sie ein halbes Haus kosten, schlich aufgeregt um die beiden und lichtete sie ständig ab.

Ein Schal verdeckte mein Gesicht bis über die Nase. Mir war scheißkalt in den schwarzen Sneakers und in dem alten Anzug, den ich in einem abgefuckten Gebrauchtwarenladen erstanden hatte, damit ich nicht zu sehr auffiel. Es fing an, leicht zu regnen.

Ich sah mich kurz im Innenhof um. Auch wenn es in den letzten Jahren einige Renovierungsarbeiten gegeben hatte, sah alles noch wie früher aus. Oft war ich hier gestanden, stundenlang, gelangweilt, die Minuten zählend, den Feierabend herbeisehnend.

Jemand sang ein Lied hinter meinem Rücken, leise und garniert mit falschen Tönen, ich drehte mich nicht um. Ohne die Stimme zu erkennen, wusste ich, wer es war.

Im Sommer, da wächst der Klee
Im Winter, da schneit's den Schnee
Da komme ich wieder

Der Gesang verstummte. Aus meinen Augenwinkeln konnte ich sehen, wie Bogner an mir vorbei ins Restaurant ging. Ich war mir sicher, er hatte mich erkannt, vielleicht schon vorher bemerkt. Ich wollte eine Begegnung mit ihm unbedingt vermeiden, aber als ich sah, wie Daniel Veith ebenfalls das Restaurant betrat, blieb mir nichts anderes übrig, als ihnen zu folgen.

Etwas verloren bewegte ich mich durch den Raum. Als ich am Tisch der Bürgermeisterin vorbeikam, stand ein Bodyguard mit Funk im Ohr an der Säule und beäugte mich misstrauisch.

Ich sah mich um, ob ich Daniel Veith irgendwo entdeckte. Es war beeindruckend. Die ganzen Uniformen. Die politische Prominenz. Ein Raum voller geballter Macht. Daniel erblickte mich und kam sofort auf mich zu.

»Jan-Peter Halder, ja? Der Schriftsteller?« Er war etwas jünger als ich, hielt ein Kuvert in seiner Hand. »Den Brief mit Ihrem Namen hat meine Mama in einer Schreibtischschublade meines Vaters gefunden.«

Ich war so verdutzt, dass ich nur »Mein Beileid!« stammeln konnte, und steckte das Papier in meine Jackentasche. Nach kurzem Smalltalk ging ich aufs Klo.

Ich verschwand in einer der beiden WC-Kabinen und riss das Kuvert hektisch auf. Der Brief war mit blauem Kuli geschrieben. Die Schrift sah wie die eines Teenagers oder gar eines Kindes aus, Kommaregeln Fehlanzeige.

Jan –

Für den Fall der Fälle ein paar Worte.

Was die Bruno-Kahn-Studentenheim-"Affäre" angeht auf die du gestoßen bist: Jeder der irgendwas was war in der Stadt hat davon gewusst oder mindestens Gerüchte gehört. Nach dem Motto: Das sind Bastarde aber unsere Bastarde. Die leisten gute Arbeit in ihrem Feld und das alleine zählt für die Vorgesetzten und die die was zu sagen haben in der Landesregierung. Ich habe Dir nichts von der blöden Heimsexgeschichte erzählen wollen weil ich zu alt und zu krank war um mir den Scheiß noch anzutun. Jetzt bin ich ~~tot~~ gegangen und ich lass Dich mich in Ruhe hassen. Diese Sex-Sache hat einzig und allein das "Trio Infernale" zu verantworten, Bogner, Karnhof und Wernicke. Die drei hatten eine starke Lobby. Wernickes Tante war über zehn Jahre in der Stadtregierung. Hätte ich als Chef etwas gegen die 3 unternommen, wäre ich als Verräter gebrandmarkt worden und meinen Job losgewesen. Es waren andere Zeiten, das musst du immer bedenken! Du darfst nicht ungerecht zu mir sein. Und wenigstens sind die Frauen ja nicht gegen ihren

Willen gefügig gemacht worden, die haben ja 1 sehr gutes Geld erhalten.

Jetzt zu dem Fall Reitmann und dem Ostring: Erzähle endlich was in der Nacht passiert ist. Hör auf zu lügen, das bringt dir nichts mehr egal was du damit bezweckst. Als ich mit deiner Ex Stella geredet habe wegen Alibi habe ich sie auch gefragt ob sie dir die Tat zutraue und sie hat gemeint sie würde ihr Augenlicht verwetten, daß du nicht der Täter bist. Du seist ein Arschloch, aber kein Mörder. Das hat mich beeindruckt. Nein, du bist keiner der eine Frau brutal absticht das glaube ich mittlerweile auch tief und fest, das habe ich der Reitmann erklärt, aber die hört auf keinen mehr. Trotzdem bist du 1 gewaltiger Pinocchio. Das ist doch bloß dumm. Mach endlich reinen Tisch. Früher oder später kommt so oder so ein Cold-Case-Team.

Die Einbrecher-Geschichte am Ostring muss etwas mit Wernickes Südafrika-Reise zu tun haben davon bin ich überzeugt. Sie müssen da unten auf etwas gestoßen sein, das Wernicke in die Wohnung am Ostring geführt hat. Dass Pepi (Josef) noch lebt, halte ich für ausgeschlossen. Ich habe ein paar alte Kontakte bemüht die Verbindungen zu Behörden in Nicaragua hatten. Pepi hat das Land überhaupt nie verlassen oder ist jedenfalls nie drüben angekommen. Ob Wernicke mit seinem Verschwinden zu tun hat? Gut möglich, ja sogar wahrscheinlich. Sicher weiß ich es nicht. Beweise habe ich keine.

Bitte verwende aus Rücksicht auf meine Familie diesen Brief nicht. Das ist mir wichtig und ich hoffe du respektierst ~~diese~~ meinen Wunsch. Ich habe ihn auch nicht selbst geschrieben um zu verhindern dass das geschieht. Vernichte ihn bitte sofort nachdem du ihn gelesen hast.

Und 1 ist wichtigste von allem: Lass dich nicht unterkriegen im Leben weil wir da unten nur nach der Pfeife der grauen Mächte da oben tanzen können. Man muss immer das Beste aus allem machen. Ich habe nicht immer das richtige getan. Ich habe nicht dagegengehalten. Das bereue ich heute mehr denn je.

E.

Ich hörte, wie die Tür aufging. Wer immer sie öffnete, trat nicht ein, sondern lauschte. Ich rührte mich nicht, hielt die Luft an und wartete. Da fiel mir das Kuvert aus der Hand. Das Geräusch verriet der Person meine Anwesenheit.

Und Bogner fing an zu singen.

Im Sommer, da wächst der Klee
Im Winter, da schneit's den Schnee
Da komme ich wieder

Kurz Stille. Dann Klopfen gegen meine Kabinentür. »Ja, sag mal, Chacho. Schreibst du da drinnen dein neues Buch?«

Ich fotografierte hastig den Brief, schickte eine Kopie an Haddah und meine Mailadresse und löschte das Foto sofort vom Handy. Dann nahm ich das Papier und zerriss es in so viele kleine Teile wie nur möglich. »Hast du Feuer, Dushan?«

Der lachte. »Was machst du da drinnen? Das spült man runter. Das zündet man nicht an.«

Ich spülte die Reste weg, und als ich fertig war, stand Bogner am Waschbecken und feilte sich seelenruhig die Fingernägel. Er war frisch rasiert, die Haut an der Unterseite seines Kinns deshalb etwas gereizt. »Du hast ja vielleicht Nerven. Hier aufzutauchen.« Er wartete vergeblich auf eine Reaktion, also sprach er weiter: »Ihr wollt unbedingt mit euren Dickschädeln durch die Wand? Nur zu. Ich bin die Wand.« Er pustete auf seine Fingernägel. »Schauen wir, ob unser Chacho und seine schwarze Perle aus dem Orient Naturgesetze brechen können. Oder ob ihre Schädel zerbrechen.« Er nickte. »Den Stoff, den wir bei deiner Freundin gefunden haben. Der genügt für U-Haft. Locker vom Hocker. Die sitzt bis Weihnachten. Vielleicht auch länger.«

»Das ist doch lächerlich. Kratom ist legal.«

»Kratomkonsum ist Graubereich. Der Mix, den Fine Lady braut, ist verboten.«

»Vor ein paar Tagen war er noch legal. Man kann doch nich...«

»Klappe. Gesetz ist Gesetz. Ich kann. Und ich werde.«

»Bullshit. I...«

»Da sind zwei Jahre drinnen. Zwei Jahre, Chacho. Morgen früh läute ich den Anfang vom Ende der Herrlichkeit unserer Fine Läääähdi ein.«

Ich nickte und sagte: »Ihr habt herausgefunden, wer Angelika Reitmann ermordet hat. Ausgerechnet euer Zuhälter aus dem Bruno-Kahn-Heim. Habt ihr den Dottore im Fluss entsorgt? Und sind Owusu and Kwabena zur falschen Zeit am falschen Ort in seiner Wohnung am Ostring aufgetaucht? Vielleicht sogar Zeugen eurer Aufräumarbeit geworden?«

»*Chacho.*« Er packte mich am Arm. »*Chacho*! Komm für einen Moment runter von deinem Trip. Nur für einen Augenblick.« Er schüttelte mich wie einen Schuljungen, lachend, beinahe fröhlich, aber mit so festem Griff, dass es verdammt wehtat. »Der Nachbar von Delmas Mutter ist ein Terrorist. Der Mann ist in den Neunzehnsiebzigern an mehreren Entführungen und einem Mord in Italien beteiligt gewesen. Wir haben Beweise, dass sich die Frau mehr als einmal mit ihm getroffen hat. Wenn wir das melden, wird deiner Frau rucki, zucki der aktuelle Aufenthaltsstatus geändert. Soll heißen: Sie darf nicht mehr in den Schengener Raum einreisen.«

Ich befreite mich aus seinem Griff. Ich glotzte ihn an, den Dushan Bogner. »Du gehst gerne auf die Schwachen, hm? So wie das Trio Infernale im Bruno-Kahn-Heim, ja? Nur Ausländerinnen und Frauen aus der Sozialstation. Perfekte Opfer. Waren geile Partys damals, nicht wahr? Darüber sprecht ihr doch sicher heute noch in Bullenkreisen.«

Ich schüttelte meine Hände, um sie zu trocknen, da machte Dushan eine Bewegung in meine Richtung, berührte mit der Spitze der Nagelfeile meine rechte Wange, bohrte das Teil tief in meine Haut. »Da war diese Schönheit aus Gambia«, flüsterte er in mein Ohr. »Die wundervollsten langen Beine, die ich je gesehen habe. Ihr Po.« Er machte sein schmatzendes Geräusch mit seinem Mundwinkel und formte mit seinen Händen ein Gesäß. »Nie mehr einen perfekteren gesehen. Und in der Nacht hätte ich meine Seele für diese Frau gegeben. Alles riskiert. Alles, was ich habe. Meine Karriere, mein Erspartes, mein Auto, meine Wohnung, meine Freundin. Sie wollte schon nach ein paar Minuten wieder aussteigen, weil sie sich beim Oralsex übergeben hat müssen. Hat herzzerreißend geweint. Hat uns beschimpft und um sich geschlagen. Aber für Geld bekommt man alles und jeden auf der Welt.« Er schmatzte wieder. »Hat ihr Erbrochenes brav aufgegessen. Und ganz zum Schluss habe ich mit einem Elektroschocker ein klein wenig ihr heiligstes Heiligtum gekitzelt. Da ist sie fast an die Decke gesprungen. Hat gequiekt wie ein Schwein. Und ich bin gekommen wie noch nie in meinem Leben.« Er lächelte, strich zärtlich über seine Armbanduhr. »Schau nicht so schockiert. Wir haben die alle fürstlich entlohnt, Chacho. Niemand hat verloren bei dem Spiel. Und wenn es dir nicht schadet. Und ihr nicht schadet. Und wenn es auch keinem Dritten schadet. Kann es keine Sünde sein.« Er bekreuzigte sich theatralisch, mit einem spöttischen Lächeln im Gesicht. »Wenn man absolute Macht über ein Wesen hat. Ein Wesen, das so heilig, so unantastbar, so schön ist wie jede dieser jungen Frauen. Wenn man nun für einmal alles mit diesen Geschöpfen machen darf. Dann verfällt man einem Rausch. In dem Rausch ist man Gott. Der Welt und Zeit entrückt. Es gibt nichts Vergleichbares in dem Universum.« Er schluckte, stockte. »Ist aber alles Vergangenheit. Alles vorbei.« Er räusperte sich. »Jugendsünden. Bubenstreiche. Ist längst Gras drüber gewachsen.«

Ich stellte das Wasser ab. Heftige Übelkeit überfiel mich. Als würde mir jemand in den Unterbauch boxen und darin alles kurz und klein schlagen. Ich war dem Kerl ausgeliefert.

Dushan fucking Bogner.

»Wie seid ihr dem Dottore auf die Spur gekommen?«, fragte ich. »Hat es etwas mit der ominösen SMS aus Südafrika zu tun gehabt, ja?«

»Der dumme Kerl hat damals eine Wunschnummer gehabt.« Er hielt kurz inne. »Die SMS aus Newcastle ist von einer Nummer versandt worden, die exakt seinem Geburtsdatum entsprochen hat. Männer, die viel kiffen und saufen, sind schwach und blöd.« Bogner schien sofort zu bereuen, das verraten zu haben, denn seine Miene verfinsterte sich, er nestelte an seiner Jacke, ließ mich die Waffe im Pistolenholster sehen.

»Angelika Reitmann war auf der Siebziger-Party.« Ich präsentierte ihm das Village-People-Foto auf dem Handy, hielt es ihm mit zitternder Hand vor die Nase. »Hast du sie auch gezwungen, ihr Erbrochenes zu essen?«

Die Ohrfeige kassierte ich, ohne dass ich sie hätte kommen sehen. Es war ein heftiger Schlag, der mich verstummen ließ. »Du begreifst nicht, gottverdammt nochmal, du kleiner Hurensohn«, fluchte er. »Du verstehst nicht. Du willst einfach nicht kapieren.«

»Fick dich, Bogner.« Ich taumelte zur Tür, krachte dagegen und stolperte hinaus. »Bullensau, du. Die Haddah wird euch alle fertigmachen.«

»Halt! Chacho!« Er folgte mir. »Warte!«

Meine Hand auf meinem Hosenbund über der Tasche. Da, wo mein Messer steckte. Immer dabei. Immer griffbereit.

»Jan!«, rief er, als die Tür aufging und der Ehemann der Bürgermeisterin durch die gläserne Tür des Gästebereichs in den Zwischenraum kam. Er grüßte knapp und ernst und verschwand auf der Toilette. Bogner flüsterte wütend: »Das muss aufhören, Mensch. Jetzt! Jetzt sofort. Verstehst du nicht?« Er starrte mich mit offenem Mund an. »Ich meine es nur gut mit dir. Ich habe doch alles versucht. Das ist deine letzte Chance, bei Gott. Die allerletzte. Jetzt wirf doch dein Leben nicht weg.«

Ich zögerte. Er wischte sich mit dem Arm über den Mund. »Ich hab's doch im Guten versucht«, wiederholte er leise, beinahe verzweifelt. »Entscheide dich für deine Frau, die Delma. Entscheide dich fürs Leben. Für eine Zukunft.«

Er berührte mit seiner Hand meine rechte Wange, beinahe zärtlich, ich war unfähig, sie wegzuschlagen, unfähig, mich darin zu verbeißen. Ich sagte leise, atemlos: »Lucia.«

»Hm?«

»Lucia.«

»Lucia?«

»Lucia«, hauchte ich wieder.

»Du hast Rauschgift konsumiert, nicht wahr?«

»Eine der jungen Frauen hat sich umgebracht, weil sie von eurer Scheißparty so traumatisiert war. Ihr Name war Lucia.«

»…?«

»Nix Win-win!«, keuchte ich mit nasser Aussprache. »Nix mit Hat-ja-keinem-geschadet. Und was ist mit Owusu and Kwabena? Hm? Das Trio Infernale hat Menschenleben auf dem Gewissen. Das Trio Infernale hat Menschen getötet.«

»Du weißt gar nicht, was du redest. Ich begleite dich aus der Schlossanlage bis zur Straßenbahnhaltestelle. Du fährst sofort nach Hause jetzt.«

»Ihr seid Killer.«

Die nächste Ohrfeige. Heftiger. Ich schmecke Blut in meinem Mund. Die Brille auf seiner Nase hatte sich wegen der Wucht seines eigenen Schlages verschoben und hing nun schief. Er flüsterte: »Wenn du nicht dein Maul hältst. Wir bringen dich zum Schweigen. Du landest im Fluss. Stolperst unglücklich am Ufer. Schon bist du weg.«

Ich lachte laut. »Fick dich, Bulle. Fick dich tausendmal.«

»Du willst es auf die harte Tour, ja? Ist es das, was du willst? Ich frage dich, Chacho, ich gebe dir die Wahl. Du wirst auf mich hören. Auf die sanfte oder harte Tour. Und, hey, du bist jetzt ganz allein auf dich gestellt. Morgen früh gehen die Unterlagen an die Staatsanwaltschaft. Morgen früh heißt's Prison Lady. Nicht länger Fine Lady.«

»Du unterschätzt ihre Anwältin. Mekateko kriegt Haddah übermorgen wieder raus.«

Er grinste. »Weißt du, Chacho, was der Unterschied zwischen dir und mir ist? Du liebst die schwarzen Nutten der Stadt. Ich ficke sie.«

Ich riss die Seitentür auf, die zur Schlosskapelle führte, schubste ihn hinein, es war düster dort drinnen, nur ein paar hochmoderne LED-Lampen leuchteten, hingen an Aufhängungskabeln von der Decke oder waren vor den wenigen Exponaten installiert. Man konnte riechen, dass sich hier vor Kurzem noch viele Menschen aufgehalten hatten.

Für Augenblicke war Bogner völlig perplex. Unfähig zu reagieren. Ich schlug die Tür hinter mir zu, da hatte er sich wieder gefasst. Zwei Schläge trafen mich heftig, aber knockten mich nicht aus, und so tauchte ich beim dritten ab und blitzschnell nach einem Schritt zur Seite wieder auf, wie wir es im Boxclub all die vielen Jahre hundert-, tausend-, unendlichmal trainiert hatten. Mein Haken traf sein Kinn und schleuderte seinen Kopf gegen eine Vitrine, in der ein besonders kostbares Heiligenrelikt aufbewahrt wurde. Er wollte aufspringen, aber ich trat mit meinem Fuß gegen ihn, traf unglücklicherweise seinen Kopf, sodass seine Brille zersplitterte und zu Boden fiel. Er starrte mich an. Fassungslos. Er hob seinen Arm, seine große, protzige Armbanduhr war verschwunden.

Ich trat noch einmal zu, diesmal gezielt, und er ging k. o.

Sofort sah ich hinauf zur Decke. Wo waren die verfluchten Kameras? Hatte man ihre Position in den letzten Jahren nicht verändert, war ich hier sicher. Hatte man neue installiert, war ich am Arsch.

Ich glotzte auf Bogner, der regungslos auf den eiskalten Steinplatten lag. Ich beugte mich über ihn, fühlte seinen Puls.

Er lebte. Immerhin.

Erst wollte ich die Rettung anrufen, hatte schon die Nummer getippt, gab das Vorhaben aber auf und rief stattdessen Haddah an, ohne meinen Blick auch nur eine Sekunde von Bogner zu wenden. »Ich habe Riesenscheiß gebaut.«

»Moment, i...«

»Ich muss den Bullen töten«, flüsterte ich, zog das Messer aus der Hosentasche und klappte es auf.

Sie stockte. »Hä?« Sie sagte etwas zu einer Person in ihrer

Nähe, ehe sie sich wieder an mich wandte. »Ich verstehe dich so schlecht.«

»Ich hab den bewusstlos geschlagen, den Bogner.«

»Es ist gerade ganz schlecht, Jan. Ich bin nicht alleine.«

»Ich hab den Bogner k. o. geschlagen, ich schwör. Mit meiner Faust habe ich den ausgeknockt.«

Kurz Stille. Dann ein Flüstern: »What the fokk, Jan?«

»Ich muss den jetzt killen, Haddah. Der bringt mich sonst um. Oder bringt mich lebenslang in den Knast. Ich habe keine Wahl.«

»Was laberst du denn da, Alter?«

»Ich muss den töten. Aber wo soll ich die Leiche verstecken?«

Sie atmete schwer. »Wehe du vermasselst mir das jetzt. Ich brauch nur noch ein paar Tage für mein Video. Wehe d...«

»Zu spät«, keuchte ich. »Ich mein's ernst. Ich verarsch dich nicht. Ich hab das Schwein ausgeknockt, ich schwör.«

»O mein Gott.« Es klang, als ob sie heulte. »OmeinGottomeinGottomeinGott. Das ist echt jetzt? Ist das echt? Du lügst nicht?«

»Ich muss das jetzt tun, Haddah.«

»Warte, warte, warte ... Wo bist du?«

»Ich habe ihn aus Versehen am Kopf getroffen, Haddah. Ich wollt...«

»Wo bist du, du Arsch?«

»Im Schloss.«

»Im Schloss?!«, flüsterte sie. »Ich auch. Ich doch auch. Warte! Warte auf mich.«

Ich zögerte. »Was machst du im Schloss?«

»Warte. Warte, Jan, verdammt nochmal, warte auf mich. Ich bin gleich bei dir.«

»Ich bring den jetzt um.«

»Er ist ein verdammter Gura! Niemand tötet einen Gura! Das weiß doch jedes kleine Kind, jeder Dummkopf, jeder hirntote Vollidiot!«

»Ich bin am Arsch, Haddah.« Meine Stimme klang fremd. »Ich bin am Arsch.«

»Wo steckst du genau?«

»In der Schlosskapelle. Neben dem Restaurant.«

»Ich bin im Innenhof. Mit Gelis Mutter. Ich habe einen Plan. Mach meinen Plan nicht kaputt. Bitte. Jan. Mach. Meinen. Plan. Nicht. Kaputt.«

»Aber ich hab's doch für dich getan, Haddah. Nur für dich.«

»Mann, Jan. Mannomann. Du bist echt nicht ganz dicht. Da ist irgendwas kaputt in deiner Birne.«

»Haddah …«

»Verfickt nochmal, warum hörst du nie auf mich? Warum hast du dich nicht ganz einfach aus der Stadt verpisst, wie ich dir gesagt habe?«

Haddahs Wut ließ mich langsam zu Sinnen kommen. Ich klappte das Messer wieder zu, starrte auf das Handy in meiner zitternden Hand, aus dem immer noch ihr Schimpfen zu hören war. Als ich vom Display aufblickte, entriss mir Bogner das Messer.

Der stand da vor mir. Hellwach. In dem schaurigen Dämmerlicht der Kapelle. Leckte sich die blutigen Lippen und grinste. »Das wirst du bereuen, Chacho.« Er bückte sich schnell, griff nach seiner Brille, setzte sie auf. »Dafür wirst du bezahlen. Mit vielen, vielen Lebensjahren.«

Als er bemerkte, dass ein Glas seiner Designerbrille zerstört war, riss er sie wieder von der Nase.

»Der Eduard hat kurz vor seinem Tod alles niedergeschrieben«, sagte ich. »Der packt aus über das Trio Infernale, dass es nur so rappelt in der Kiste. Ich habe den Brief zigfach kopiert und verschickt. Deine Bullenkarriere ist vorbei, Bogner.«

Er betrachtete die kaputte Brille in seiner Hand. Er schien so ruhig, fast in Gedanken versunken, ich ließ ihn stehen, ging zur Tür.

»Chacho!«

Ich hörte Schritte hinter mir, dann spürte ich einen dumpfen, heftigen Schlag, der meinen ganzen Körper lähmte und mich auf die Knie zwang. Ich stöhnte, presste Luft in meine Lungen und wieder raus, musste weiter atmen unter höllischen Schmerzen.

Ich sah auf und registrierte noch, dass Bogner neben mir stand und das blutige Messer in seiner Hand hielt, dass er mich nicht geschlagen, sondern mit dem Messer attackiert hatte. Der Kerl starrte mich an, als würde er sich überlegen, nochmals zuzustechen, aber dann sank ich auch schon in einen tiefen, tiefen Schlaf.

9

HANA

Ich wandle in einer Traumwelt bis zu dem Moment, da mir bewusst wird, dass ich in einem Bett liege und schlafe und träume. Aber trotz des Bewusstseins, zu schlafen, wache ich nicht auf, sondern bleibe, unfähig, auch nur einen Finger zu rühren, in dieser Hülle gefangen.

Ich spüre, dass sich jemand meinem Zimmer nähert. Ich habe Gefühle in mir, die ich nicht zuordnen kann. Fetzen von Erinnerungen, die keinen Sinn ergeben. Die Tür geht auf. Jemand kommt. Ich muss doch aufwachen jetzt und kann doch nicht.

Jan!

Jan?

Ich versuche meine Augen zu bewegen, mich durch diesen Trick aus dem Schlaf zu reißen, aber er funktioniert nicht. Ich bin dem Unbekannten ausgeliefert. Lebendig in meinem eigenen Körper gefangen. Alles füllt sich mit Angst. Mit Panik. Ich möchte schreien und kann doch nicht.

Aber dann. Eine weibliche Stimme so nah bei mir, so deutlich, so laut. Und der Traum löst sich auf.

»Wach auf, Jan.«

»…«

»Wach auf, Jan.«

»…«

»Muss ich dir in die Eier boxen? Wir müssen reden. Das ist vielleicht die letzte Chance.«

»…«

Bamm!

»Bist du tot, oder sind nur deine Eier schon abgestorben?«

Bamm! Bamm!

»Sei jetzt bloß nicht tot, du.«

Ich bin wach, kann meinen rechten Arm ein wenig bewegen. Ich versuche die Augen zu öffnen, aber sie sind verklebt, ich kann nur mit meinem linken Auge blinzeln. »Sorry. Ich habe dich schlagen müssen. Wir müssen dringend reden. Hörst du mich? Kannst du mich verstehen? Gib mir ein Zeichen. Ein Zeichen, Klabauter-Jan.«

Mein Gesicht fühlt sich taub an, tot, ich kann nicht sprechen, kann nicht lächeln. Aber mein rechter Arm lässt sich heben.

Haddah legt eine Hand auf meine Stirn, als wolle sie prüfen, ob ich Fieber habe, dann öffnet sie mein rechtes Auge mit ihrem Daumen. Ich sehe nur verschwommen, aber ich sehe.

»Aye, aye, aye, jetzt stirb mir bloß nicht weg, Klabauter-Jan«, sagt sie. »Unser Abenteuer darf noch nicht zu Ende sein.« Sie schnalzt mit der Zunge. »Aber ich will dir auch keine Lügen erzählen.« Aus Augenschlitzen sehe ich, wie sie sich violetten Lippenstift auf die Lippen malt, knallig, Gothic-Style. »Es ist kritisch.« Sie geht um das Bett herum und legt sich neben mich. Sie bettet ihren Kopf auf ihre gefalteten Händen und sieht mich an. »Du kommst jetzt gleich unters Messer.« Sie seufzt. »Ich werde für dich beten.«

Ich denke mir nur: Fuck. Seit meiner ersten Operation im Kindesalter habe ich eine Heidenangst vor der Narkose. Außerdem kommt langsam die Erinnerung zurück, was in der Schlosskapelle geschehen ist.

»Weißt du denn, warum du hier bist?«

Ich nicke langsam.

»Weißt du auch, was heute ist?«, fragt sie. »Heute ist Shut-the-fuck-up-Friday. Ganz egal, was die Bullen dich fragen werden, ganz egal, was sie dir versprechen: Es ist Shut-the-fuck-up-Friday.«

Ich schlucke. Heiser bringe ich hervor: »Der Bogner ist ein Psycho, de…«

»Shut-the-fuck-up-Friday, verstehst du mich?«

»Er hat mich abgestochen. Ich bin hier das Opfer, Haddah. Ich.«

»Du weißt doch genau, dass das wenig zählt, wenn's um einen Bullen geht.«

»Er hat mich angegriffen, Haddah. Bogner ha…«

»Die einzige Person, der du irgendwas erzählst in den nächsten Tagen, ist Mekateko. Sie wird dir sagen, was zu tun ist.«

»Er hat mir das Messer aus der Hand gerissen und is…«

»Und warum hast du ein Messer in der Hand gehabt?«, unterbricht sie mich.

Ich hole tief Luft. »Ach, fuck, Haddah …«

Sie legt das Handy auf das Bett und kommt mit ihrem Kopf ganz nahe an meinen, flüstert in mein rechtes Ohr. »Es gibt wirklich kein *Ich liebe dich* in deinem Dialekt. Auch nicht im Dialekt, den Pepi spricht. Aber«, sie hält inne, ich glaube, ihren Atem auf meiner Haut zu spüren, »ich rede mit Margarethe Fiebach, und die sagt mir, ihr Pepi würde nur in seiner alten Heimat Dialekt sprechen, niemals hier, er hätte ja auch mit ihr Schriftdeutsch sprechen müssen, weil sie seinen Südtiroler Dialekt nicht richtig verstanden hat.«

Ich nicke wieder. »Er war's. Er war's, Haddah.«

»M-hm.« Sie seufzt. »Das glaube ich auch.«

»Da ist noch was, weißt du?«, sage ich. Jedes Wort fällt

mir schwer, aber ich sehe mit jedem Blinzeln klarer jetzt, kaum noch verschwommen. »Die Geli hat mich damals vierundzwanzig Stunden vor der Party gebeten, mit Stella Schluss zu machen. Sie wollte unbedingt der Öffentlichkeit zeigen, dass sie und ich zusammen sind. Nicht, weil ich so ein heißer Typ war, natürlich nicht.« Ich stocke. »Sie hat vor jemandem Angst gehabt, Haddah. Ich glaube, sie wollte der Person zeigen, dass sie jetzt mit wem zusammen ist, der in ihrer unmittelbaren Nähe ist. Nicht wie ihr Freund, der Manuel, der ja so gut wie nie im Heim oder der Stadt zu sehen war. Und ich bin zwar nicht schön, aber ich war damals gut drauf, was das Boxen angeht. Als Beschützer hätte ich getaugt.«

»Ich weiß nicht.«

»Ich war damals jünger.«

»Ich weiß nicht.«

»Doch, verdammt. Ich bin mir sicher.«

Sie schüttelt den Kopf. »Und mit der Person, vor der sie Angst gehabt hat, meinst du den Dottore, ja? Den Pepi? Manno, Jan. Das fällt dir ja reichlich spät ein, das alles.«

»Ich hab's vorher einfach nicht verstanden. Warum sie mich so gedrängt hat. Aber wenn der Dottore ihr schon früher auf die Pelle gerückt ist, dann war das vielleicht der Grund, warum sie das wollte. Weil der Dottore bei der Abschlussparty checken sollte, dass da nichts mehr laufen könnte mit ihr. Ich habe mit dem Kerl nichts zu tun gehabt, habe ja keine Ahnung gehabt, dass Maria mit dem befreundet war, aber vielleicht hat die Geli gewusst, dass er plant, auf die Party zu kommen. Er ist ja nur wegen eines blöden Staus zu spät gekommen, behauptet Maria.«

Ihre dunklen Augen ruhen lange auf mir. Als würde sie abwägen, ob das Sinn mache oder nicht. Und dann fällt mir ein, was Bogner mir im Schloss erzählt hat, und ich nehme noch einmal all meine Kräfte zusammen. »Die Wernicke hat herausgefunden«, flüstere ich, »dass der Absender der SMS aus Südafrika von einer Nummer gekommen ist, die dem Geburtstag des Dottores entsprochen hat.«

»Wer behauptet das?«

»Bogner.«

»Das hat er dir gesagt?«

»Das und noch mehr«, sage ich.

»Erzähl mir alles. Das ist wichtig jetzt, weißt du?«

Ich schüttle schwach den Kopf. »Das Trio Infernale hat gewusst, dass der Pepi der Mörder ist, Haddah. Ich bin mir hundertprozentig sicher.«

»Ich weiß.« Haddah richtet ihren Oberkörper auf, leckt sich die Mundwinkel, zupft an ihrem Kopftuch und betrachtet sich lange in einem Handspiegel.

»Glaubst du, die Wernicke hat den umgebracht? Wie Owusu und Kwabena? Eduard Veith ist sich sicher, dass der Kerl das Land nie verlassen hat.«

»Der Mann ist tot«, sagt sie. »So tot ist keiner in dem Land.«

»Was ist mit Bogner? Ist der in U-Haft? Sag mir, dass der jetzt sitzt. Bitte sag mir, dass der nicht frei rumläuft.«

Sie zögert. »Ich weiß es nicht.«

»Er hat versucht, mich zu töten, verdammt nochmal.«

»M-hm. Und hättest du mich nicht angerufen ...« Sie sieht mich nachdenklich an. »Als wir in die Schlosskapelle sind, wollte sich der Bogner gerade aus dem Staub machen.«

Wir schweigen kurze Zeit. Dann sage ich leise: »Du bist schön heute.«

»Ich weiß. Und ich verrate dir was.« Sie lächelt. »Branko nennt mich Mond. Weil mein Gesicht alles ist, aber kein

Mond, sondern lang wie Brot.« Sie macht eine Geste, als würde sie ihr Gesicht in die Länge ziehen. »Ich bin sein Mond, und wenn Branko lacht, ist er mehr als die Sonne.« Sie lacht. »Shit, Jan-Petzi. Ich bin verliebt. Und es fühlt sich so viel besser an als jede dumme Droge.«

»Ich freu mich für dich.« Ich kriege kaum mehr einen Ton heraus. »Wann wirst du dein Video veröffentlichen? Über Owusu und Kwabena?«

Haddah kaut auf ihrer Unterlippe. »Was interessiert dich das? Du hörst nicht auf mich. Du hörst nie auf mich. Du sprichst von Team, aber du und ich?« Sie schüttelt den Kopf. »Wir sind kein Team. Mekateko, Branko und ich, das flutscht, das ist funky, das wird richtig gut, es werden noch mehr an Bord kommen, wir machen das groß, richtig groß.« Sie mustert mich, greift nach meiner Hand, drückt sie kurz. »Jetzt hör nochmal gut zu, Jan. Das ist megawichtig für dich.« Sie hält inne, fährt fort, als ich nicke. »Egal, was passiert, egal, was die dir nach der Operation für Drogen geben, wenn du wieder aufwachst, darfst du keine Aussage machen. Und wenn sie dich löchern, wenn sie dich bedrohen, schlagen, beschimpfen oder dir eine sexy Altenpflegerin schicken, die dir mal schön hübsch die blauen Augen verdreht, du darfst nicht in ihre Falle tappen.«

Ich atme schwer. »Was hast du eigentlich im Schloss gemacht? Mit der Mutter von Geli?«

»Dich verteidigt, Idiot. Die Reitmann hat dich gesucht. Sie hat dich überall gesucht. Und weißt du auch, warum sie dich in der ganzen Stadt gesucht hat? Weil sie geglaubt hat, du seist der Mörder. Aber ich habe wie eine Löwin gekämpft, ich habe gelabert und gelabert, so viel, dass sie gar nicht hat nachdenken können, du kennst meine Klappe, ich kann das.«

»Danke, Mond.« Ich schließe die Augen vor Erschöpfung.

»Ich weiß jetzt, dass ich nicht Gelis Mörder bin. Ich bin in den letzten Wochen fast verrückt geworden. Weil ich geglaubt habe, ich könnt's gewesen sein. Aber ich war's nicht. Ich war's ja nicht.«

Ich öffne die Augen, als ich höre, wie sie in ihrer Handtasche kramt und ein Papier herauszieht. Sie zieht ihren Hijab seitlich vor ihr Gesicht. Nur noch ihre Augen sind zu sehen. Sie reicht mir das Blatt. Ich sehe erst wieder nur verschwommen, aber ich weiß sofort, um was es sich handelt: um eine Kopie des Himmel-und-Hölle-Papiers.

»Der vierte Mann sieht aus wie Dushan Bogner.« Sie sieht mich an, erwartet eine Antwort, also nicke ich, und sie nickt dann genauso. »Wir stimmen überein: Reiner Zufall.«

»Nie im Leben ist das Bogner«, sage ich leise. »Mit so einem Arschloch hätte sich die Geli niemals eingelassen. In hunderttausend Jahren nicht.«

»Ich weiß. Ich weiß! Aber ich habe Gelis Mutter belogen. Ich habe behauptet, es wäre Bogner.«

»Ab…«

»Ich will nur dafür sorgen, dass für den Scheißkerl Game over ist.«

»Der muss doch sowieso erledigt sein jetzt. Er hat mir ein Messer reingerammt. Der gehört für Jahre in den Knast. Der verdammte Drecksack hat versucht, mich umzubringen.«

Sie schüttelt den Kopf. »Sie werden sagen, du hast ihn zuerst angegriffen. Sie werden fragen, warum du mit einem Messer einen Polizisten bedroht hast. Sie werden behaupten, es war Notwehr.«

»Notwehr am Arsch. Der hat mich von hinten angegriffen.«

»Von hinten? Oh, von hinten klingt gut. Dann kommen sie mit Notwehr kaum durch.«

»Sag ich doch, verdammt.«

Danach ist es kurz leise. Ich höre nur ihr Atmen. Sie atmet schwer. Oder bin ich das?

»Was ist mit den Kameras?«, frage ich.

»Keine Aufzeichnungen angeblich. Aber irgendjemand soll was gesehen haben im Überwachungsraum.«

»Und?«

»Wir müssen abwarten.«

»Was heißt, wir müssen abwarten?«

»Was glaubst du denn? Ich bin die letzte Person, der die Polizei Infos geben würde. Vertrau Mekateko. Sie weiß, was zu tun ist.«

Ich stöhne. »Was soll da rauskommen, wenn Bullen Leute befragen, die gegen Bullen aussagen könnten? Die lassen den Bogner am Ende wirklich noch laufen.«

»Don't worry, Jan. Es kommen neue Zeiten« – ihre Stimme gedämpft hinter dem Stoff – »egal, wie sehr sie sich wehren. Sie kommen. Mekateko ist auf meiner Seite. Und wenn ich meine Leute rufe, werden sie auf mich hören. Wenn ich meine Leute rufe, wird meine Wut ihre Wut werden. Das am Ostring, das war Mord. Es war Mord, und die Mörder werden bezahlen, ich werde die Namen der Ermordeten ehren, und nie wieder darf geschehen, dass so etwas vertuscht wird. Nie wieder sollen Menschen denken, sie könnten solche Verbrechen begehen, weil ihnen ja sowieso nichts geschieht in unserem Land.«

Ich fühle mich immer erschöpfter. Es fällt mir schwer, wach zu bleiben. Ich muss vollgepumpt sein mit Medikamenten. Ich schließe meine Augen, aber etwas berührt meine Lippen und ich reiße sie wieder auf. Haddahs Zeigefinger auf meinem Mund.

»Gelis Mutter glaubt mir«, sagt Haddah. »Sie denkt jetzt,

der vierte Mann auf dem Himmel-und-Hölle-Spiel sei Bogner.«

»Das macht doch keinen Sinn.«

»Hör mir jetzt genau zu: Sie glaubt, Bogner sei der Mörder ihrer Tochter.«

»Das macht noch weniger Sinn.«

»Für sie schon.«

»Warum sollte sie …?«

»Ich verkaufe ihr die Geschichte gut. Ich habe ihr das Foto von Geli als Cowgirl der Village People gezeigt. Der Bogner missbraucht junge Frauen, Geli verteilt Flyer für ihn. Dafür haben wir Beweise.«

»Ich verstehe überhaupt nichts mehr, Haddah.«

»Elisabeth Reitmann denkt, Bogner wäre der Mörder ihrer Tochter. Dieses Mal wird sie ihr Cold-Case-Team kriegen. Wir füttern sie mit genügend Infos, damit sie dieses Mal durchkommt, ohne ihr gleich zu verraten, dass der Dottore der Killer ist.« Sie seufzt. »Ich weiß nicht, ob es funktionieren wird. Aber wir müssen versuchen, Bogner kaltzustellen. Ein für alle Mal. Wir schlagen dem Trio Infernale den Kopf ab.«

Ich ziehe eine Grimasse und keuche heiser: »So verschenkst du eine Bombenstory, Haddah. Das ist doch verrückt.«

Sie rümpft die Nase. »Der Dottore ist tot, der kommt vor kein Gericht mehr für den Mord an Geli. Es schadet also nicht, wenn die Story einen kleinen Umweg macht.«

»Und du glaubst, die Reitmann würde das nicht durchschauen?«

»Natürlich kommt sie früher oder später drauf, dass der Bulle nicht der Mörder ist. Ich möchte ja nur, dass uns dieser Gura nie mehr lästig wird. Dass da richtig Druck auf ihm lastet in den nächsten Wochen. Und die Reitmann, die wird dich unterstützen, wenn sie glaubt, der Bogner sei Gelis Mörder, verstehst du? Oder kannst du Mekateko bezahlen? Kannst du nicht. Aber die Reitmann wird das tun. Denn wer gegen Bogner steht, der ist jetzt ihr Verbündeter.«

Ich nicke. »Du bist wie Hana. Ein kleines bisschen durchgeknallt.«

»Und du bist ein alter und manchmal sehr dummer Mann. Du tust nie das, was ich dir sage. Aber wenn du es diesmal verkackst, ist Schicht im Schacht für dich, ich hoffe, das ist dir klar.«

»Scheiße, Haddah. Ich ha...«

Sie lässt mich nicht ausreden. »Ich tu das alles nur für dich, weil du für Mama wohl was Besonderes warst. Und sie es so wollen würde. Ich tue nur, was sie an meiner Stelle tun würde.« Sie nimmt wieder meine Hand, und dieses Mal drückt sie sie ganz fest. »Mekateko wird auspacken über die Partys im Bruno-Kahn-Heim. Eine angesehene Anwältin einer Top-Anwaltsfirma der Stadt, die eine schriftliche Erklärung abgibt. Wir bringen die Bergkette ins Wanken, Klabauter-Jan.«

In dem Moment wird die Tür aufgerissen, und eine männliche Stimme sagt in forschem Ton: »Ja, aber ... Hallo?! Junge Dame?«

Haddah kümmert sich nicht darum. Sie sieht mich an und macht das Gangzeichen. So leise, dass der Typ sie nicht verstehen kann, sagt sie: »Shut-the-fuck-up-Friday, Jan. Du sprichst mit Mekateko und niemandem sonst.«

Der Kittel klatscht in die Hände. »Bitte verlassen Sie sofort den Raum. Besucher dürfen gar nicht auf der Station sein. Aber dalli. Sonst rufe ich die Security.«

»Nicht nötig, Doc.«

Haddah setzt sich schlurfend Richtung Tür in Bewegung, winkt mir noch zum Abschied. Ich rufe: »Warte.«

Sie dreht sich noch einmal um.

Ich stocke. »Ich habe Angst, Haddah. Ich habe eine Scheißangst zu sterben.«

Sie sieht mich bloß an. Leise sage ich: »Falls ich nicht mehr aufwache. Sag Delma, dass sie die Liebe meines Lebens war. Und dass es mir so leidtut, dass ich's kaputt gemacht habe.«

»Das ist alles, was du draufhast?« Sie lacht, aber das Lachen klingt traurig. »Das ist ein bisschen arg cheesy.«

»Versprich mir, dass du ihr das sagst.«

Sie nickt. »Sie weiß, was los ist, ich habe sie informiert. Sie fliegt so schnell wie möglich rüber.« Sie holt tief Luft. »Sie liebt dich immer noch, Jan, das ist jedem Idioten klar, nur du checkst das nicht. Also, wenn du wieder auf den Beinen bist, dann mach bitte keinen Scheiß mehr, ja?«

Für einen Moment scheint es totenstill zu sein in dem Zimmer. Dann wieder Haddah: »Falls du wirklich nicht mehr aufwachst, grüße Mama von mir.«

Ich nickte. »Versprochen.«

»Und Kwabena.«

»Versprochen.«

»Und Owusu.«

»Natürlich.«

»Ich glaube, Mama wird sich freuen, dich zu sehen.«

Ich lächelte. »Hana war ein lieber Mensch, Haddah. Hana war was Besonderes.«

»Was *ganz ganz* Besonderes«, korrigierte sie mich mit theatralischer Miene.

»Yep. Und du bist das auch, Haddah.«

Ein weiterer Moment der Stille.

»Ciao, bleachshit.«
»Bye, Fine Lady.«

Ende